괴테전집
14

문학론

괴테전집

14

문학론

Schriften zur Literatur

괴테 | 안삼환 옮김

민음사

차 례

일러두기

1 이 책은 함부르크판 괴테 전집 제12권(1981)에 실려 있는 「문학론(Schriften zur Literatur)」을 번역 대본으로 삼았다.

2 외래어 표기는 원칙적으로 현행 맞춤법에 따르되, 일부 단어는 옮긴이의 의견에 따라 표기하였다.(예를 들어 '실러'는 '쉴러'로 표기했다.)

3 단행본은『 』, 논문이나 작품은「 」, 정기간행물은《 》로 표시했다.

셰익스피어 기념일에 즈음하여[1)]

운명이 우리를 완전한 무(無)로 되돌려 놓은 것처럼 보이는 순간에조차 우리는 살아남기를 희망하곤 합니다. 저는 이런 희망이야말로 우리가 가지는 여러 감정들 가운데 가장 고귀한 감정이라고 생각합니다. 여러분, 이승의 삶은 우리의 영혼을 위해서는 너무나도 짧습니다. 보잘것없는 사람이나 지극히 고귀한 사람이나 무능한 사람이나 대단히 훌륭한 사람이나 누구나 다 삶 그 자체보다는 세상사에 더 빨리 지치기 마련이기 때문에, 이 삶은 아무도 자기가 그다지도 동경하던 목표에 이르지 못한다는 사실을 증거하고 있기도 합니다. 설령 어떤 사람의 인생행로가 오랫동안 행운으로 점철된다 할지라도 결국 그는 쓰러지게 마련이며, 심지어는 희망해 오던 목적지를 바로 눈앞에 두고서도 누가 파놓은 것인지 알 수 없는 구렁텅이에 빠지는 수가 종종 있습니다. 그리하여 결국 그는 아무것도 아닌 존재로서 취급을 받게 되는 것입니다.

---

1) 괴테의 셰익스피어 숭배는 전래의 경직된 프랑스 연극에 대한 강력한 거부일 뿐만 아니라, 신에 버금가는 제2의 창조자로서의 천재의 위대성에 대한 찬미이며 자각이기도 하다. 이 글은 원래 괴테가 1771년에 연설문으로 쓴 것이다.

"아무것도 아닌 존재로 취급당하다니! 이 내가! 모든 사물을 단지 나 자신을 통해서만 알 수 있기에 나에게는 전부인 이 내가!"—자신을 자각하는 사람이면 누구나 이렇게 부르짖을 것이며, 커다란 보폭으로 이 삶을 걸어가려 할 것입니다. 이 발걸음은 물론 저 세상의 무한한 행로를 위한 준비지요. 하기야 각자는 자기 분수에 맞는 속도를 낼 수밖에 없겠지요. 어떤 사람은 힘찬 속보로 방랑길을 떠나는가 하면, 또 다른 사람은 천 리를 한걸음에 내닫는 마법의 신발을 신고 앞사람을 추월함으로써, 단 두 걸음 만에 앞사람의 하루 여정과 맞먹게 될지도 모릅니다. 여정이야 어쨌든 간에 그 부지런한 방랑자는 어디까지나 우리의 친구, 우리의 동료일 따름입니다. 그러나 우리는 다른 사람의 그 거대한 보폭을 보고 찬탄과 경의를 표하지 않을 수 없으며, 그 발자국을 따라가면서 그 엄청난 보폭을 우리의 그것과 비교해 보지 않을 수 없습니다.

여러분, 여행길에서 이런 발자국을 단 한 개만 보게 되더라도 우리의 영혼은 수백 명의 호위병을 거느린 왕의 입성 행렬을 멀거니 구경할 때보다도 더 열렬히 불타오르게 되고 더 위대한 감동을 느끼게 됩니다.

오늘 우리는 그 가장 위대한 방랑자를 기리고, 또 그렇게 함으로써 우리 자신도 그 명예를 나누어 가지게 되었습니다. 그의 업적들로 말하자면 우리가 평가해 마지않는 바이지만, 우리도 우리 자신 속에 그 업적들의 맹아를 품고 있는 것입니다.

내가 많은 양의 글을 본격적으로 써 내려갈 것으로 기대하지는 마십시오. 영혼의 평정(平靜)이란 것은 잔칫날에 알맞은 옷차림은 아니기 때문입니다. 게다가 나는 최근에는 셰익스피어에 대해 별로 많은 생각을 하지 못했습니다. 감동이 용솟음칠 때에 내가 그것을 어떻게 글로 표현할 수 있을까 하고 미리 예감해 보고 느껴본 것이 고작입니다. 내가 읽은 셰익스피어의 첫 한 페이지가 나로 하여금 일생 동안 그를 떠날 수 없게 만들었으며, 내가 처음으로 접한 그 작품을 다 읽고 났을 때 나는 마치 어떤 기적의 손길로부터 시력을 선사받은 맹인과도 같이 거기 멀거니 서 있었습니다. 나는 무한히 확대된 내 존재를 지극히 생생하게 인식하고 느낄 수 있었습니다. 그리고 나에게는 모든 것이 새로운, 미지의 것이었으며, 익숙하지 않은 빛 때문에 눈이 아팠습니다. 차츰차츰 나는 보는 법을 배우게 되었습니다. 그리하여 나는, 이 점에 대해서는 지금도 나의 인식의 정령(精靈)에게 감사하는 바이지만, 나 자신이 그때 터득한 것을 아직도 여전히 생생하게 느끼고 있습니다.

나는 내가 정규적인 연극의 틀을 거부하고 있다는 사실을 한순간도 의심하지 않았습니다. 장소의 통일이 나에게는 마치 옥에 갇히기나 한 것처럼 답답하게 느껴졌고, 사건 진행의 통일, 시간의 통일도 우리의 상상력을 옥죄는 쇠사슬처럼 느껴졌습니다. 나는 옥외로 뛰쳐나갔으며, 그제서야 비로소 두 손과 두 발을 가졌다는 사실을 느낄 수 있었습니다. 그리고 이제 나는, 원칙주의자들이 그들의 갑갑한 공간에서 내게 얼마나 많은 부당한 짓을 요구해 왔으며 또 얼마나 많은 자유로운 영혼들이 아직도 그 안에서 답답하게 몸을 웅크리고 있어야 하는지를 알게 되었습니다. 이런 시점에서 만약 내가 그들에게 선전포고를 하지 않고 매일같이 그들의 그 감옥을 깨뜨리려 하지 않았더라면, 정말이지 나의 가슴은 폭발하고 말았을 것입니다.

프랑스인들이 전범(典範)으로 삼았던 고대 그리스 연극은 그 내적, 외적 구조로 볼 때 코르네유(P. Corneille)가 소포클레스(Sophocles)를 따르는 것보다는 차라리 어떤 후작이 알키비아데스[2]의 흉내를 내는

2) 알키비아데스(Alcibiades, B.C. 450?~404): 아테네의 무인, 정치가.

쪽이 더 용이하도록 되어 있습니다.

예배의 막간극으로 시작해 장엄한 정치극으로 넘어가는 고대 그리스 비극은 완전무결하고도 순수한 단순성을 지닌 민중에게 조상들의 위대한 행동 하나하나를 보여주었고, 그들의 영혼 속에 완전하고도 위대한 감동을 불러일으켰습니다. 그럴 수밖에 없는 것이 이 비극 자체가 완전하고도 위대했기 때문입니다.

그리고 이 비극이 감동을 불러일으킨 그 민중의 영혼이라는 것은 또 어떤 영혼이었겠습니까?

그것은 고대 그리스적인 영혼이었습니다. 나는 그것이 무엇을 의미하는지 잘 설명할 수는 없지만 그것을 느낄 수는 있으며, 간명(簡明)을 기하기 위해 우선 호메로스, 소포클레스 그리고 테오크리토스의 이름을 대고 싶습니다. 왜냐하면 이들은 내게 그 영혼을 느끼는 법을 가르쳐준 시인들이기 때문입니다.

이 순간 나는 재빨리 덧붙여 말하고 싶습니다. "왜소한 프랑스인이여, 고대 그리스인들의 무구(武具)를 갖고 어쩌려는 것이냐? 그것은 네게 너무 크고 무겁다!"

그 때문에 또한 모든 프랑스 비극들은 자기 자신에 대한 패러디이기도 합니다.

프랑스 비극들이 얼마나 규칙적으로 전개되는지, 그리하여 마치 구두 짝처럼 얼마나 서로 닮아 보이는지, 그리고 또한 때로는 얼마나 지루한지(일반적으로 특히 제4막에서 그렇지만)에 대해서는, 유감스럽지만 여러분께서도 경험으로 다 알고 계십니다. 그래서 거기에 대해서는 더 이상 아무 말도 하지 않겠습니다.

역사적·정치적 대사건들을 무대에 올려놓을 생각을 제일 먼저 한 사람이 대체 누구인지 나는 모릅니다. 이에 관해서는 문학 애호가들이 비판적 논문을 쓸 만합니다. 그와 같은 독창적 발견의 명예가 셰익스피어에게 돌아갈는지는 의심스럽군요. 그러나 셰익스피어가 이와 같은 연극을 (아직 거기까지 쳐다볼 수 있는 사람이 적어서 여전히 그가 최고봉이라 할 수 있을 만큼) 발전시켜 놓은 것은 틀림없는 사실이며, 그 결과 어떤 작가가 감히 그를 무시하거나 능가할 수 있으리라는 상상을 하기가 어려운 것도 사실입니다.

"내 친구 셰익스피어여! 만약 그대가 아직 우리 가운데에 머물고 있다면, 나는 그 어느 곳보다도 그대가 있는 곳에서 그대와 함께 살리라! 그대가 오레스테스라면, 나는 델피 신전의 제사장 같은 가장 존귀한 인물의 역을 맡느니 차라리 조역(助役)인 필라데스를 맡고 싶구나!"

여러분, 나는 여기서 글을 중단했다가 내일 다시 계속해서 쓰겠습니다. 왜냐하면 지금 나는 아마도 여러분에게 내 마음으로부터 우러나오는 그대로 이야기를 전달하기 어려운 어조를 띠게 된 것 같기 때문입니다.

셰익스피어의 연극은 세계의 역사가 시대의 보이지 않는 실줄을 타고 우리의 눈앞을 소용돌이치며 지나가는 듯한 느낌을 주는, 일종의 아름다운 요지경입니다. 그의 무대 구상은 속되게 말해 무대 구상이라 할 수도 없습니다. 그러나 그의 모든 극작품들은 우리 자아의 독자성, 즉 우리 의지가 요구하는 자유가 세계 전체의 필연적인 운행과 맞부딪치는 신비로운 한 점(點)을 휩싸고 돌고 있습니다.(아직까지 어떤 철학자도 이 점을 보거나 이 점에 대해 명확한 규정을 내리지 못했습니다.) 그러나 우리의 영락한 취미가 우리 눈을 안개처럼 가리고 있는 까닭에 이러한 맹목 상태에서 벗어나려면 우리는 거의 새로운 창조를 할 필요가 있다고까지 말할 수 있습니다.

모든 프랑스인들과 그들에게 물든 독일인들은, 심지어는 빌란트까지도, 다른 많은 경우에서와 마찬가지로 이 점에서도 별로 명예로운 언동을 하지 못했습니다. 일찍부터 모든 권위를 모독하는 것을 본업으로 해온 볼테르는 이 문제에서도 테르시테스[3] 같은 영락없는 비방꾼임을 스스로 입증했습니다. 만약 내가 오디세우스라면 왕홀로 그의 허리를 때려주고 싶습니다.

또한 이런 인사들의 대부분은 셰익스피어의 등장인물들에 대해 특히 반감을 지니게 마련입니다.

그러나 나는 "자연, 오, 자연 그대로의 본성이여! 셰익스피어의 인간들만큼 자연스러운 것은 아무것도 없도다!"라고 외치고 싶습니다.

이제 나는 이 모든 셰익스피어적 인물들의 숲 속에 왜소하게 파묻혀 있습니다.

내가 말할 수 있기 위해서는 우선 이들의 중압으로부터 벗어나 한숨 돌려야겠습니다.

셰익스피어는 프로메테우스와 겨루었습니다. 그는 프로메테우스의 형상을 본떠 자신의 인간들을 한 획 한 획 그리되, 정말 '엄청나게 크게' 그렸을 뿐입니다.(바로 여기에 우리가 우리의 형제를 알아보지 못하는 이유가 있습니다.) 그러고 나서 그는 그 인간들 모두에게 '자신의' 정신의 입김을 불어넣었습니다. 그리고 그 모든 인간들을 통해 셰익스피어 '자신이' 말을 합니다. 그리하여 우리는 그들 모두가 같은 혈족이라는 것을 인식하게 되는 것입니다.

그런데 우리의 세기는 자연에 대해 판단을 내리면서 이 무슨 오만한 태도를 보여주고 있습니까? 우리는 젊어서부터, 모든 것에 속박되

---

3) 테르시테스(Thersites): 그리스인 중에서 입이 가장 험한 사람. 아가멤논을 비방한 죄로 오디세우스가 그를 왕홀로 때렸다.(호메로스의 『일리아스』, 제2가(歌) 참조)

고 장식된 자연만을 우리 자신에게서 느끼거나 남에게서 보아왔습니다. 그런 판에 우리가 대체 어디서 자연을 보아서 알 수 있겠습니까? 나는 자주 셰익스피어에게 부끄러움을 느끼게 되는데, 그것은 종종 다음과 같은 일이 생기기 때문입니다. 즉 처음 볼 때에는 '나 같으면 달리 썼을 텐데' 하고 생각했다가도 얼마 안 가서 곧 나 자신이 불쌍한 사람이며 셰익스피어의 글에서는 자연이 스스로를 고지하고 있음을 인식하게 된단 말입니다. 이에 비하면 내가 창조한 인간들이란 황당무계한 착상으로부터 생겨난 비눗방울 같은 존재들에 지나지 않습니다.

자, 이제 마지막으로 한 말씀 드리도록 하겠습니다. 나는 아직 미처 시작하지도 못한 기분입니다만.

고귀한 철학자들이 이 세상에 대해 말한 바는 셰익스피어에게도 역시 통합니다. 즉 우리가 악하다고 부르는 것은 선(善)의 다른 면에 지나지 않는 것입니다. 이를테면 온대가 있기 위해서는 열대가 불타고 한대인 라플란드[4]가 얼어붙지 않으면 안 되는 것과 똑같이 악은 선이 존재하기 위해 필연적으로 있어야 하며 전체 세계의 일부를 이루고 있는 것입니다. 셰익스피어는 우리에게 전 세계를 두루 보여줍니다. 그러나 우리 유약한 철부지들은 낯선 메뚜기 한 마리만 봐도 놀라서 그만 "주여, 이자가 저를 잡아먹으려 하나이다!"[5] 하고 외쳐댑니다.

자, 여러분, 이제 어서 트럼펫을 불어 이른바 고상한 취미의 영령들이 모여 있는 저 엘리시온[6]으로부터 모든 고귀한 영혼들을 불러내

---

4) 스칸디나비아 반도의 북부와 러시아령 한대 지방 일부를 포함한 지역.

5) 구약 외전 「도비아 서(書)」 제6장 제3절 참조.

6) 엘리시온(Elysium): 호메로스에 따르면 제우스의 총애를 받던 이들이 죽은 후에 행복한 생활을 영위하는 상춘의 낙원. 이에 따라 괴테는 엘리시온을 영웅과 시인들이 죽은 후에 모여 지내는 선령(善靈)들의 낙원으로 생각했다. 괴테의 『타소(*Tasso*)』, 제536행 이하 참조.

보십시오! 그곳에서 그들은 권태로운 어스름 속에서 잠에 취한 채 살아 있는 것도 죽은 것도 아닌 상태에 있으며, 가슴속에는 정열을 품고 있으나 뼛속에는 무기력뿐입니다. 그들은 휴식을 취해야 할 만큼 그렇게 피곤하지는 않지만 그렇다고 해서 활동하기에는 또 너무 게으릅니다. 그렇기 때문에 그들은 협죽도(夾竹桃)와 월계수의 수풀 사이에서 빈둥거리거나 하품을 하면서 저승에서의 삶을 보내고 있는 것입니다.

×××교구에 새로 부임하는 동료 목사에게 보내는 ○○○교구 목사의 편지[1)]

—프랑스어로부터 옮김

친애하는 동료 목사님께,

내 이웃 마을에서 노(老) 목사님이 작고하시고 그 자리에 당신이 오시게 됨으로써 변화가 일어난 데 대해 나는 충심으로 기뻐했습니다. 내가 그렇게 무정한 사람이 아님에도 불구하고, 그리고 내게 가장 가까운 사람에게조차도 그 사람이—인간이 대부분 다 그렇듯—금수(禽獸)와 마찬가지로—유일하게 갖고 있는 한 조각의 생명 이상의 것은 아무것도 베풀어줄 수 없음에도 불구하고, 나는 당신 전임자를 애도하는 조종(弔鐘) 소리에 기쁨으로 가슴이 뛰었다는 사실을 솔직하게 고백하지 않을 수 없습니다. 그 조종 소리는 마치 나를 교회로 부르는 주일 아침의 종소리와 같았습니다. 종소리에 이끌려 교회에 나갈 때면, 내 가슴은 내 설교를 듣게 될 신자들에 대한 사랑과 애정이 넘쳐흘러 기쁨으로 두근거리곤 하기 때문입니다. 그는, 당신의 전

---

1) 원래 프랑스어로 쓰인 이 글(1772)은 초기 괴테의 종교관에 대한 중요한 전거(典據)이다. 슈바벤 지방의 한 시골 목사가 이웃 마을에 새로 부임하는 그의 동료에게 쓴 편지의 형식을 취하고 있는데, 그 주된 내용은 '종교적 관용(Toleranz)'이다.

임자 말입니다만, 아무도 좋아할 줄 몰랐습니다. 그리고, 하느님께서 나를 용서하시겠지만, 나 역시 그를 좋아할 수가 없었습니다. 나는 그가 나를 불쾌하게 한 만큼 당신이 나를 기쁘게 해주시기를 희망하고 있는데, 그 이유는 내가 당신에 대해, 사람들이 성직자에 대해 말할 수 있는 좋은 평판을 많이 듣고 있기 때문입니다. 당신은 필요 이상의 열성을 나타내지 않는 가운데 조용히 직무를 수행하시는 데다가 논쟁을 싫어하시는 분이라더군요. 젊은 나이에 그렇게 온화하시고 또 온화하다고 해서 나약하지 않으시다니, 당신의 이성적 판단을 칭찬해야 할지 당신의 마음을 칭찬해야 할지 모르겠군요. 그도 그럴 것이 목자(牧者)가 양이라면 교구민들에게도 좋을 것이 없다는 것은 뻔하기 때문입니다.

친애하는 동료 목사님, 당신은 당신의 전임자가 나를 어떤 곤경에 빠뜨렸는지 믿기 어려울 것입니다. 우리 두 교구들은 아주 가까이 위치하고 있습니다. 그래서 그의 교구민들이 나의 교구민들을 전염시켰는데, 결국 내 교구민들도 내가 방관하지만 말고 더 많은 사람들에게 지옥의 벌을 내려야 한다고 생각하게 되었습니다. 그들의 생각은 이 교도들이 모두 지옥에 떨어져 영겁의 불에 고통받지 않는다면 기독교인이라는 사실이 기쁘지 않다는 것이었지요. 친애하는 목사님, 확실히 고백하지만 나는 가끔 아주 의기소침해진답니다. 신도들의 질문에 어떻게 대답해야 좋을지 잘 모르는 제재(題材)들이 있거든요. 아무도 나에게 이런 질문을 하지 않은 채 일주일을 보내고 주일을 맞게 되면 나는 매번 하느님께 충심으로 감사드립니다. 그리고 그런 질문이 있었던 일주일의 끝에는 앞으로는 부디 그런 질문을 받지 않도록 해주시기를 간원한답니다. 마음씨 착한 사람들의 질문에 입에 발린 말로 적당히 대답해 버리고 싶지 않은 성실한 성직자는 누구나 이런 일을 겪게 될 것입니다. 그러나 이 사람들의 호기심을 완전히 만족시켜 주지 않은 채 집으로 돌려보내거나 또는 대답해 주기를 거절한다는 것이 얼마나 위험한 일인가도 나는 알고 있습니다. 이교도들에게 영겁의 벌을 내려야 한다는 가르침이야말로 마치 벌겋게 달아오른 철판 위를 서둘러 지나가는 것[2]처럼 내가 위험시하고 꺼려하는 학설 중 하나라는 점을 당신에게 고백하지 않을 수 없습니다. 나는 이렇게 나이가 들도록 주님의 길을 관찰해 왔습니다. 한 유한한 인간이 조용한 경외심을 지니고 관찰할 수 있는 정도까지는 관찰해 왔지요. 당신이 지금의 나만큼 나이를 먹게 되면 당신 역시 하느님과 사랑이 동의어임을 말할 수 있어야 할 것입니다. 적어도 나는 당신이 그렇게 되기를 기원합니다. 그런데 당신은 내가 관용적인 태도를 지니고 있기 때문에 종교에 대해 냉담해졌다고 생각해서는 안 됩니다. 이런 논리야말로 모든 광신자들이 자신의 교파를 위해 자기도 이해하지 못하는 말을 주변에 뿌리고 다니며 말재주를 피우는 그럴싸한 목적이지요. 진리의 영원하고도 유일한 샘이 아무리 관대하다 할지라도 냉담할 수는 없는 것과 꼭 마찬가지로, 자신이 하느님의 큰 축복을 받았다고 확신하고 싶어 하는 사람은 결코 종교적 냉담성을 고백할 수가 없는 것입니다. 피론[3]의 뒤를 이은 회의론자들은 비참했습니다. 뉘라서 평생을 폭풍우 휘몰아치는 바다 위에서 표류하고 싶겠습니까? 우리의 영혼은 단순하며 평안을 구하게끔 타고났습니다. 우리의 영혼은, 대상들 사이에서 분열되어 있을 경우, 회의하는 자라면 누구나 잘 알고 있는 것을 이미 느끼고 있습니다.

그렇기 때문에, 친애하는 형제여, 나는 지금 오직 내 믿음이 확실하다는 것에 대해 하느님께 감사할 따름입니다. 왜냐하면 나는 하느

2) 옛 형벌의 일종.

3) 피론(Pyrrho, B.C. 360~270): 고대 그리스의 철학자로서 회의론의 시조.

님의 영원한 사랑의 복음을 들었다는 것 외에 그 어떤 행복도 모르고 더 이상의 어떤 지복(至福)도 바라지 않는다는 사실을 목숨을 걸고 맹세할 수 있기 때문입니다. 하느님께서는 당신의 사랑으로 세상의 참상에 개입하시어 스스로도 비참하게 되었습니다만, 이는 당신의 크신 사랑과 더불어 세상의 참상 또한 영광스럽게 만들기 위한 것입니다. 그래서 나는 예수 그리스도를 사랑하고, 그를 믿으며, 내가 그를 믿는 데 대해 하느님께 감사드립니다. 정말이지 내가 그를 믿는다는 것은 나의 공이 아니기 때문입니다. 나에게도 사울처럼 회의하던 때가 있었습니다. 하지만 다행히도 나는 이제 바울[4]이 되었습니다. 그렇습니다. 나는 더 이상 신의 존재를 부정할 수 없었기 때문에 대단히 감동했지요. 우리는 어느 '한순간'에 느끼게 되는데, 이 순간이 인생 전체를 좌우하게 되는 것이지요. 언제를 이 순간으로 결정할 것인지는 성령만이 점지하시는 것입니다. 이처럼 나는 종교적으로 냉담하지 않습니다. 그렇다고 해서 내가 비관용적인 태도를 보여도 좋을까요? 천문학자가 계산을 잘못해서 생기는 거리의 오차란 몇백만 킬로미터나 될까요? 하느님의 사랑에 경계를 설정하려는 사람은 아마도 더 많은 측량상 오류를 범하게 될 것입니다. 하느님께로 가는 길에 얼마나 많은 종류가 있는지 내가 알 수 있을까요? 나는 다만 내가 나의 길을 간다면 틀림없이 천국에 도달할 수 있다는 것만을 알 수 있을 따름입니다. 그리고 나는 나의 이 길이 다른 사람들에게도 그들 자신의 길에 들어서는 데 도움이 될 수 있기를 바랄 뿐입니다. 우리의 교회는 공적(功績)이 아니라 믿음이 천국에 가는 복을 가져다준다고 주장하고 있으며, 그리스도와 그의 사도들도 역시 대개 이와 비슷하게 가르치고 있

4) 타르수스(Tarsus) 사람 바울(Paul의 옛 이름). 「사도행전」 제9장, 제13장 및 제22장 참조.

습니다. 바로 이 점이 하느님의 크신 사랑의 증거가 됩니다. 왜냐하면 원죄에 대해서야 우리가 더 이상 어찌할 수 없고 현세적인 죄에 대해서도 역시 우리는 속수무책이기 때문입니다. 죄를 짓는다는 것은 두 발을 가진 사람이 걸어가는 것만큼이나 자연스러운 노릇이지요. 그 때문에 하느님께서는 천국에 가는 조건으로 행동이나 덕성을 요구하지 않으시고 아주 단순한 믿음을 요구하시는 것입니다. 즉 믿음을 통해서만이 그리스도의 공적이 우리에게 미치는 것이며, 그리하여 우리는 여기 현세에서 죄악의 지배를 어느 정도 떨쳐버릴 수 있게 되고(죽은 뒤에는 어떻게 되는지 구체적으로 모르지만 어쨌든) 타고난 파멸의 운명을 무덤 속에 그냥 남겨두고 천국으로 들어갈 수 있게 되는 것입니다. 우리가 그리스도의 공적을 우리 자신의 것으로 할 수 있는 유일한 수단은 믿음뿐이라 할진대, 그렇다면 대체 어린아이들은 어떻게 되느냐 하는 의문이 생깁니다. 당신들은 어린아이들이 지복하다 하지 않습니까? 그렇지 않은가요? 대체 왜 그럴까요? 어린아이들은 죄악을 범하지 않았기 때문이라고 말하겠지요. 이것은 모순되는 말입니다. 아시다시피 사람들은 죄악을 범하기 때문에 저주를 받는 것이 아닙니다. 어린아이들은 타고난 파멸을 자체 내에 갖고 있으므로 그들이 천복을 받는 것이 공적 때문은 아니지요. 자, 그러니 이제, 강생(降生)하신 큰 사랑의 의미가 어떻게 어린아이들에게 전달되는지 설명해 보십시오! 그렇습니다. 나는 바로 이 예야말로 우리가 하느님의 행하시는 바를 알지 못한다는 증거가 된다고 생각합니다. 이것은 또한 어떤 사람은 천복을 받을 수 없다고 생각할 수 있는 아무런 근거도 없다는 증거이기도 합니다. 친애하는 목사님, 나처럼 자비심을 지니고 있는 많은 사람들이 보편구제설[5]을 생각하고 있다는 사실은 당신도 알고 있겠지요. 나는 이것이 내가 남몰래 위안으로 삼고 있는 교의라는 사실을 당신에게 확언하고 싶습니다. 그러나 물론 이것이 설교에서 논의할 일은 못 된다는 것을 잘 알고 있습니다. 목사로서 우리의 직책이 무덤 너머까지 함께 가는 것은 아니지요. 지옥이 있다고 설교해야 할 경우 나는 성경에 적혀 있는 대로 설교하면서, 어쨌든 '영원히!' 있다고 말하지요. 아무도 이해하지 못하는 것에 대해 말할 때는 무슨 말을 쓰든 매한가지입니다. 말이 난 김에 내가 근자에 느끼게 된 것을 말씀드리겠는데, 올바른 목자는 이 세상에서 할 일이 너무 많은 까닭에 내세에서 생길 일들은 기꺼이 하느님께 맡기게 된다는 사실이 그것입니다.

친애하는 형제여, 이 문제에 대한 나의 의견은 다음과 같습니다. 즉 나는 천수백 년 전에 예수 그리스도라는 이름으로 이 세상 한 구석에서 잠깐 동안 인간으로 머물다 가신 하느님의 사랑에 대한 믿음을 내가 구원받을 수 있는 유일한 근거로 간주한단 말입니다. 그리고 나는 이것을 기회가 있을 때마다 내 교구민들에게 말하곤 합니다. 나는 소재(素材)를 지나치게 상세히 논하지 않습니다. 하느님께서는 매사를 감성적으로만 받아들일 수 있는 우리 가련한 피조물들이 그의 존재를 실제로 느끼고 그의 뜻을 이해할 수 있도록 하기 위해 인간이 되신 까닭에 사람들은 그분을 다시 하느님으로 만드는 일만은 반드시 삼가야 할 것입니다.

내가 듣건대 당신의 전임지에는 당신 주위에 철학자로 자처하면서 이 세상에서 우스꽝스러운 역할을 자임하는 사람들이 많았다더군요. 순전히 편견에 사로잡혀 행동하는 사람들이 끊임없이 이성에 관해 말하는 것을 듣는 것보다 더 고통스러운 노릇은 없지요. 그들의 심중에는 관용보다 더 큰 관심사가 없다고 하지만, 막상 그들이 자신과 의견

5) 보편구제설(Apokatastase): 모든 죄인이, 심지어는 악마까지도 결국은 신의 품으로 복귀한다는 교의.

이 다른 모든 것에 대해 조롱하는 것을 들어보면, 그들에게서 평화를 기대하기는 아주 어렵다는 것을 알 수 있습니다. 친애하는 형제여, 나는 당신이 그들과 한 번도 다투지 않았고 그들의 생각을 고쳐주려고 애쓰지도 않았다는 이야기를 듣고 정말 기뻤습니다. 비웃는 자들에게 그 근거를 따지느니 차라리 뱀장어의 꼬리를 꽉 붙잡는 편이 더 쉽지요. 페르네[6]의 조롱자 볼테르로 하여금 이성의 소리에 귀 기울이도록 하려 했던 그 포르투갈계 유대인은 의당 겪어야 할 일을 겪었습니다. 그가 내놓은 이성적 근거들은 무례한 말에 꺾여 그만 패퇴하지 않을 수 없었지요. 볼테르는 자신의 적수를 논리로 승복시키는 대신(매우 관용적인 태도로!) 그에게 퇴짜를 놓으면서 다음과 같이 말했습니다. — "유대인이면 잠자코 그냥 유대인으로 머물러 있게나!"

"철학자면 잠자코 그냥 철학자로 머물러 있게나! 하느님께서 그대의 고통을 굽어살피시기를!" — 이런 사람들과 상대해야 할 때면 나는 언제나 이렇게 말하곤 합니다.

성경의 신성(神性)을 마음으로 느끼지 못하는 사람에게 그것을 증명해 보인다는 것이 가능한 일인지 나는 모르겠습니다. 적어도 나는 그런 증명이 필요하다고는 생각지 않습니다. 왜냐하면 당신이 그런 설교를 마치고 나면 누군가가 마치 저 사보아의 부목사처럼 "제가 마음에 그 어떤 은총도 느끼지 못하는 것은 제 탓이 아닙니다."[7]라고 대답하고 나올 것이기 때문입니다. 그렇게 되면 당신은 기가 차서 말문이 막히게 될 것이며, 인간의 자유 의지와, 예정설에 대한 장광설에 빠지지 않는 한, 아무 대답도 하지 못할 것입니다. 어쨌든 당신의 지식을 모두 동원한다 하더라도 이 문제를 논의하기에는 턱없이 부족할

---

6) 페르네(Ferney): 볼테르가 1759년에 머물렀던 스위스 국경 근처.
7) 루소의 『에밀』 제4권 「사보아 부목사의 신앙 고백」 참조.

것입니다.

복음의 감미로움을 맛볼 수 있는 사람은 그 절묘한 맛을 다른 이에게 강요하려 들지 않지요. 그 가장 훌륭한 모범을 우리 주께서 몸소 우리에게 보여주고 계시지 않습니까? 사람들이 예수께 떠나시기를 청했을 때 그는 화내지 않으시고 그 즉시 가다라 지방[8]을 떠나지 않으셨습니까? 악마를 떨쳐버리기 위해 자신의 돼지들을 희생하기를 싫어하는 사람들은 아마도 예수께조차도 아무 상관이 없는 중생이었던 것 같습니다. 그도 그럴 것이 설령 행할 바를 그들에게 미리 알려준다 해도 그들은 자신의 생각을 바꾸지 않을 것이기 때문입니다. 우리가 할 수 있는 것은 구원을 원하는 자들을 바른 길로 인도해 주는 것이며, 다른 사람들은 그들이 더 행복해지기를 스스로 원치 않으므로 그들의 악마와 돼지를 그대로 내버려두는 것이 좋을 것입니다.

자, 그러면 이제 당신은 내가 종교적으로 왜 너그러운 태도를 취하는지, 그리고 너그럽다면 어떤 점에서 너그럽다는 것인지에 대한 한 가지 이유는 알게 되었으리라 믿습니다. 보시다시피 나는 모든 믿지 않는 자들을 보편구제적인 영원한 사랑에 맡기는 입장이며, 이 사랑을 신뢰합니다. 이 사랑이야말로 불사(不死) 및 무구(無垢)의 불꽃인 우리의 영혼이 죽음의 육체로부터 빠져나와 불후(不朽)의 정결한 새 옷으로 갈아입도록[9] 가장 잘 도와줄 수 있다고 믿는 것입니다. 내가 평화로이 느끼는 이 천복을 나는 무오류성(無誤謬性)이라는 최고의 영예와도 바꾸고 싶지 않습니다. 나를 개로 간주하는 터키인과 나를 돼지라고 생각하는 유대인이 언젠가는 나의 형제 됨을 기뻐하게 될 것이라고 생각하면 얼마나 큰 기쁨을 느끼게 되는지요!

---

8) 「마태복음」 제8장 제28~34절 참조.
9) 「고린도전서」 제15장 제53절 참조.

친애하는 형제여, 이 문제에 대해서는 이쯤 해두지요. 말하자면 지나는 김에 잠깐 언급한 것일 뿐 본론은 지금부터 시작입니다. 왜냐하면 가장 비참한 불관용(不寬容)의 면모는 정말이지 대개의 경우 기독교인 자신들의 분열에서 나타나기 때문이지요. 그리고 바로 이 점이 슬픈 일입니다. 내 말은 교파를 통합하자는 의미가 아닙니다. 그것이야말로 앙리 4세의 범유럽 기독교계 공화국[10] 수립 계획처럼 한갓 어리석은 소리에 불과하지요. 우리는 다 같이 기독교인으로서, 아우크스부르크[11]의 루터파나 도르트레히트[12]의 칼뱅파나 종교상 본질적인 차이점은 없습니다. 이것은 마치 프랑스인이나 독일인이나 인간이라는 본성에서는 차이가 없는 것과 같지요. 프랑스인은 머리끝부터 발끝까지 독일인과 꼭 마찬가지로 한 인간인 것입니다. 다른 점이 있다면 그것은 하느님의 탁월하신 정치적 배려들로서, 이것을 무너뜨리는 사람은 그 누구도 벌을 면치 못할 것입니다.

인간 세계에서 하느님 말씀의 역사를 마음으로부터 애정을 지니고 조망할 수 있는 사람은 그 영원한 지혜의 길을 숭배하게 될 것입니다. 그러나 정말이지 벨라르맹[13]도 제켄도르프[14]도 당신에게 순수한 역사를 이야기해 줄 수는 없을 것입니다. 종교 개혁도 수도사들의 말다툼

---

10) 프랑스의 정치가 쉴리(Sully, 1560~1641) 공의 회상록을 보면, 앙리 4세가 기독교 교회의 영원한 평화와 단합을 위해 러시아와 터키에 맞설 수 있는 유럽 공화국의 수립을 구상한 바 있다고 씌어 있으나, 이것은 일반적으로 쉴리 공이 구상해 낸 것으로 통하고 있다.

11) 1530년 독일 아우크스부르크(Augsburg)에서 루터와 멜란히톤(P. Melanchthon)이 신앙 고백을 발표했다.

12) 1618~1619년에 네덜란드의 도르트레히트(Dordrecht)에서 칼뱅파의 종교 회의가 열렸다.

13) 벨라르맹(R. Bellarmin, 1542~1621): 이탈리아의 예수회 추기경으로 반종교개혁을 주도했다.

14) 제켄도르프(L. v. Seckendorf, 1626~1692): 고타의 재상으로 루터파의 옹호자.

이 발단이 되었고 루터도 처음에는 그가 나중에 이룩하게 된 것을 이루려는 의도가 없었다는 사실을 내가 부인할 이유가 어디에 있겠습니까? 또한 내가 무엇 때문에 아우크스부르크의 신앙 고백을 일종의 형식 이상의 것이라고 주장하겠습니까? 그것은 나를 단지 외적으로 구속해 놓기 위해 그 당시 필요했고 지금도 여전히 필요한 한 형식이지요. 이 외적 구속 외에는 성경이 나의 길잡이일 뿐입니다. 하지만 신앙을 고백하는 것이 다른 어떤 행동들보다도 하느님의 말씀에 더 가까이 가는 길이기 때문에 고백하는 자들은 그만큼 더 천복을 받기가 쉬운 것이지요. 그러나 그렇다고 해서 이 고백이 다른 사람에게까지 무슨 영향을 미치는 것은 아닙니다.

루터는 종교적인 예속 상태로부터 우리를 해방하기 위해 노력했습니다. 바라건대 그의 후계자들 모두가 이 위대한 사람이 그랬던 것만큼 교회의 계급적 구조에 대해 그렇게 철저한 혐오감을 느껴주었으면 합니다.

루터는 해묵은 편견들을 극복하려 애썼고 인간이 분간할 수 있는 한에서 신적인 것과 인간적인 것을 구분했습니다. 그리고 그의 더 큰 업적은 그가 인간의 마음에 자유를 되돌려 주고 더 많이 사랑할 수 있는 능력을 주었다는 것입니다. 그러나 마치 그가 상대를 때려눕히고 나라 하나를 얻기라도 한 것으로 착각해서는 안 될 것입니다. 루터의 업적 때문에 구교회는 이제 혐오와 경멸의 대상이라는 식의 망상은 금물입니다. 구교회의 교의에 인간적인 것이 드물고 그것이 하느님의 참된 가르침에 근거하고 있지 않다 해도, 그것을 그냥 내버려두고 허용하고 축복해 주십시오. 왜 그들의 미사를 비방합니까? 그들의 제의 절차가 너무 복잡하다는 건 나도 압니다. 그러나 그들이 하고 싶은 대로 하도록 내버려두십시오. 그리스도께 바치는 예배를 우상 숭배로 매도하는 자는 저주를 받아야 할 것입니다. 친애하는 형제여! 날이 갈 수록 가톨릭교회를 찾는 신자들이 뜸해지고 있습니다. 그러나 그것이 하느님의 뜻인지 아닌지는 세월이 입증해 줄 것입니다. 어쩌면 구교회도 곧 적정선 이상으로 개혁의 깃발을 올리게 될지도 모릅니다. 루터는 광신을 감정으로 만들었고 칼뱅은 감정을 이성으로 만들었습니다. 교회의 이 같은 분열은 피할 수 없었으며, 이 분열이 정치색을 띠게 된 것은 주변 상황 때문이었습니다. 나는 결코 교파 통합을 원하지 않습니다. 오히려 나는 그것을 지극히 위험한 발상으로 봅니다. 어느 한쪽이 조금이라도 양보하여 손상을 입게 된다면 그것은 불공평한 일이지요. 하지만 정치적 관점 때문에 교파가 잘 통합되지 않고 있으니 다행입니다. 만약 그렇지 않다면, 사람들은 아마도 자유를 박탈당하게 될 테니까요. 두 교파는 결국 한 가지 문제에 귀착하게 되는데, 그것은 성사(聖事)가 하나의 표시에 불과하냐, 혹은 그 이상의 것이냐 하는 것입니다. 그런데 어떤 사람이 그 문제를 나 자신과 꼭 같이 느끼지 않는다고 해서, 어떻게 내가 그를 나쁘게 생각할 수 있겠습니까? 나는 천복이라는 것을 너무나 잘 알고 있어서 그것을 하나의 표시 이상으로 생각할 수가 없습니다. 그러나 내 교구민들 중에는 그것을 나처럼 느낄 수 있는 은총을 입지 못한 사람들이 많이 있습니다. 그들은 가슴보다 머리가 더 앞서는 사람들인데, 나는 이들과 매우 애정 어린 융화를 이루며 살고 있으며, 하느님께서 이들 각자에게 합당한 만큼의 기쁨과 천복을 내려주시기를 간구하고 있습니다. 왜냐하면 한 인간이 마음속에 품고 있는 바를 가장 잘 살피고 계시는 분은 성령이시기 때문입니다. 은총을 베풀 대상을 선택하심에 있어서도 이와 꼭 마찬가지입니다. 우리 모두는 거기에 관해서는 아무것도 모르고 있으니까요. 만사가 다 이와 같습니다. 그도 그럴 것이, 엄밀히 따지자면, 우리는 각자 자기 자신의 종교를 가지고 있는 셈이고, 그래서 하느님께서는 크나큰 자비심에서 우리의 보잘것없는 예배라도 흡족히 여기

시지 않을 수 없기 때문입니다. 정말이지 내가 보기에는, 자기 자신에게 어울리게 하느님을 섬기는 사람이야말로 올바른 교인인 것 같습니다.

아아, 친애하는 형제여, 우리의 교만을 미리 꺾어버릴 수 있는 가르침 이외의 그 어떤 가르침도 우리를 편견으로부터 정화해 줄 수 없다는 것은 반박할 수 없는 진리입니다. 천상으로부터의 가르침 말고 겸허를 바탕으로 하는 가르침이 또 어디에 있습니까? 우리가 이 점을 항상 염두에 두고 종교가 무엇인가를 가슴속에서 바로 느낄 수 있다면, 그리고 각자로 하여금 그가 느낄 수 있는 대로 느끼도록 허락한다면, 그리하여 형제의 사랑을 지니고서 모든 종파와 교파 사이로 뛰어든다면, 우리는 하느님의 씨앗이 수많은 방법으로 열매를 맺는 것을 보고 매우 기뻐하게 될 것입니다. 그때 우리는 "하느님, 찬미를 받으소서, 전혀 예기치 않았던 곳에도 하느님의 나라가 도래했습니다!" 하고 외치게 될 것입니다.

사랑하는 우리 주께서는 천국을 넓히는 일 때문에 어떤 사람이 한쪽 귀를 잃게 되는 것[15]을 원치 않으셨습니다. 그분은 그것으로써 일이 성취된 것이 아님을 아셨거든요. 그분은 문을 두드리라[16] 하셨지 문을 부수라 하시지는 않으셨습니다. 우리가 이 점을 마음에 바르게 새길 수 있다면 얼마나 좋겠습니까? 그리고 우리가 이 어려운 시대에도 아직 방해를 받지 않고 가르침을 전파할 수 있다는 사실에 하느님께 감사할 줄 알아야겠지요. 그래서 단연코 말합니다만, 성직의 계급적 구조는 진정한 교회의 개념에 전적으로 위배됩니다. 왜 이런 말을 할 수 있는가 하면, 친애하는 형제여, 그리스도가 죽은 직후의 사도들

15) 「누가복음」 제22장 제50절 이하 참조.
16) 「마태복음」 제7장 제7절 이하 참조.

의 시대를 한번 생각해 보시기 바랍니다. 그러면 당신은 이 지상에 결코 눈에 보이는 교회가 없었다는 사실을 인정하지 않을 수 없을 것입니다. 신학자들이란 기묘한 사람들입니다. 그들은 불가능한 것을 요구하고 있습니다. 기독교를 단일한 신앙 고백으로 만들려고 하다니! 아, 이 얼마나 천지를 모르는 사람들입니까? 베드로도 이미 "바울의 편지에는 이해하기 어려운 대목이 많다."[17]라고 말한 적이 있지요. 그런데 베드로야말로 정말이지 요즘 우리의 교구 감독들과는 다른 인간이었습니다. 하지만 베드로의 말이 옳았습니다. 바울은 전체 그리스도 교회가 함께 노력해도 오늘날에 이르기까지 이해할 수 없는 것들을 써놓았거든요. 우리가 성경에 적혀 있는 모든 것들을 '단일한' 체계 안에 억지로 끌어넣으려 하자마자 우리의 가르침은 이내 매우 어색하고 모순된 것이 됩니다. 그리고 변혁을 통해서도 역시 확실한 것은 규정되기 어려운 것입니다. 베드로도 이미 바울의 마음에 들지 않는 일들[18]을 행했지요. 그래서 나는 베드로가 유대인들의 편을 든 것보다 훨씬 더 근거 없고 훨씬 더 나쁜 방법으로 그들 자신의 종파를 편들고 있는 우리 시대의 성직자들에게 그 위대한 사도 바울이 과연 어떤 명예로운 칭호를 선사할지 궁금해집니다.

최후의 만찬 때에 사도들이 개신교 교회처럼 빵과 포도주를 나눠 먹었다는 사실은 부정할 수 없습니다. 왜냐하면 그들이 잘 알고 있던 스승이 그들 곁에 앉아 있었기 때문입니다. 즉 사도들은 그분을 사랑했기 때문에 말하자면 그를 잊지 않기 위해 그 의식을 되풀이하겠다고 약속했던 것이지요. 그분 역시 더 이상의 것을 요구하지 않았습니다. 정말이지 그분의 품에 기대고 있던 요한은 주의 존재를 생생하게

---

17) 「베드로후서」 제3장 제15절 이하 참조.
18) 「갈라디아서」 제2장 제11절 이하 참조.

확인하는 데 구태여 그런 빵이 필요하지 않았지만, 요컨대 그 자리에 있던 사도들은 그날 저녁 내내 머리가 돌아버렸던 것인지도 모릅니다. 왜냐하면 그들은 주께서 말씀하신 것을 단 한 마디도 이해하지 못했기 때문입니다.

주께서 이 세상을 떠나시자마자, 애정과 호의를 지녔던 사람들은 주와의 친밀한 결합을 동경하게 되었습니다. 우리의 영혼이 주와의 결합을 향유했다 할지라도 우리는 항상 절반밖에 만족할 수 없기에, 그들은 육체를 위해서도 무엇인가를 요구하게 되었습니다. 이러한 그들의 요구는 일리가 있었습니다. 언제나 그래왔지만 육체란 것은 인간의 묘한 부분이기 때문입니다. 성사(聖事)들은 이런 육체의 요구에 부응하는 가장 바람직한 기회를 제공했습니다. 세례를 준다거나 머리에 손을 얹는 따위의 감각적인 행위를 통해 감동을 받은 그들의 육체는 아마도 우리 주위를 끊임없이 맴돌고 있는 성령의 미동(微動)에 공명하기 위해 필요한 음조를 영혼에다 불어넣어 주었을 것입니다. 나는 '아마도'라고 말하고 있습니다만, 실은 '확실히'라고 말해도 될 것 같습니다. 바로 이것을 그들은 성찬 때에 느꼈던 것이며, 또한 그리스도의 말씀을 통해 인도받은 나머지, 이 느낌을 자신들이 그렇게도 원하던 것으로 간주할 수 있다고 믿었습니다. 특히 그들의 육체의 불편함이 이러한 성화(聖化)를 통해 아주 잘 치유될 수 있었던 까닭에, 그들은 자신들이 찬미하는 형제가 이와 같은 감각적 표징을 통해 그의 신적 인간의 본성을 알리고 있다는 사실을 조금도 의심치 않았습니다. 그러나 그들이 아마도 초기에 다 같이 신앙심을 돈독히 하기 위해 서로 이야기하던 성체(聖體) 감응은 말로는 표현할 수 없는 감정들이었습니다. 그런데 이것이 나중에는 유감스럽게도 법으로 만들어진 것이지요. 그리하여 심지어는, 그런 감정을 느낄 수 없는 마음의 소유자들이나 분별 있는 종교적 결합으로 만족하는 사람들이 교파 분리를 선언하면서 "보편적이지 않은 감정이 보편적 구속력을 갖는 법이 될 수는 없는 것"이라고 감히 주장하는 사례까지 생기게 된 것입니다.

나는 이것이 우리가 기대할 수 있는 가장 정직한 실상(實狀)이라고 생각합니다. 따라서 우리가 성직자로서의 직분을 잘 수행하려면 교구민을 대할 때 될 수 있는 대로 그들을 수평적으로 대하면서, 공정하게 처신해야 할 것입니다. 다른 사람에게 고압적으로 의견을 강요하는 것도 이미 무자비한 짓인데, 하물며 그가 느낄 수 없는 것을 느끼라고 요구한다는 것은 그야말로 터무니없는 폭압이지요.

형제여, 또 한 가지 덧붙여 말하자면 우리의 교회는 감정이 너무 메마른 개혁파 교회뿐만 아니라, 감정이 너무 풍부한 다른 독실한 사람들과도 역시 다투어왔습니다. 그들이 영감을 받았다고 열광하며 불행하게도 지나치게 자주 자신들의 깨달음을 내세웠기 때문에 사람들은 그들이 받았다는 계시가 몽상에 지나지 않는 것이라고 비난했지요. 그러나 요즘 성직자들은 더 이상 직접적인 영감에 관해 아는 것이 없으니 참으로 통탄할 일입니다. 그리고 주석으로부터 성경을 이해하는 법을 배우려는 기독교인 또한 한심스럽지요. 당신들은 성령의 작용이 대수롭지 않은 것이라고 말하려는 것입니까? 성령이 인간들의 마음에 가르침을 주시길 그만두시고 하느님의 나라를 증거하는 역할을 당신들의 그 진부한 설교에다 내맡기셨다면, 대체 그것이 언제부터 그렇게 되었는지 그 시점을 내게 말해 주십시오. 당신들은 불가해한 것이면 다 무용한 것으로 매도하고 있습니다. 사도 바울은 세 번째 하늘[19]에서 무엇을 보았습니까? 말로 표현할 수 없는 것이 아니었던가요? 그런데 해석을 하지 않으면 이해할 수 없는 말을 교구민 앞에서 입에 담는 것[20]은 대체 어떤 사람들이었습니까? 아, 여러분, 당신들의

19) 「고린도후서」 제12장 제2절 이하 참조.

교리론에는 아직도 허점이 많이 있습니다. 친애하는 형제여, 성령은 지혜를 구하는 모든 사람들에게 그것을 주십니다. 나는 모스하임[21]과 같은 해석자에게는 충고하는 것조차 포기했다고 말하는 재단사들[22]을 알고 있습니다.

어쨌든 우리는 진리를, 그것과 어디서 마주치든, 사랑해야 할 것입니다. 그리스도의 가르침이 다른 곳이 아닌 바로 그리스도 교회에서 가장 심한 핍박을 받았다는 사실이 판명되는 바로 그날에 우리가 순결하게 임할 수 있도록 우리의 양심을 더럽히지 맙시다. 그래서 이 말의 진실성을 살아생전에 체험해 보고 싶은 사람이 있다면 그는 주저하지 말고 자기가 그리스도를 따르는 사람임을 공표해야 할 것이며, 또한 우선 자기 자신의 구원의 문제가 큰 관심사라는 사실을 서슴지 않고 사람들 앞에 고해야 할 것입니다. 그는 자신도 모르는 사이에 갑자기 오명을 뒤집어쓰게 될 것이며, 기독교 교구민들이 그의 앞에서 성호를 긋게 될 것입니다.

그러니까 친애하는 형제여, 우리의 가르침이 아니라 그리스도의 가르침을 보다 큰 소리로 전할 수 있도록 노력합시다. 다른 사람들의 천국들에 관해서는 관심을 갖지 말고, 단지 우리의 천국에만 전심전력을 기울입시다. 그리고 특히 사이비 예언자들을 경계하십시오. 이 비열한 아첨꾼들은 기독교인을 자칭하지만, 양의 탈을 쓰고 노략질을 일삼는 이리들[23]일 뿐입니다. 그들은 번지르르한 도덕론과 덕행을 설교하지만, 실은 그리스도의 공덕을 될 수 있는 대로 깎아내리고 있는

20)「고린도전서」 제14장 참조.

21) 모스하임(L. v. Mosheim, 1694~1755): 교회사에 관한 실용주의적 견해의 저술을 남긴 신학자.

22) 경건주의적 작가 융슈틸링(Heinrich Jung-Stilling, 1740~1817)과 같은 사람들을 가리킨다. 융슈틸링은 원래 가난한 재단사였다.

23)「마태복음」 제7장 제15절 참조.

것입니다. 정말이지 신앙을 비웃는 사람들은, 자신들이 느끼지 못하는 것을 비웃고 있다는 점에서, 적어도 정직하기는 한 사람들입니다. 이렇게 드러내놓고 적대적인 사람들은 별로 무서워할 것이 없지요. 그러나 저들, 은밀한 적들은 당신의 교구에 발을 들여놓지 못하도록 하십시오. 그들이 당신의 관할 교구에 있는 것이 싫다고 하시지 말고, 다만 그들에게 자신들의 정체를 솔직히 고백하는 정직성을 요구하시는 것이 좋겠지요.

우리가 사랑하는 요한은 그리스도 교인과 그렇지 않은 사람을 구분하는 갖가지 방법을 아주 간명하게 우리에게 가르쳐주고 있습니다.[24] 이 가르침을 우리가 아는 유일한 구분법으로 생각합시다. 내가 설교 중에 예수를 아주 큰 소리로 외쳤더니, 반그리스도 교인들은 나가버리더군요. 그리고 또 이 이상의 구분이 필요하지도 않습니다. 예수를 주(主)로서 부르는 사람[25]을 우리는 환영해야 합니다. 다른 사람들은 살든 죽든 간에 그들 자신이 책임질 일입니다. 그들이 잘되기를 바랄 따름이지요. 만약 성직자가 제대로 된 사람이라면 교구민 사이에 그 어떤 분쟁도 생기지 않을 것입니다. 이 점이야말로 나와 내 교구민 전체의 신앙 고백이라 말씀드릴 수 있습니다.

우리는 가련한 존재에 불과합니다. 어떻게 그리고 왜 우리가 그런 존재가 되었는가 하는 것은 전혀 우리의 관심사가 될 수 없습니다. 이 상황하에서 우리는 다만 우리에게 도움이 될 수 있는 구원의 길을 열망할 뿐입니다. 우리는 하느님의 영원한 사랑이 우리가 열망하는 것을 구처해 주기 위해 인간이 되신 것을 믿습니다. 그래서 우리는 이 영원한 사랑과 보다 가까이 맺어지기 위해 도움이 되는 모든 것을 환

24) 「요한이서」 제9장 이하 및 「요한삼서」 제11장 이하 참조.
25) 「고린도전서」 제12장 제3절 참조.

영하게 됩니다. 그리고 이 목표를 조준하고 있지 않은 모든 것은 우리에게 중요치 않은 것이 되고, 이 목표와 떨어져 있는 모든 것을 우리는 싫어하는 것입니다. 형제여, 이로써 당신은 우리가 논쟁을 어떻게 평가하고 있는지를 짐작할 수 있을 것입니다.

친애하는 동료여, 형제여, 우리 평화를 지킵시다! 단지 사랑만이 울려 퍼져야 할 자리에 어떻게 목사가 가슴에 증오를 품고서 나아가 앉을 수 있는지 나는 모르겠습니다. 그리고 분쟁의 빌미를 제공하지 않기 위해, 망상을 진리로 선전하고 가설을 기본 교리로 내세우는 온갖 사소한 짓들은 그냥 못 본 척해 버립시다. 목사가 자기 교구민들에게 태양이 지구의 둘레를 도는 것이 아니라고 가르치는 일 따위는 언제나 우스꽝스럽게 보이는 법인데도, 이런 일이 가끔 생기고 있습니다.

형제여, 또 한 가지 말하고 싶은 것은 당신의 교구민들에게 될 수 있는 대로 성경을 많이 읽도록 권하시라는 것입니다. 그들이 성경을 다 이해하지 못하고 읽는다 해도 상관없습니다. 그래도 읽다가 보면 언제나 많은 것을 얻게 되니까 말입니다. 그래서 당신의 교구민들이 성경을 존중하게 된다면 당신은 큰 성공을 거둔 셈이지요. 그러나 내가 당신에게 권하고 싶은 것은 설사 성경에 수없이 여러 번 적혀 있는 내용이라 하더라도 당신이 누구의 가슴에 호소하든 항상 입증해 낼 자신이 없는 사실은 아무것도 설교의 논제로 삼지 마시라는 것입니다. 그 밖에도 나는 사람들이 성경의 이 대목 저 대목에 나오는 사실들에 대해 반대를 하고 나설까 봐 걱정하곤 했습니다. 그러나 나는, 성령이 그들로 하여금 그들에게 아무 소용이 없는 바로 그런 대목들은 그냥 지나쳐버리도록 인도했다는 사실을 발견했습니다. 예컨대 나는 그 어떤 마음씨 부드러운 신자도 솔로몬의 강론들[26]에 대해서 흥미를 보이는 것을 본 적이 없습니다. 하긴 이 강론들은 부드러우면서도 상당히 건조한 편이지요.

요컨대 교화라는 것은 독특한 일입니다. 그것은 사람을 교화하는 일 자체가 아니라, 그 일이 예기치 않게 우리를 엄습할 때의 우리 마음의 상태일 때가 많은 것입니다. 이런 마음의 상태가 사소한 것에도 가치를 부여해 주는 것이지요.

그 때문에 나는 찬송가를 개정하는 일에 동의할 수 없습니다. 이것은 이성을 중시하고 사람의 마음을 경시하는 사람들이나 할 수 있는 짓입니다. 단지 나의 영혼이 고양되어 시인의 정신이 날아올랐던 곳까지 비상할 수만 있다면 사람들이 무슨 노래를 부르든 무슨 상관이 있겠습니까? 정말이지, 비판적으로 엄정한 온갖 냉정함을 지니고서 책상 앞에 앉아 애써 갈고 닦은, 가공된 노래 가사들은 결코 사람들의 흉금을 울리지 못할 것입니다.

친애하는 형제여, 그럼 이만 작별을 고하겠습니다. 하느님께서 당신의 직책에 축복을 내리시기를 기원합니다. 사랑을 설교하십시오. 그러면 당신이 사랑을 받게 될 것입니다. 그리스도에 속하는 모든 사람들을 축복해 주십시오. 그리고 말이 났으니 말입니다만, 사람들이 당신을 냉담하다고 비난하더라도 그 비난을 그냥 감수하십시오. 교회의 종소리를 듣고 당신이 설교단으로 나아가고 있다는 것을 알게 될 때마다 나는 당신을 위해 기도하겠습니다. 그리하여 만약 당신의 일반적인 강화(講話)가 모든 사람들의 척도와 조화를 이루고, 당신이 당신에게 각별한 신뢰를 보내는 영혼들을 특히 잘 인도하여 그들 모두에게 우리 신앙의 큰 중심인 영원한 사랑을 일깨워준다면, 그리고 만약 당신이 강한 자에게는 충분히, 약한 자에게도 그가 필요로 하는 만큼 베풀어준다면, 그리하여 그들의 양심의 가책을 덜어줌으로써 그들 모두가 평화의 감미로움을 구하도록 만든다면, 그러면 당신은 어느

---

26) 『구약 성서』의 「잠언」과 「전도서」를 가리킨다.

날엔가는 당신의 직분을 잘 수행했다는 확신을 지닌 채, 최고의 목자로서 홀로 목자들과 양떼들에 대한 심판권을 지니고 계신 주님의 심판대 앞으로 나아갈 수 있을 것입니다. 충심으로 우정을 보냅니다.

당신의 형제

○○○교구 ……목사 드림

문학적 상퀼로트주의[1)]

《우리 시대와 그 취미에 관한 베를린 문고》지(誌)의 금년 3월호에는 「독일인의 산문과 그 화술에 대하여」[2)]라는 논문이 실려 있다. 편집자들이 스스로 고백하고 있지만, 그들도 망설이던 끝에 이 논문을 게재하게 되었다는 것이다. 우리로서는 편집자들이 이 설익은 글을 그들의 잡지에 게재한 것을 나무랄 생각은 없다. '문고'라는 것이 한 시대의 '성향'에 대한 증거물들을 포착하여 보존해 두어야 하는 것일진대, 그 시대의 '못된 성향'을 영원히 보존하는 것 역시 '문고'의 의무일 테니까 말이다. 그 단호한 말투며 자신을 광대한 정신의 소유자인 양 내세우려는 그 태도 따위가 우리 비평계에 전혀 생경한 것은 아니다. 그러나 아무도 이런 짓을 막을 수가 없기 때문에 개개인들이 보다 거

---

1) 1795년 5월에 쓰인 이 글은 프랑스 혁명 당시 상퀼로트주의자들('상퀼로트(sans culotte)'라는 말은 원래 반바지를 입지 않았다는 뜻으로서 귀족이 아니라는 뜻이었으나, 프랑스 혁명 당시에는 과격 공화주의적 혁명 대중을 지칭하게 되었다.)처럼 천박하고 과격한 문학적 무뢰배들이 독일의 훌륭한 작가들과 문학잡지들을 공격하는 데에 대한 교양인 괴테의 반격으로서, 원래 《호렌(*Horen*)》지에 실렸던 것이다.

2) 이 글의 필자는 예니쉬(Daniel Jenisch, 1762~1804)로, 괴테보다 13년 연하의 시인이다. 쉴러에게 보낸 빌헬름 폰 훔볼트의 1795년 10월 23일자 편지 참조.

친 시대로 복귀하게 되는 현상들도 나타나게 될 것이다. 이에 맞서서 우리 《호렌》지[3]가 부디, 앞으로 우리가 발언해야 할 지면에서(이러한 발언이 이미 자주 있었고, 어쩌면 더 좋은 발언이 이미 있었다 할지라도 그것에 상관없이) 하나의 증거를 기록하여 보존할 수 있었으면 한다. 즉 이 시대에는 우리 작가들에 대한 그 따위 부당하고도 과도한 요구들만 있는 것이 아니라, 그와 병행해서, 노력에 비해 비교적 적은 보수를 받는 작가들에 대한 당연한 감사의 정(情) 또한 눈에 띄지 않게 존재하고 있다는 증거 말이다.

위 논문의 필자는 "독일에는 탁월한 고전적 산문 작품이 거의 없음"을 개탄한 다음, 발을 높이 쳐들어 멀리 떼어놓으면서, 거의 열 명이 넘는 우리나라의 쟁쟁한 작가들의 머리 위를 그냥 지나쳐 가고 만다. 그는 이 작가들의 이름조차 거론하지 않은 채 미지근한 칭찬과 엄격한 질책으로 그들을 묘사함으로써, 그의 희화적 스케치만으로는 누가 누군지 알아보기도 어렵게 만들고 있다.

우리는 그 어떤 독일의 작가도 자기 자신이 고전적이라고 생각하지는 않을 것이라고 확신하는 바이며, 개개 작가가 자기 자신에게 내세우는 요구는 테르시테스 같은 인간의 정신 나간 요구보다는 더 엄격할 것으로 믿는다. 존경할 만한 작가들은 결코 그들 자신의 노력에 대해 무조건 경탄해 주기를 요구하지 않지만, 평자에게 정당한 평가를 기대할 수는 있다. 하지만 테르시테스같이 입이 험한 이 필자는 이러한 작가들을 적대시하고 있다.

우리는 사고도 엉성하고 문체도 엉망인 문제의 글에 일일이 주석을

3) '호렌(Die Horen)'은 그리스 신화에 나오는 계절과 질서의 여신들로서, 1795년에 쉴러가 간행한 월간지의 명칭이다. 괴테와 쉴러는 이 잡지를 통해 그들의 문학적 주장을 펴곤 했는데, 이 주장들이 후일 '바이마르 고전주의'라고 일컬어지는 문학 사조의 주요 강령이 되었다.

붙일 생각은 없다. 본지의 독자들이 위의 잡지에서 그 논문을 한번 죽 훑어본다면 아마도 불쾌감을 느끼지 않을 수 없을 것이다. 그러고는 자기보다 나은 사람들의 반열에 애써 끼어들려는, 아니, 그들을 쫓아내고 그 대신 자신이 그 자리에 들어앉으려고 하는 야비한 찬탈 행위—이 영락없는 상퀼로트주의—를 비판하고 단죄하게 될 것이다. 이런 조야하고도 주제넘은 짓거리에 대해서는 단지 몇 마디의 말로만 응답해 주는 것이 좋겠다.

말이나 글에서 단어들을 구사할 때에는 반드시 그 단어들이 지니고 있는 특정한 개념들과 일치시켜야 할 의무가 있다고 생각하는 사람은 '고전적 작가'라든가 '고전적 작품'이라는 표현을 거의 사용하지 않는 법이다. 고전적 국민 작가라 할 수 있는 사람은 언제, 어디서 탄생하는가? 그것은 그가 자기 나라의 역사에서 대사건들과 그 결과들이 다행하고도 의미심장한 통합을 이루고 있는 것을 목격할 때이며, 그가 자국민의 심성에서 위대성을, 그들의 감정에서 깊이를, 그리고 그들의 행동에서 의연함과 일관성을 찾아볼 수 있을 때이다. 그리하여 그 자신이 투철한 민족정신의 소유자로서 자신 속에 내재해 있는 천재성의 도움을 받아 과거 및 현재의 것에 다 같이 공감할 수 있다고 느낄 때이다. 또한 그가 자기 자신의 교양을 갖추기 쉬울 정도로 자기 나라가 고도의 문화 수준에 달해 있다고 인정할 수 있을 때이며, 그가 많은 자료들을 수집할 수 있어서, 완성되었건 완성되지 않았건 간에 선인들의 시작(試作)들을 모두 눈앞에 두고 볼 수 있을 때이며, 또한 그것은, 많은 외적, 내적 상황이 잘 맞아 떨어져서, 그가 고액의 수업료를 지불하지 않고도 인생의 한창 시절에 그의 필생의 위대한 작품들을 조감하고 그것들을 정리하여 '일관된 하나의' 의미 체계로 완성해 낼 능력을 갖추고 있을 때인 것이다.

고전적 작가, 특히 고전적 산문 작가가 탄생할 수 있는 이러한 여러 조건들을, 금세기의 가장 훌륭한 독일 작가들이 일해 온 상황과 비교해 보는 것이 좋을 것이다. 그러면 사물을 바로 보고 정당하게 생각하는 사람이라면, 이들 독일 작가들이 이룩해 놓은 것에 외경과 찬탄을 보내지 않을 수 없을 것이며, 그들이 실패한 일에 대해서도 예의를 지키는 가운데 유감을 표하게 될 것이다.

훌륭한 글은 훌륭한 연설과 마찬가지로 삶의 결과 이외의 아무것도 아니다. 글을 쓰는 사람도 행동하는 사람도 자신이 태어나 현재 활동하고 있는 상황을 좌우할 수는 없다. 아무리 위대한 천재라 할지라도 사람은 누구나 자기의 세기로부터 어떤 면에서는 피해를 입고, 또 어떤 면에서는 이득을 보기도 한다. 그래서 우수한 국민 작가는 오직 그 국민으로부터만 나올 수 있는 것이다.

그러나 정치적 상황이 독일을 분할하고 있기 때문에 지리적 상황이 독일 국민을 긴밀히 결속시키고 있는 사실을 들어 독일 국민을 비난해서도 안 될 것이다. 우리는 독일에서 고전적인 작품들이 나올 수 있는 계기를 마련해 줄지도 모른다고 해서 혁명이 일어나기를 원할 수는 없는 것이다.

따라서 세상에 가장 부당한 비난은 사람들의 시점을 흐려놓는 비난이다. 우리의 여건이 과거에는 어떠했고 현재에는 어떠한가를 보라. 독일의 작가들이 자아를 형성하고 교양을 쌓았던 상황들을 관찰해 보라. 그러면 그들을 올바르게 평가할 수 있는 관점을 쉽게 발견할 수 있을 것이다. 독일에는 작가들이 모여 '같은' 방법, '같은' 뜻을 지니고서, 각자가 자기의 영역에서 능력을 기를 수 있는 사교적 생활 교양의 중심지가 아무 데도 존재하지 않는다. 그들은 각기 다른 곳에서 태어나 서로 너무나 다른 교육을 받고, 대개의 경우 의지할 데라곤 자기 자신밖에 없는 데다가 매우 다양한 환경의 인상들에 내맡겨져 있다. 독일 국내 문학 또는 외국 문학의 이 작품 저 작품을 전범으로 삼아 그 한 가지에 홀딱 빠지고, 누구의 지도도 받지 않고 자기 자신의 역량을 시험해 본답시고 쓸데없이 온갖 시도를, 오만 가지 허튼수작을 다 해보다가 숙고와 반성을 하고서야 비로소 차츰차츰 자신이 무엇을 해야 좋을는지 확신을 갖게 되며, 실제로 습작을 해봐야 비로소 자신이 무엇을 할 수 있는가를 알게 된다. 좋은 작품이든 나쁜 작품이든 똑같이 즐기면서 마구 집어삼키는 몰취미한 다수 독자들에 의해 자꾸만 오도되고, 그러다가도 넓은 나라 이곳저곳에 두루 흩어져 살고 있는 교양 있는 사람들과 사귐으로써 다시금 격려를 받기도 하고, 같은 일에 종사하며 함께 노력하고 있는 동시대인들의 고무를 받아 원기를 회복하기도 한다. 이러는 가운데 결국 독일의 작가는 남자로서 자신의 생계와 가족 부양에 대한 걱정 때문에 눈을 바깥으로 돌리지 않을 수 없는 나이에 도달하게 된다. 그리하여 그는 극히 슬픈 심경으로 자기 자신도 존중할 수 없는 일을 해야 하는 수가 많은데, 이것은 그의 단련된 정신이 혼자서 추구하는 바를 달성하는 데 필요한 경제적 수단을 마련하기 위한 고육책이다. 명망 있는 독일의 작가치고 이런 모습에서 자신의 일면을 발견하지 않는 이가 어디 있겠으며, 진작부터 자신의 타고난 천재적 독창성을 일반적인 국민 문화의 품 안에 의탁하고 싶었지만 유감스럽게도 그런 문화가 없어서 아쉬운 탄식을 늘어놓은 적이 한두 번이 아니었다고 씁쓸하게 고백하지 않을 작가가 어디 있겠는가? 이런 말을 할 수 있는 까닭인즉, 외래 습속과 외국 문학이 우리에게 많은 이득을 가져다준 것은 사실이지만 그것을 통해 상류 계급의 교양이 형성되다 보니, 우리 독일인들은 젊어서부터 독일인으로서 성장하고 발전하는 데에 지장을 받아왔던 것이다.

자, 이제 그럼 정평 있는 독일의 시인들과 산문 작가들의 작품들을 살펴보기로 하자. 그들은 얼마나 신중하게, 그리고 어떠한 신앙을 갖고서 개명된 확신에 따라 그들의 길을 걸어왔는가! 예컨대 우리는 스멜펑[4] 같은 온갖 험구가들의 불평에도 불구하고 자부심을 갖고서 우리의 빌란트를 기꺼이 훌륭한 작가로 칭송해도 좋을 것이다. 만약 분별 있고 부지런한 한 문학도가 있어 빌란트의 전체 판본들을 비교하고 검토해 본다면, 이 작가가 지칠 줄 모르고 고치고 또 고친 수정 원고만 살펴보고도 하나의 완벽한 미학론을 펴낼 수 있을 것이다. 모든 주의 깊은 서지학자들은 아직 가능할 때 이러한 판본들이 하나의 문고로 수집될 수 있도록 조처해야 할 것이다. 그러면 다음 세기의 사람들은 감사한 마음을 갖고 그 문고를 이용하게 될 것이다.

아마도 우리는 우리나라의 훌륭한 작가들이 정진해 나가는 이야기가 어떻게 그들의 작품 속에서 나타나고 있는가를 연재하여 독자 여러분에게 소개하는 모험적 기획을 해야 할 것이다. 우리로서는 그 어떤 고백도 강요하고 싶지 않지만, 만약 그들이 그들 자신의 의사에 따라, 자신의 인격 형성에 가장 중요한 기여를 한 계기들, 혹은 가장 심대한 장애가 되었던 계기들만이라도 우리에게 알려준다면, 그들이 기왕에 끼쳐놓은 유익한 효과는 훨씬 더 광범위한 영향을 미칠 수 있을 것이다.

이렇게 말하는 이유인즉, 어설프게 비난하는 자들은 재능 있는 젊은이들이 오늘날 누리고 있는 행복을 조금도 알아채지 못하고 있기 때문이다. 젊은이들이 일찍부터 수련을 쌓을 수 있고 더 빠른 시일 내에 대상에 알맞은 깔끔한 문체를 쓸 수 있는 행복을 누리는 것이 다 누구의 덕분인가? 그것은 바로 다름 아닌 그들의 선배 작가들 덕분인 것이다. 그 선배들은 금세기의 후반에, 끊임없는 노력을 기울이고 갖가지 장애를 극복하면서 각자가 자기 나름대로 수련을 쌓아왔다. 그

4) 스턴(L. Sterne)의 「감상적인 여행(Sentimental Journey)」에 나오는 항상 불평만 하는 방랑자.

결과, 일종의 보이지 않는 학교가 하나 생겨난 셈인데, 지금 이 학교에 들어서는 젊은이는 선배들보다 훨씬 더 넓고 밝은 세계에 들어서고 있는 것이다. 그의 선배들은 아직 어둠이 채 가시지 않은 새벽녘에 이 세계 안에서 방황을 거듭하지 않으면 안 되었으며, 차츰차츰, 말하자면 단지 우연의 도움으로 이 세계를 넓혀갈 수 있었다. 이 설익은 비평가는 이제야 뒤늦게 나타나서는, 자기의 보잘것없는 등불로써 우리의 앞길을 비추어주고자 한다. 그러나 이미 날은 훤하게 샜고, 우리는 애써 열어놓은 덧창을 다시 내리지는 않을 것이다.

점잖은 좌석에서는 불편한 심기를 드러내지 않는 법이다. 그런데, 거의 모든 작가들이 '좋은 글'을 쓰고 있는 이 순간에 독일에는 우수한 작가들이 없다고 공언하는 사람이 있다면, 그는 틀림없이 심기가 대단히 불편한 인간일 것이다. 굳이 널리 구하지 않더라도, 근사한 소설 한편, 잘된 단편 하나, 이것저것을 대상으로 한 깔끔한 논문 하나쯤은 쉽게 찾을 수 있다. 우리나라의 평론지, 정기 간행물, 안내 책자들을 보면 가끔 가다가는 우리에게도 누구나 동의할 만큼 훌륭한 문체가 있다는 산 증거들을 찾아볼 수 있지 않은가 말이다! 독일인들은 점점 더 많은 전문적 지식을 갖게 되었으며 그들의 통합적 개관 능력 또한 보다 커지고 있다. 정견(定見)이 없이 동요하는 사람들의 온갖 저항에도 불구하고 한 훌륭한 철학[5]이 독일인들로 하여금 점점 더 그들 자신이 지니고 있는 정신력을 인식하도록 가르치고 있으며, 그들이 이 자각된 정신력을 활용할 수 있도록 돕고 있다. 문체상의 많은 범례들과 많은 사람들의 준비 작업 및 노고 덕분에, 젊은이는 자신이 외부 세계로부터 받아들여 자신의 내부에서 배양한 것을, 보다 일찍, 대상에 알맞게, 명료하고도 우아하게 표현해 낼 수 있는 능력을 갖게

5) 칸트 철학을 가리킨다.

된다. 그렇기 때문에 사심이 없고 판단이 공정한 독일인이라면 자기 나라의 작가들이 상당한 단계에 진입해 있음을 직시하게 될 것이며, 자기 나라의 독자들 또한 일개 변덕스러운 혹평가의 말에 현혹되지 않으리라는 확신을 갖게 될 것이다. 이런 혹평가는 이 사회로부터 격리시키는 것이 좋을 것이다. 노력이라고 한다는 것이 모두 파괴적이어서, 행동하는 사람들의 사기를 저하시키고 함께 문학하는 사람들의 연대감을 느슨하게 하며 옆에서 지켜봐 주는 사람들에게는 의혹과 무관심을 자아내게 하는 이런 인간은 누구를 막론하고 이 사회에서 축출해 버려야 할 것이다.

그리스도의 계시를 받은 형제로서의 플라톤

—1796년에 한 번역서를 읽은 것이 계기가 되어 쓰게 됨[1)]

만약 다른 모든 형제들이 받은 만큼 똑같이 혜택을 받았음을 고백하지 않을 수 없을 경우, 인간은 아무도 자기가 영원한 창조자 하느님으로부터 충분히 받았다고 생각지 않을 것이다. 각자는 특별한 한 권의 경전, 특별한 한 명의 선지자가 자기에게만 특별히 삶의 길을 예시(豫示)해 주었다고 생각하며, 바로 이 삶의 길 위에서만 다른 모든 사람들도 구원을 받을 수 있다고 생각하는 것이다.

그 때문에 어느 시대고 간에 배타적인 종교에 빠진 사람들은 모두가, 자신이 속한 집단 바깥에서도 역시 나름대로의 도덕적 본성을 아주 완전하게 계발하고자 하는 분별 있고 선량한 사람들이 있음을 보고 얼마나 이상하게 생각했던가! 그 때문에 그들로서는 이 사람들에게도 일종의 계시, 말하자면 일종의 특별한 계시가 있었을 것이라고 생각하는 수밖에 다른 방도가 없었던 것이다.

---

1) 이 글은 슈톨베르크(Friedrich Grafen Stolberg)의 번역서 『플라톤의 명대화선(*Auserlesene Gespräche des Platon*)』(Königsberg, 1795/6)의 머리말에 나타난 광신주의를 비판한 것으로서, 《예술과 고대 문화(*Über Kunst und Altertum*)》지 1826년호에 처음으로 발표되었다.

하지만 이에 대해서는 그만 덮어두기로 하자. 다만, 이런 생각을 하는 것은 언제나 특권을 바라고 자신이 특권을 받았다고 믿는 사람들이었다. 그들은 하느님의 위대한 세상을 바라보는 것, 즉 간단없고 중단시킬 수도 없는 그의 보편적 활동을 인식하는 것이 마음에 편치 않은 사람들이며, 심지어는 그들 자신, 그들의 교회 및 학파를 위해서라면 특권과 예외 규정을 베푸는 것, 그리고 기적이 일어나는 것도 아주 당연하게 생각하는 사람들이다.

그러다 보니 플라톤 역시 일찍이 그리스도의 계시를 받은 형제로서의 영예를 얻게 되었으며, 이 책에서도 그는 다시금 그런 사람으로 소개되고 있다.

플라톤은 그의 위대한 업적에도 불구하고 기교가 사변적이며 마술적이라는 비난이 늘 따라다니는 작가이다. 이런 작가를 대할 때는 반드시 그 작가가 글을 쓴 상황이나 글을 쓰게 된 동기에 대해 비판적이고도 명확하게 설명할 필요가 있다. 막연하고 모호한 감동(훨씬 열등한 작가들이나 이런 글을 쓰는 법이다!)을 받기 위해서가 아니라 독특한 개성을 지닌 한 뛰어난 인간과 만나기 위해 이 작가의 글을 읽는 독자는 누구나 그와 같은 비판적 설명의 필요성을 느끼게 된다. 왜냐하면 다른 사람이 되었을 수도 있는 그 작가의 본성의 가상이 아니라 그 작가의 과거와 현재의 본성 자체에 대한 인식만이 우리의 교양에 자양분이 될 수 있기 때문이다.

이 책을 번역한 사람이 만약 자신의 교술적 주석에다가, 호라티우스를 번역한 빌란트[2]처럼 고대 작가 플라톤이 작품들을 쓸 당시에 그

---

2) 빌란트(Christoph Martin Wieland, 1733~1813)는 계몽주의 시대의 독일의 시인으로서 독일 고전주의의 선구자였으며, 그와 마찬가지로 바이마르에 온 후배 괴테와는 우호적 관계를 유지하였다. 여기서 괴테가 말하는 번역은 『호라티우스의 풍자 및 서한집(*Horaz, Satiren und Briefe*)』(1782~1786)으로 추정된다.

를 둘러싸고 있었음 직한 주변 상황과 개별 작품들의 내용 및 목적까지도 짤막하게 덧붙여 놓았더라면, 우리는 그에게 얼마나 감사하게 생각했을까!

예컨대 「이온(Ion)」이라는 글도 그렇다. 이 짧은 대화편은 일종의 야유(Persiflage)에 불과하다. 그런데 어째서 이것이 규범적인 책으로 소개될 수 있는가? 그것은 아마 이 책의 끝에 하느님의 계시에 관한 언급이 있기 때문일지도 모른다. 그러나 유감스럽게도 소크라테스는 다른 여러 곳에서 그랬듯 여기서도 역시 단지 반어적으로 말하고 있을 뿐이다.

모든 철학적 글에는, 그것이 거의 보이지 않는다 해도, 그 글을 관류하는 그 어떤 논쟁적 흐름이 있는 법이다. 철학하는 사람의 생각은 자기보다 앞선 시대 및 동시대 사람들의 사고방식과 일치하지 않는다. 그래서 플라톤의 이 대화편 역시 그 무엇을 '지향' 하고 있을 뿐만 아니라, 그 무엇을 '반대' 하고 있을 때도 많은 것이다. 그렇기 때문에 이 이중적인 '그 무엇' 을 지금까지보다 좀 더 상세히 밝혀내어 그것을 독일의 독자들이 쉽게 알 수 있도록 제시해 줄 수만 있다면, 그것은 역자의 크나큰 업적이 될 것이다.

이런 의미에서 「이온」에 관해 몇 마디 더 덧붙여 두고자 한다.

플라톤이 소크라테스의 가면을 씌워놓은 이 인물(우리가 이 환상적 인물을 이렇게 부를 수밖에 없는 까닭은 소크라테스 자신이 아리스토파네스의 인물 소크라테스를 자신인 줄 몰라보았던 것과 마찬가지로 이 인물 역시 자신인 줄 알아채지 못했기 때문이다.)이 만나게 되는 사람은 한 음유시인, 즉 낭송자 또는 암송자로서, 그는 호메로스의 시들을 낭송함으로써 유명해져서 이제 막 상을 받았으며, 곧 다른 상도 하나 더 받게 되리라고 기대하고 있다. 이 사람이 바로 이온인데, 플라톤은 그를 지극히 편협한 인간으로 보여주고 있다. 그는 호메로스의 시를 힘

주어 낭송해서 청중을 감동시킬 수 있고, 감히 호메로스의 문학에 대해서까지 주저하지 않고 말한다. 그러나 그가 이렇게 호메로스에 대해 말하는 것은 아마도 호메로스의 시에 나오는 대목들을 전체적 연관성하에서 설명하기 위해서라기보다는 그것들에 주석을 붙이기 위해서이며, 자신의 해석을 통해 청중들을 시인의 정신에 보다 가까이 접근시키기보다는 이 기회를 이용해 스스로 무엇인가를 말하기 위해서인 것으로 보인다. 그도 그럴 것이, 호메로스 이외의 다른 시인들의 시가 낭송되거나 설명되면 졸리다고 솔직히 고백하는 이런 작자가 실제로 어떤 인간이었을까 하는 것은 묻지 않아도 짐작이 가는 노릇이기 때문이다. 이런 인간은 단지 전승(傳承)된 것을 외우거나 연습을 해서만 현재의 재능에 도달할 수 있었을 것이라는 사실이 누가 봐도 뻔히 보인다. 훤칠한 체격, 타고난 발음 기관, 그리고 감동할 수 있는 가슴 등 여러 조건이 아마도 그의 출세에 도움이 되었을 것이다. 그러나 이 모든 천혜의 조건들에도 불구하고 그는 자연주의자에 머물고 말았다. 즉 자기의 예술에 대해서도, 예술 작품 전체에 대해서도 성찰이라곤 한 바 없이 한 비좁은 세계 안에서 기계적으로 맴돌고 있는 단순한 경험주의자에 불과했던 것이다. 그럼에도 불구하고 그는 자신을 예술가로 생각했으며, 아마도 온 그리스인들이 그를 위대한 예술가로 간주했을 것이다. 플라톤의 소크라테스는 이런 얼간이를 문제 삼고 있는 것이며, 이 녀석에게 창피를 주고 있는 것이다. 플라톤의 소크라테스는 우선 이 녀석으로 하여금 자신의 편협성을 느끼도록 해주고, 그다음에는 자기가 호메로스의 섬세한 기법을 이해하지 못하고 있음을 알아채도록 해주며, 그 가련한 작자가 어쩔 줄 모르고 당황해하자 그가 신의 직접적인 계시를 통해 감격을 얻게 된다는 사실을 가르쳐 주는 것이다.

그 나라가 성스러운 땅이라면 아리스토파네스의 연극이 상연되는 무대 역시 신성한 장소이어야 할 것이다. 이온을 개종시키는 것이 소크라테스로 분장한 인물의 본심이 아니듯, 독자를 교화하는 것 역시 이 글의 필자인 플라톤의 의도가 아니다. 사람들의 경탄을 받으며 명예와 부를 누리고 있던 저 유명한 이온의 발가벗은 모습을 묘사하는 것이 그가 의도한 것이었다. 그러니 그 제목은 「이온, 혹은 창피당한 낭송자」로 하는 것이 더 좋을 것이다. 왜냐하면 이 모든 대화가 시와는 아무 상관도 없기 때문이다.

대저 이 대화편을 읽노라면, 플라톤의 다른 대화편들에서도 그렇지만, 몇몇 인물들이 믿을 수 없을 정도로 어리석게 묘사되고 있다는 점이 눈에 띈다. 그 결과 오직 소크라테스 자신만이 진정 현명한 사람일 수 있는 것으로 나타나 있다. 만약 이온이 시의 본질을 어렴풋하게나마 알고 있었다면, 그는 "호메로스가 수레 모는 법에 관해서 말할 때 수레꾼과 낭송자 중에서 누가 호메로스를 더 잘 이해하겠는가?"라는 소크라테스의 단순한 질문에 대하여 다음과 같이 대담한 대답을 했을 것이다. ― "그야 물론 낭송자 쪽이지요. 왜냐하면 수레꾼은 단지 호메로스가 '옳게' 말하는지 그렇지 않은지만을 알 뿐이지만, 분별력을 갖춘 낭송자라면 그가 '적절하게' 말하는지 그렇지 않은지를, 즉 어떤 수레 경주를 묘사하고 있는 사람으로서가 아니라 시인으로서 자신의 의무를 완성하고 있는지 아닌지를 알 것이기 때문이지요." 한 서사시인을 평가하는 데에는 단지 그의 직관과 감정만이 기준이 될 수 있는 것이지 그의 지식은 본래 그 기준이 될 수 없는 것이다. 물론 인간 세계와 그것을 둘러싸고 있는 만물을 굽어볼 수 있는 탁 트인 조감력도 필요하긴 하다. 그러나 여기서, 한 시인을 신화화하려는 의도가 아니라면, 무엇 때문에 구차하게 신의 계시를 들먹임으로써 논리를 슬쩍 피해 가는가 말이다. 예술의 영역에서는 설령 구두장이라 하더라도 구두 밑창에 대해서 함부로 평가를 내려서는 안 되는 경우가 비일비재한 것이다. 왜냐하면 예술가는 그다지 중요하지 않은 부분들이라면 보다 높은 목적을 위해 완전히 희생시키는 것이 필요 불가결하다고 생각하기 때문이다. 나 자신도 인생을 살아오는 동안 수레꾼이 낡은 보석 장식을 나무라는 소리를 여러 번 들은 적이 있다. 말들이 끈에 매이지도 않은 채 수레를 끄는 것처럼 조각되어 있었던 것이다. 하긴 수레꾼의 말이 옳긴 옳았다. 끈 없이 수레를 끈다는 것이 너무나 이치에 맞지 않게 생각되었던 것이다. 그러나 보기 흉한 끈으로 말의 아름다운 자태를 가리지 않은 예술가 역시 옳았다. 모든 예술이 필요로 하는 이 허구(虛構), 이 신비로운 장식들은, 모든 진실한 것은 자연스럽게 이치에 맞지 않으면 안 된다고 생각한 나머지 그들의 영역에서 예술을 추방하는 그런 사람들에게는 아주 좋지 않은 것으로 이해되고 있다. 유명한 고전 작가들의 이와 같은 가설적인 언설들은 그것이 언급된 시간과 장소에서는 유용했을 수도 있다. 그러나 상대적으로는 옳지 않을 수도 있다. 따라서 이런 언설들을 올바른 안내나 주석을 붙이지 않고 다시금 책으로 찍어내는 것은 금물이다. 또한 성령 감응이라는 그릇된 학설로 유포시켜서도 안 될 일이다.

우리는 문학적 천분을 타고나지 못한 사람이 칭찬할 만한 말끔한 시 한 편을 써내는 것을 가끔 보곤 한다. 여기서 드러나는 사실은 다만 생생한 관심, 좋은 기분, 그리고 정열이 어우러질 때 그 결과로 무엇이 생겨날 수 있는가 하는 것뿐이다. 이런 경우에 우리는 그가 천재에 버금가는 일을 해냈다는 사실을 밉지만 인정하지 않을 수 없다. 그리고 무릇 우리의 활동을 요구하는 온갖 정열적인 일에는 모두 이런 면이 있다고 말할 수 있을 것이다. 아무리 널리 인정을 받고 있는 시인이라 할지라도 그의 재능을 최고도로 보여줄 수 있는 것은 단지 몇몇 순간들에 지나지 않는다. 인간 정신의 이러한 작용을 억지로 설명하고자 기적이나 이상한 영검 따위를 끌어댈 필요는 없다. 우리가 과학이 밝혀주는 자연현상을 자세히 추적하고 탐구하고자 하는 인내심만 지니고 있다면, 이런 인간 정신의 작용은 심리학적으로 얼마든지 설명이 가능한 것이다. 하기야 과학이 제공하는 것을 이해하고 그것에 응분의 평가를 내리기보다는 차라리 그런 과학쯤이야 거들떠보지도 않고 점잔을 빼며 딴청을 부려버리는 쪽이 더 편안하기는 하다.

플라톤의 이 대화에서 특이한 점은, 이온이 예언, 수레 몰기, 약학, 고기잡이 등 여러 가지 기술에서 자신이 무지하다는 것을 고백한 다음, 마지막에 이르러서야 새삼스럽게, 자신은 야전 사령관으로서의 자질을 갖춘 것 같다고 주장한다는 사실이다. 아마도 이것은 재능은 많지만 어리석은 이 인간의 개인적인 취미였을 것이다. 즉 이것은 그가 마음속에서 호메로스의 영웅들과 함께 지내는 동안 생긴 망상으로서, 그의 청중들도 웬만큼은 알고 있던 것이다. 우리는 평소 보다 분별이 있어 보이는 사람들에게서도 역시 이온이 여기서 보여주고 있는 것과 같은 또는 이와 유사한 망상을 흔히 발견해 오지 않았던가? 그렇다! 이온이 자신에 대해 품고 있었던 생각, 즉 자기가 일개 연대를 지휘할 능력이 아주 없지는 않다는 식의 생각을 우리 시대의 누군가가 했다면, 그가 이런 근사한 생각을 자기의 머릿속에 그냥 감춰두고만 있겠는가 말이다!

플라톤이 그의 불쌍한 죄인 이온에게 이 최후의 일격을 유보하고 있는 것은 정말로 아리스토파네스적인 심술이다. 이제 이온은 어쩔 줄 모르고 그 자리에 멍하니 서 있다. 그러자 소크라테스가 마지막으로 그에게, 악한이라는 칭호를 원하는지 아니면 신적인 인간이라는 칭호를 원하는지 양자택일할 기회를 주었고, 물론 그는 후자를 택한다. 그러고는 매우 당황해하면서 자신을 좋게 봐주고자 하는 데에 대해 정중하게 감사하는 것이다. 정말이지, 그곳이 성스러운 나라 그리스라면, 아리스토파네스적 연극 또한 성스러운 땅에 걸맞은 연극이 되어야 하는 것이다.

그렇다! 플라톤과 같은 사람들이 진담으로 말한 것인지 농담으로, 또는 농담 반 진담 반으로 말한 것인지, 그리고 확신에서 말한 것인지, 또는 단지 논리를 전개하기 위한 수단으로 말한 것인지를 잘 분석해서 우리에게 명확히 설명해 주는 사람이 있다면, 그는 우리에게 특별한 봉사를 하는 것이며, 우리의 교양을 함양하는 데에도 이루 말할 수 없이 큰 도움이 될 것이다. 무녀들이 지하에서 예언을 하던 시대는 이제 지났기 때문이다. 우리는 분석과 비판을 요구하며, 무엇을 가정하고 우리 자신에게 적용하기 이전에 스스로가 먼저 판단해 보고 싶어 하는 것이다.

서사문학과 극문학에 관하여

—쉴러와 공동 집필[1)]

서사시인과 극시인은 둘 다 문학의 보편적 법칙, 특히 통일의 법칙과 전개의 법칙을 따라야 한다. 더욱이 이 둘은 비슷한 대상을 취급하며, 또한 모든 종류의 모티프들을 사용할 수 있다. 그러나 양자의 큰 본질적 차이는 서사시인이 사건을 '완전히 과거의 것'으로서 낭송하는 데에 반해 극시인은 그것을 '완전히 현재의 것'으로서 표현한다는 점에 있다. 양자가 행동 지침으로 준수해야 할 법칙의 세목을 인간의 본성으로부터 끌어내어 설명해 보고자 한다면, 우리는 항상 한 음송자(吟誦者)와 한 연기자를 눈앞에 그려보는 것이 좋을 것이다. 즉 둘 다 시인은 시인인데, 전자는 조용히 경청하고 있는 한 무리의 사람들로 둘러싸여 있고, 후자는 조마조마한 마음으로 바라보면서 듣고 있는 한 무리의 사람들로 둘러싸여 있는 상황을 눈앞에 그려보라는 말이다. 그러면 이들 두 가지 문학 장르 각각에 가장 유익한 것이 무엇

1) 1797년 괴테와 쉴러는 장르들의 경계에 대해 토의하여 공동의 결론에 도달했는데, 이 글이 바로 그 결과로서 나중에 《예술과 고대 문화》지(1827)에 발표되었다. 이와 비슷한 논의로는 『빌헬름 마이스터의 수업시대』 제5권 제7장에 나오는 마이스터와 세를로의 대화를 참조할 것.

인가, 각 장르가 주로 선택하는 대상은 무엇인가, 그리고 각 장르가 주로 사용하는 것은 어떤 모티프인가 등의 의문을 풀어나가는 일은 그다지 어렵지 않을 것이다. 내가 여기서 "주로……"라는 단서를 붙이는 이유는, 이미 글의 첫머리에서도 언급한 대로, 양자 중 그 어느 쪽도 어떤 것을 완전히 전유(專有)한다고 내세울 수는 없기 때문이다.

서사시와 비극의 '대상'은 순수하게 인간적인 것, 의미심장한 것, 그리고 비장한 것이어야 한다. 따라서 작중 인물들은, 자주적 활동이 아직도 자기 자신밖에는 의지할 곳이 없고 인간의 활동 역시 도덕적, 정치적, 기계적으로 영위되는 것이 아니라 아직도 개인적 활동에 크게 의존하고 있는 그러한 한 문화 단계에 처해 있는 것이 가장 이상적이다. 이러한 의미에서 고대 그리스 영웅시대의 전설들은 서사시와 비극의 시인들에게는 특히 유리한 대상이 될 수 있었다.

서사시는 주로 개인적으로 제한된 활동을 표현하고, 비극은 개인적으로 제한된 고뇌를 표현한다. 서사시는 '외부를 향해 활동하는' 인간, 즉 전투, 여행, 또는 그 어떤 감각적인 폭을 요하는 모든 종류의 기획을 그리는 반면, 비극은 '내면을 향해 인도되고 있는' 인간을 그린다. 그 때문에 진정한 비극의 사건 진행은 단지 얼마 되지 않는 공간만을 필요로 한다.[2)]

나는 다섯 종류의 '모티프들'을 알고 있다.

1) '전진의 모티프': 사건 진행을 촉진하는 모티프로서, 주로 희곡에서 사용된다.

2) '후퇴의 모티프': 사건 진행을 그 목적으로부터 멀리 떼어놓는

2) 이것은 쉴러의 견해로, 고대 비극에는 상응하지만 셰익스피어의 비극에는 잘 맞지 않는다.

모티프로서, 거의 서사시에서만 사용된다.

3) '지연의 모티프' : 진행 과정을 늦추거나 행정(行程)을 연장하는 모티프인데, 서사시와 희곡 모두에서 아주 큰 효과를 거둘 수 있다.

4) '회고의 모티프' : 작품의 시간 이전에 일어난 일이 이 모티프를 통해 사건 속으로 끌어들여진다.

5) '예상의 모티프' : 작품의 시간 이후에 일어날 일을 예견하는 모티프이다. 이들 '회고의 모티프'와 '예상의 모티프'는 둘 다 서사시인과 극시인이 자기 작품을 완전하게 만들기 위해 필요로 하는 것들이다.

서사시인과 극시인이 모두, 청중의 눈에 생생하게 보이도록 잘 묘사해야 할 '세계들'은 다음과 같다.

1) '물리적 세계' : 이 중에서도 '첫 번째' 세계는 작중 인물들이 속해 있고 또 그들을 둘러싸고 있는 '가장 가까운 세계'이다. 이 세계에서 극시인은 대개 어느 '한' 지점에 붙박여 있고, 서사시인은 보다 넓은 장소에서 비교적 자유로이 움직인다. '두 번째'는 '보다 멀리 떨어져 있는 세계'인데, 나는 전(全) 자연을 이 세계에 포함시키고 싶다. 대개 상상력에 의존하는 서사시인은 비유를 통해 이 세계를 알기 쉽게 설명하곤 하지만, 극시인은 이러한 비유를 보다 신중하게 사용한다.

2) '윤리적 세계' : 이 세계는 두 시인 모두에게 완전히 공통적이며, 이 세계를 묘사할 때에는 그 생리적이고 병적인 단순성을 부각해야 가장 큰 성공을 거둘 수 있다.

3) '상상, 예감, 환상, 우연 그리고 운명의 세계' : 두 시인 모두에게 개방되어 있는 세계이다. 다만, 당연한 노릇이지만, 이것은 감각적

세계에 근접시키지 않으면 안 된다. 이 과정에서 우리 현대인들은 일종의 특별한 어려움을 겪게 되는데, 그 이유는 우리가 고대인들이 믿었던 기괴한 생물들, 신들, 예언자와 신탁(神託)의 표지 따위를 대신할 만한 것들을, 그것이 아무리 바람직하다 해도, 쉽게 발견할 수가 없기 때문이다.[3]

전반적인 '기법'에 관해 말하자면, 완전히 지나간 것을 낭독하는 음송자는 침착하고도 사려 깊은 태도로 이미 일어난 사건을 굽어보고 있는 현자의 모습을 띠게 될 것이다. 그가 낭독을 하는 목적은 청중들을 진정시켜 기꺼이 자기에게 장시간 귀를 기울이게 만드는 것이다. 그는, 청중에게 한 번에 너무 강렬한 인상을 주었다가는 그들의 마음의 평형을 재빨리 되돌려 놓을 수가 없기 때문에, 청중의 흥미를 골고루 나누어 배치할 것이다. 그는 자기가 원하는 대로 회고를 하기도 하고 예상을 하기도 할 것이며, 그가 어디로 가든지 간에 청중들은 어디나 그를 따라가게 될 것이다. 왜냐하면 음송자가 상대해야 하는 것은 단지 상상력뿐이기 때문이다. 이 상상력은 스스로 온갖 영상들을 생산해 내는 것이며, 자신이 어떤 영상들을 불러오든 간에 어느 정도까지는 전혀 개의치 않아도 되는 것이다. 따라서, 음송자는 보다 높은 존재로서, 자기 자신의 작품에서는 스스로 모습을 드러내지 말아야 한다. 즉 그는 가능하다면 어떤 장막 뒤에서 낭독하는 것이 제일 좋을 것이다. 그렇게 되면 청중들은 음송자 개인으로부터는 전혀 영향을 받지 않은 채 자신들이 다만 아홉 시신(詩神: 뮤즈)들 전체의 목소리를 듣고 있는 것으로 믿게 될 것이다.

---

3) 이는 쉴러가 『메시나의 신부(新婦)(*Braut von Messina*)』를 집필하던 때의 어려움이기도 하다.

연기자는 이와 정반대의 입장에 놓여 있다. 그는 자기 자신을 그 어떤 개체로서 나타내 보인다. 그는 사람들이 오로지 그와 그의 가까운 주위 세계에만 관심을 가져주기를 원하며, 그의 영혼, 그의 육체의 고통에 공감해 주고, 그의 당혹감에 동정하여, 그를 생각한 나머지 그만 망아지경(忘我之境)에 빠져버릴 것을 요구한다. 물론 연기자 역시 단계를 밟아가며 연기를 진행해 가기는 할 것이다. 하지만 현재의 감각에 호소할 경우, 보다 강한 인상조차도 보다 약한 인상에 의해 지워질 수 있기 때문에, 그는 음송자보다도 훨씬 더 강렬한 효과를 노리는 모험을 해낼 수 있는 것이다. 구경하고 있는 청중이 항상 감각을 애써 긴장하고 있지 않으면 안 되는 것은 당연하다. 그는 심사숙고할 여유를 지녀서는 안 되며, 부지런히 연기를 따라와야 한다. 그의 상상력은 완전히 손발이 묶이게 되며, 상상력을 발동하려고 해서도 안 된다. 이야기로 서술되는 장면에서조차도, 그 서술 내용을, 말하자면 연기로써 관중의 눈앞에 그려 보이지 않으면 안 되는 것이다.

쉴러의 『발렌슈타인』에 대하여[1)]

〔……〕 이 작품 전체가 다루는 대상을 단 몇 마디로 요약해서 말하자면, 한 환상적 인간 존재의 묘사라 할 수 있을 것이다. 이 인간 존재는 한 비상한 개인을 통하여, 그리고 한 비상한 시대적 순간의 덕분으로, 부자연스럽게 순간적으로 생겨났지만, 삶의 진부한 현실과 인간 본성의 정의와 맞부딪치게 됨에 따라 필연적인 모순을 일으켜 좌절함으로써, 자신과 결부되어 있던 모든 사람들과 더불어 함께 몰락해 가는 것이다. 그러니까 이 작품을 쓰는 시인은 상호 대립적으로 보이는 두 가지 대상을 묘사하지 않으면 안 되는데, 한편으로는 위대한 이상에 가깝고 다른 한편으로는 망상적 범죄에 가까운 '환상적 정신'이 그 한 대상이요, 한편으로는 윤리와 이성의 편에 서고, 다른 한편으로는 왜소하고 저속하며 경멸할 만한 것에 근접하는 '진부한 현실적 삶'이 그 다른 한 대상이다. 이 두 대상의 한가운데에다 시인은 이상적이고 환상적인 동시에 윤리적인 현상으로서의 사랑을 제시해 주

1) 1799년 괴테는 쉴러의 조언을 받아가면서 『발렌슈타인』에 관한 논문 「피콜로미니 부자(Die Piccolomini)」를 썼는데, 그중 한 단락인 이 글은 쉴러의 대작 『발렌슈타인』의 기본 이념을 간명하게 잘 축약하고 있다.

고 있는데, 이렇게 함으로써 그는 그의 작품 속에서 어떤 한 부류의 인간 존재들을 완벽하게 그려내었다.〔……〕

배우 수칙(발췌)[1)]

배우의 예술성은 언어와 몸짓에 그 본질이 있다. 다음에서 우리는 이 두 가지에 대한 몇 가지 수칙과 지침을 조목별로 기술하겠는데, 우선 언어에 대해서부터 시작해 보기로 하자.

방언

§ 1

어떤 비극적인 대사 중간에 일종의 지방색을 띤 말투가 끼어든다면, 아무리 아름다운 문학 작품이라도 추하게 일그러지고 경청하던 관객들은 모욕감을 느끼게 될 것이다. 수업 중인 배우 지망생이 제일 먼저, 반드시 해야 할 것은 자신의 말투에서 방언의 모든 결점들을 없

---

1) 괴테는 1791년에서 1817년까지 바이마르 극장의 극장장 직을 맡았는데, 1803년 자신을 찾아온 두 배우 지망생들에게 고전극의 실례를 들어가면서 배우 수칙을 가르쳐준 바 있었다. 그중 일부가 기록으로 남아 있었는데, 이 글은 1824년에 괴테의 지시로 에커만이 정리한 것이다. 배우들에게 사실적인 연기를 하도록 권장한 레싱과 달리, 괴테는 여기서 고전주의적 입장에 입각해, 양식에 맞는 미적인 언어와 동작을 요구하고 있다.

애고 완벽하고 순수한 발음을 할 수 있도록 노력하는 일이다. 무대 위에서는 그 어떤 지방색도 쓸모가 없다! 무대 위에서는 오직 고상한 취향, 예술 그리고 학문을 통해 훈련되고 세련된 순수한 독일어만이 영광을 누려야 할 것이다.

§ 2

방언을 쓰는 습관과 싸워야 하는 사람은 독일어의 일반적 규칙을 준수하고, 새로 연습해야 하는 발음을 아주 명확하게, 심지어는 실제로 그래야 하는 것보다도 더 명확하게 발음하려고 애쓰는 것이 좋다. 이 경우에는 과장된 발음을 하라고까지 권하고 싶은데, 그렇게 한다고 손해를 볼 위험은 없다. 왜냐하면 인간의 본성에는 항상 옛 습관으로 되돌아가고 싶어 하고 과장된 것을 스스로 조화롭게 고치려는 특성이 있기 때문이다.

발음

§ 3

음악에서 올바르고 정확하게, 그리고 순수하게 개개의 음을 내는 것이 갖가지 고급예술활동의 기초가 되는 것과 꼭 마찬가지로, 극예술에서도 모든 수준 높은 낭독과 낭송의 기초는 개개 단어를 순수하고도 완벽하게 발음하는 것이다.

§ 4

그러나 발음이 '완벽하다'는 것은 한 단어에서 어떤 자모도 억압받지 않을 때를 말하는 것이 아니라, 모든 자모들이 그 진정한 음가에 따라 발음될 때를 말한다.

§ 5

발음이 '순수하다'는 것은 모든 단어들이 그 의미가 쉽고도 틀림없이 청중에게 전달되도록 발음될 때를 말한다.

완벽함과 순수함—이 두 가지가 결합되어 있을 때에야 발음은 완전무결해지는 것이다.

§ 11

특히 조심해야 할 것은 모든 마지막 음절과 마지막 자모를 불분명하게 발음하지 않도록 하는 일이다. 이 규칙은 마지막 음이 -m, -n, 그리고 -s일 때 특히 주의를 기울여야 한다. 그 까닭은 이 자음들이 명사의 격을 규정하는 어미들을 지칭하고 있기 때문이며, 따라서 이 어미들은 명사가 문장의 여타 요소들과 어떤 관계에 있는지도 나타내 주고, 그럼으로써 문장의 원래 의미까지 규정해 주고 있기 때문이다.

§ 13

'고유명사'를 발음할 때에는 일반적으로 여느 때보다 더 강조해 주어야 한다. 이름은 청중에게 특히 잘 기억되어야 할 것이기 때문이다. 즉 제3막이나 또는 종종 그보다 더 뒤에 가서야 비로소 등장하는 한 인물이 이미 제1막에서 언급되는 경우가 매우 허다하기 때문이다. 그 때문에, 그 이름에 대하여 미리 관중의 주의를 끌어두어야 하는 것이다. 그렇다면, 분명하게 힘주어 발음하는 것 말고 다른 어떤 재주로 그렇게 할 수 있겠는가?

§ 15

더불어 충고해 두고 싶은 점은, 처음에는 소리 낼 수 있는 가장 낮은 음으로 말하기 시작해서 나중에는 목소리를 바꿔가면서 점점 더 음성을 높이라는 것이다. 왜냐하면 그렇게 함으로써 성량을 키울 수 있고 낭송에 필요한 여러 가지 전조(轉調)를 할 수 있게 되기 때문이다.

낭독과 낭송

§ 18

'낭독'이라 하면, 어조를 정열적으로 높이는 일도 없고 그렇다고 어조를 전혀 바꾸지 않는 것도 아니면서, 냉정하고 조용한 언어와 지극히 흥분한 언어의 중간쯤 되는 어조로 읊는 것으로 이해된다.[2)]

청중은 항상, 여기서 제3의 어떤 대상이 이야기되고 있다는 느낌을 받아야 한다.

§ 20

그러나 '낭송', 즉 고조된 낭독에서는 전혀 다르다. 이 경우에 나는 내 타고난 성격을 떠나야 하고 내 천성을 버려야 하며 내가 낭송하는 그 배역의 처지와 기분에 나 자신을 대입해야 한다. 말을 할 때 나는 감정의 격한 움직임 하나하나를 정말 현재의 나 자신의 일로 함께 느끼고 있는 것처럼 보이도록 하기 위해 말 한 마디 한 마디를 아주 생생한 표정으로 힘차게 발음해야 한다.

§ 21

낭송법은 전반적으로 음악과 매우 많은 유사점을 지니고 있기 때문에, 우리는 그것을 일종의 산문적 음악이라 부를 수 있을 것이다. 다만 구별해야 할 점이 있다면, 음악이 '그 자신의 고유한 목적에 따라'

---

2) 『빌헬름 마이스터의 수업시대』, 제5권 제6장, "낭송과 감정이 깃든 낭독과의 미묘한 경계선(die zarte Grenzlinie zwischen Deklamation und affektvoller Rezitation)" (함부르크판 괴테 전집, 제7권, 303쪽) 참조.

보다 자유로이 움직일 수 있는 데에 반하여 낭송법은 그 음의 범위가 훨씬 더 제한되어 있고 '다른 하나의 목적에 종속되어' 있다는 사실이다. 낭송자는 항상 이러한 원칙을 아주 엄격하게 고려하지 않으면 안 된다. 왜냐하면 만약 그가 음을 너무 빨리 바꾸거나 너무 낮게 또는 너무 높게 말하거나 혹은 반음을 너무 많이 쓰면서 말할 경우에는 '노래를 부르는' 꼴이 될 것이기 때문이다. 그러나 이와 정반대되는 경우에는 '단조로움'에 빠지고 만다. 단조로움은 아무리 단순한 낭독을 할 때에도 큰 흠이 된다. 노래하는 것처럼 되는 것이나 단조로움에 빠지게 되는 것—이 둘은 모두 위험천만한 암초 같은 것이다. 이 두 암초 사이에 또 하나의 위험이 눈에 띄지 않게 도사리고 있으니, 그것은 '설교조(說敎調)'이다. 우리는 위의 두 위험을 피하려다가 자칫하면 이 위험에 부딪혀 좌초하기 쉽다.

§ 25

만약 의미상으로 보아 고조된 표현을 해줘야 할 단어가 나올 경우, 또는 그 단어 자체가 이미, 그 자신에 실려 있는 의미 때문이 아니라 그 내적인 본성 때문에, 보다 강한 어조로 명확하게 발음해 줘야 할 경우 유념해야 할 사실은, 조용하던 낭독의 흐름을 뚝 끊고 갑자기 튀어나오면서 억지로 이 의미심장한 말을 외치고는 다시금 조용한 어조로 돌아갈 것이 아니라, 고조된 표현을 현명하게 나누어 도입함으로써 청중으로 하여금 말하자면 미리부터 마음의 준비를 하도록 유도해야 한다는 점이다. 즉 그 앞에 나오는 단어들부터 벌써 보다 더 명확하게 발음하면서 어조를 높이기도 하고 내리기도 하다가 문제의 단어를 발음함으로써 다른 단어들과 완전하고도 조화로운 결합을 이루도록 해야 한다는 말이다.

율동적인 낭송

§ 31

낭송에서 언급된 모든 규칙과 유의 사항들은 여기서도 역시 기본 전제가 된다. 그러나 율동적 낭송의 특성으로서 특히 언급해야 할 것은 훨씬 더 고조되고 격정적인 표정으로 대상을 낭송해야 한다는 점이다. 여기서는 각 단어를 발음할 때마다 어느 정도 무게를 실어야 하는 것이다.

§ 32

그러나 음절의 구조와 운이 있는 마지막 음절을 너무 눈에 띄게 드러내어서는 안 되고, 산문에서와 마찬가지로 상호 관련성을 알 수 있게 해주어야 한다.

§ 33

5운보(五韻步)의 약강격(弱强格)으로 된 시를 낭송해야 할 경우에 유념해야 할 점은 새로운 시행이 시작될 때마다 거의 알아챌 수 없을 정도로 짤막한 휴지(休止)를 두라는 것이다. 그러나 이 때문에 낭송의 흐름이 방해를 받아서는 안 된다.

무대 위에서의 몸의 자세와 동작

§ 34

연기술의 이 부문에 대해서도 마찬가지로 몇몇 일반적인 기본 수칙들을 말할 수 있다. 물론 여기에도 무한히 많은 예외들이 존재하게 마련이다. 그러나 이 모든 예외들은 다시금 기본 수칙으로 되돌아온다. 그렇기 때문에 이 기본 수칙들을 제2의 천성이 될 정도로 완전히 몸에 배게 익히도록 힘써야 할 것이다.

§ 35

배우가 우선 생각해야 할 점은 그가 자연을 모방만 하면 되는 것이 아니라 자연을 또한 이상적으로 제시할 줄 알아야 한다는 점이다. 즉, 그는 연기를 하면서 진실한 것을 아름다운 것과 결합시킬 줄 알아야 하는 것이다.

§ 36

그 때문에 그는 몸의 각 부분을 완전히 제어할 수 있어야 한다. 그리하여 그는 자신이 목적으로 하는 표현을 얻기 위해 신체의 모든 부분을 자유로이, 조화롭게, 그리고 우아하게 움직일 수 있어야 한다.

§ 41

그러나 중요한 점은 연기를 하고 있는 두 배우 중에서 말하고 있는 사람은 항상 뒤로 움직이고 말하기를 중지하는 사람은 약간 앞으로 움직여야 한다는 사실이다. 이런 이점을 분별 있게 활용하고 연습을 통해 아주 자연스럽게 행동할 수 있다면, 보는 사람들의 눈을 위해서나 낭송을 알아듣는 이해도에 있어서나 최선의 효과를 거둘 수 있다. 이 점을 마스터한 어떤 배우가 똑같은 연습 과정을 거친 동료들과 함께 연기를 할 경우, 그는 큰 예술적 감명을 불러일으키게 될 것이며, 이 점을 인지하지 못하는 사람들보다 월등하게 유리한 고지에 서게 될 것이다.

§ 42

두 인물이 서로 말을 하고 있을 경우에는 왼쪽에 서 있는 사람이 오른쪽 사람에게 너무 바짝 다가서는 일이 없도록 주의해야 한다. 오른쪽에는 항상, 존중받는 사람, 즉 여성이나 연장자 또는 보다 고귀한 사람이 서야 한다. 사실 우리는 이미 일상생활에서도 존중하는 사람에게는 약간 떨어져 거리를 취하곤 한다. 그 반대로 행동하는 것은 교양이 없다는 증거가 된다. 배우는 교양인으로 보여야 하며, 그렇기 때문에 위의 수칙을 아주 정확하게 따라야 한다. 그 때문에 오른쪽에 서 있는 사람은 자신의 권리를 주장해야 하며 무대 뒤편으로 밀려나서는 안 된다. 그는 자신의 위치를 고수해야 하며, 필요할 경우 그 주제넘게 다가서는 사람에게 왼손으로 물러가라는 표시를 해보여야 한다.

손과 팔의 자세 및 동작

§ 46

두 손을 서로 포개거나 배 위에 올려놓거나, 또는 한 손을, 심지어는 양손을 모두 조끼에 넣고 있는 것은 극히 잘못된 자세이다.

§ 47

그러나 손 자체로 말하자면, 주먹을 쥐어도 안 되고 병사들처럼 손바닥 전체를 허벅지에 갖다 대고 있어도 안 되며, 손가락의 일부는 반쯤 구부린 채, 또 한두 개는 곧게 편 채로 있어야 하지만, 억지로 만든 모양이어서는 절대로 안 된다.

§ 49

두 팔의 윗부분은 항상 몸에 약간 붙이고 있어야 하며, 관절이 아주 유연하게 움직여야 하는 아랫부분보다는 훨씬 덜 움직이는 것이 좋다. 화제가 평범할 때 팔을 아주 약간만 쳐든다면, 팔을 아주 높이 쳐들 경우에는 그만큼 더 많은 효과를 거둘 수 있을 것이기 때문이다. 대사가 비교적 약한 대목에서 연기를 절제하지 않는다면, 격렬한 대목에서 충분한 강도를 부여할 수 없게 될 것이다. 그렇게 되면 효과의 점진적 단계들이 완전히 없어지고 말 것이다.

§ 59

배우는 자신이 무대의 어느 쪽에 서 있는가를 유념해야 할 것이며, 이에 따라 몸짓을 조정해야 할 것이다.

§ 60

오른쪽에 서 있는 사람은 왼손으로 연기해야 한다. 그리고 반대로, 왼쪽에 서 있는 사람은 오른손으로 연기해야 한다. 이는 가슴이 될 수 있는 대로 팔에 가려지지 않도록 하기 위한 것이다.

몸짓

§ 63

올바른 몸짓을 해내기 위해서, 그리고 그것을 즉각 올바른 몸짓이라고 판단할 수 있기 위해서는 다음과 같은 규칙들을 유념해 두는 것이 좋다.

거울 앞에 서라. 그리고 낭송해야 할 대사를 작은 소리로만 읊어보든지, 또는 전혀 입 밖에 내지 말고 속으로 '생각'만 해보라. 그렇게 하면 낭송 때문에 너무 열광하지 않게 되는 이점이 생길 것이다. 그리고 속으로 생각한 것 또는 작은 소리로 말한 것과 상치되는 모든 그릇된 몸짓을 쉽게 알아차릴 수 있을 것이고, 아름답고 올바른 동작을 선택할 수도 있을 것이며, 몸짓 전체가 단어들의 의미에 상응하는 특색 있는 예술적 동작들이 될 수 있을 것이다.

§ 64

그러나 이 경우에 전제가 되어야 할 것은 배우가 사전에 자기 배역의 성격과 그 인물이 처해 있는 온갖 여건을 완전히 자신의 것으로 소화하고, 또한 그의 상상력이 소재를 잘 이해하고 있어야 한다는 사실이다. 만약 이런 준비가 없다면 그는 올바르게 낭송을 할 수 없고 연기 또한 제대로 해낼 수 없을 것이기 때문이다.

§ 65

초심자가 자기 배역의 대사를 어떤 제삼자에게 이해시키려고 하되, 그것을 낭독하지 않고 단지 무언극으로만 의사소통을 시도할 경우, 그것은 몸동작을 올바르게 익히고 팔의 움직임을 유연하게 만드는 데에 큰 도움이 될 것이다. 왜냐하면 이것을 시도하는 동안 그는 가장 적절한 몸짓들을 선택할 수밖에 없을 것이기 때문이다.

연습 시의 준수 사항

§ 68

실제로 연극을 공연할 때 일어나서는 안 될 일이라면, 아무리 사소한 일이라도 연습 때라고 해서 함부로 행해서는 안 된다.

§ 70

배우가 외투를 입고 연습을 해서는 안 된다. 두 손과 두 팔은 실제로 연극할 때와 마찬가지로 자유로이 움직일 수 있어야 한다. 외투를 입고 연습하면 적절한 동작을 하는 데 방해가 될 뿐만 아니라, 외투 때문에 어쩔 수 없이 그릇된 동작을 하게 되고, 나중에 실제로 공연을 할 때에도 자신도 모르게 그 그릇된 동작을 반복하게 될 것이기 때문이다.

§ 71

연습 중이라 할지라도 배우는 배역에 맞지 않는 동작을 해서는 안 된다.

§ 72

비극의 배역을 맡아 연습할 때 한 손을 가슴 속에 집어넣는 사람은 공연 시에도 손을 집어넣을 구멍을 찾으려고 갑옷을 더듬을 위험이 있다.

일상생활에서 배우가 가져야 할 태도

§ 75

배우는 일상생활을 할 때에도 그가 앞으로 예술 공연을 하기 위해 공중 앞에 서게 될 것이라는 점을 잊지 말아야 한다.

§ 76

그 때문에 그는 팔이나 신체의 동작, 자세, 태도 등에 습관이 배지 않도록 조심해야 한다. 연기 중에 그런 습관을 피하는 데 정신이 팔린 나머지 정작 본업인 연기 자체를 크게 망칠 것이 뻔한 노릇이기 때문이다.

§ 78

이에 반하여, 배우가 지켜야 할 중요한 수칙의 하나는 그의 신체에, 그의 행동거지에, 즉 일상생활에서 하는 모든 행동에 일대 전기를 부여하여, 마치 항상 연습 상태에 있는 것과 같은 몸가짐을 갖고자 노력하는 일이다. 이렇게 하면 연기술의 각 부분들이 크게 향상될 것이다.

§ 80

무대 위에서 추구하는 것은 비단 모든 것을 진실하게 묘사하는 데 그치는 것이 아니라, 또한 아름답게도 묘사해야 하는 것이다. 그리고 관중은 인물들의 우아한 배치와 태도를 보고 즐거움을 느끼고자 한다. 그렇기 때문에 배우는 무대 바깥에서도 역시 몸가짐을 단정히 하도록 노력해야 한다. 그는 항상 자신 앞에 일종의 관중석이 있는 것처럼 생각해야 한다.

무대 위에서의 위치와 배치

§ 82

무대와 관중석, 배우들과 관중이 합쳐져야 비로소 하나의 전체를 이룬다.

§ 83

극장은 일종의 인물 없는 활인화(活人畵)로 볼 수 있는데, 그 안에서 배우는 첨경(添景) 역할을 하고 있다.

§ 84

그 때문에 배우는 결코 무대 배경의 측벽에 너무 가까이 서서 연기하는 일이 있어서는 안 된다.

§ 85

마찬가지로 무대의 맨 앞쪽에 발을 들여놓아서도 안 된다. 이것이야말로 정말 꼴불견이다. 왜냐하면 인물이, 한 폭의 그림 같은 장면, 그리고 함께 연기하는 동료 배우들과 더불어 하나의 전체를 이루고 있어야 할 공간을 떠나, 그 바깥으로 나와버렸기 때문이다.

§ 86

혼자서 무대 위에 서 있는 사람은 그 역시 무대를 위해 장식물이 되어야 할 사명을 지니고 있다는 사실을 명심해야 한다. 그것은 모든 사람들의 주의가 완전히 그에게만 쏠려 있기 때문에 더욱더 그렇다.

§ 88

독백을 하기 위해 뒤쪽 측벽으로부터 무대 위로 나온 사람은 반대편의 무대 앞쪽에 이르도록 대각선 방향으로 움직이는 것이 좋다. 일반적으로 대각선 방향으로 움직이는 것이 매우 매력적이기 때문이다.

§ 90

이 모든 기술적, 규범적 수칙들을 그 의미에 맞도록 몸에 익히고, 항상 실행하여 습관이 되도록 해야 할 것이다. 그리하여 거북함이 없어지고, 규칙은 단지 생생한 행동을 하기 위한 비밀스러운 기본 요강에 지나지 않는 것이 되어야 할 것이다.[3)]

---

3) 괴테의 이와 같은 고전주의적 극이론은 후일 하우프트만(Gerhart Hauptmann, 1862~1946)의 희비극 「쥐들(Die Ratten)」(1911)에서 비판을 받게 된다.(제3막 참조)

요한 페터 헤벨의 『시골의 자연과 풍속을 애호하는 사람들을 위한 알레만어 시집』에 대하여[1)]

상부 독일의 방언으로 쓰인 이 시들의 작자는 독일 문단에서 하나의 독자적 지위를 차지하게 되었다. 그의 재능은 서로 정반대되는 두 방향에 쏠리고 있다. 한편으로 그는 자연의 대상들을 관찰한다. 이들 자연의 대상들은 고정된 현존재, 성장 및 운동 속에서 그들의 삶을 표출하고 우리가 일상적으로 죽은 것이라 명명하곤 하는 것들인데, 그는 이들 자연의 대상들을 신선하고 낙천적인 시선으로 관찰함으로써 대상을 묘사하는 시에 접근하고 있다. 하지만 그는 탁월한 의인화의 수법을 통해 자기가 묘사한 것을 예술이라는 보다 고상한 단계로 끌어올릴 줄 안다. 또한 다른 한편으로, 그는 윤리적이고 교훈적인 것과 우의적(寓意的)인 것에 마음을 쏟고 있다. 그러나 여기서도 그는 앞서 말한 의인화의 도움을 받게 된다. 그는 앞에서 육체들을 위해 하나의 정신을 발견했지만, 여기서는 정신들을 위해 하나의 육체를 발견한다. 이 경우에 그가 항상 성공을 거두고 있는 것은 아니다. 그러나 그

1) 1804년 카를스루에(Karlsruhe)에서 재판(再版)이 나온 헤벨(Johann Peter Hebel, 1760~1826)의 시집에 대한 괴테의 서평으로, 《예나의 일반 문예 신문(*Jenaische Allgemeine Literaturzeitung*)》(1805년 2월 13일자)에 최초로 실렸다.

가 성공을 거둘 때에는 탁월한 작품이 된다. 우리는 이 시집에 수록된 대부분의 작품이 이런 찬사를 받을 만하다고 확신한다.

고대의 시인들이 — 또는 조형적 예술 취향을 통해 수련을 한 다른 시인들이 — 이른바 죽은 것에다 관념적인 형체들을 통해 생명을 불어넣고, 바위나 샘물이나 수목들 대신에 물의 요정, 나무의 요정, 숲의 요정 등과 같이 신들의 반열에 드는 보다 높은 자연적 존재들을 운위하고 있는 데에 반하여, 이 시집의 필자는 이러한 자연적 대상들을 고향 사람들로 변모시키고 있으며, 극히 소박하고도 우아한 필법으로 우주 전체를 농부의 세계로 해석하고 있다. 그리하여 시골 풍경과 그 속에 항상 함께 있는 것으로 상상되는 우리의 동향 시인이 우리의 고양되고 흥겨운 환상 속에서 우리와 혼연일체를 이루고 있는 것처럼 보이게 되는 것이다.

시들의 배경을 이루고 있는 지역이 이 시인에게는 큰 혜택이 된다. 그가 특히 즐겨 다루는 지역은 라인 강이 바젤 근교에서 북쪽으로 굽이쳐 흐르면서 생기는 구석진 땅이다. 청명한 하늘과 비옥한 땅, 지역의 다양성, 출렁이는 강물, 여유 만만한 사람들, 수다스러운 말재간, 집요하게 묻고 늘어지는 대화들, 짓궂은 말투 — 이렇게 많은 것들이 그의 앞에 널려 있는 까닭에, 그는 다만 그의 재능이 그에게 불어넣어 주는 것을 글로 써내려 가기만 하면 되는 것이다.

첫 번째 시부터가 벌써 매우 단아한 의인화를 내포하고 있다. 오스트리아의 야산에서 발원한 초원천(草原川)이라는 이름의 조그만 시내가 자꾸만 앞으로 나아가는, 그리하여 자라나는 어느 농촌 처녀로 읊어지고 있는데, 이 시내는 어느 매우 유명한 산간 지방을 가로질러 흐른 뒤에 마침내 평지에 도달하게 되고 마지막으로는 라인 강과 결혼하게 된다. 이 방랑의 도정에 대한 세부 묘사는 지극히 깔끔하고 재치있고 다채로우며, 자신을 자꾸만 고양해 가는 완전한 항심(恒心)을 풍기고 있다.

우리가 시선을 땅으로부터 하늘로 향하게 되면, 우리 눈앞에는 크고 빛나는 천체들이 나타나는데, 그들 또한 선하고 마음씨 좋으며 정직한 시골 사람들이다. 태양은 자신의 창문 뒤에서 자고 있고 그녀의 남편인 달은, 아내는 벌써 쉬고 있는데, 자기는 아직 한 잔 더 할 수 있지 않을까 하고 기회를 엿보며 떠오른다. 그들의 아들인 샛별은 애인을 찾아가기 위해 어머니보다 더 일찍 잠자리에서 일어난다.

우리의 시인은 자기가 이 지상에서 사랑하는 사람들을 소개하고 싶을 때에는 「작은 마녀」에서처럼 모험적인 요소를 슬쩍 섞어 넣기도 하고, 「거지」에서처럼 무엇인가 낭만적인 요소를 가미할 줄도 안다. 그러다가 「한스와 베레네」에서처럼 정말 반갑게 모두 한자리에 모일 수도 있는 것이다.

이 시인은 수공업과 집안일을 즐겨 묘사하고 있다. 「만족해하는 시골 사람」, 「용광로」, 「소목장이」 같은 작품은 정도의 차이는 있지만 모두 조야한 현실을 명랑한 기분으로 노래한다. 「도회 장터의 아낙네들」은 아낙네들이 시골에서 가져온 물건들을 팔 때 도회지 사람들에게 너무 진지한 문자를 쓰고 있기 때문에, 가장 성공하지 못한 작품이라 하겠다. 우리는 이 시인이 다시 한번 이 소재로 글을 써서 진정 소박한 시를 되찾길 바란다.

이 시인은 특히 사계절이나 하루의 시간들을 묘사하는 데 장기를 보이고 있다. 이것은 그가 사물의 상태들이 지니고 있는 갖가지 특성들을 파악하고 묘사할 줄 아는 훌륭한 재능을 지니고 있기 때문이다. 그는 거기서 다만 가시적인 것뿐만 아니라, 들을 수 있는 것, 냄새 맡을 수 있는 것, 손으로 잡을 수 있는 것, 그리고 모든 관능적 인상들로부터 함께 생겨나는 감각까지도 자기의 것으로 훌륭히 소화하여 다시 표현할 줄 안다. 「겨울」, 「정월」, 「여름 저녁」 등이 이런 시들이며, 그중에서도 탁월한 것은 「일요일 새벽」인데, 이것은 지금까지 쓰인 이런 종류의 시들 가운데 가장 훌륭한 작품들에 속한다.

이 시인은 식물과 동물에 대해서도 마찬가지로 친근감을 느끼고 있다. '귀리죽'을 먹는 중에 한 어머니가 자녀들에게 들려주는 귀리의 생장에 관한 이야기는 그 전원시적 서술이 일품이다. 「황새」는 다시 한번 고쳐 쓰되 평화적인 모티프들만은 살리는 것이 좋겠다. 반면 「거미」와 「풍뎅이」의 아름다운 구성과 서술에는 찬탄을 보내지 않을 수 없다.

앞에서 예를 든 모든 시들에서 이 시인은 항상 도덕적인 면을 암시하고 있으며, 근면, 활동, 질서, 중용, 그리고 자족이 도처에서 대자연의 뜻에 순응하는 바람직한 생활 태도로 서술되고 있다. 그런데 이런 시들보다 좀 더 직접적으로, 그러나 그 착상이나 서술에서는 훨씬 더 우아하고 아주 청량하게, 비도덕적인 것에서부터 도덕적인 것으로 인도하려는 다른 시들도 있는데, 「길 안내해 주는 사람」, 「달 속의 남자」, 「도깨비불」, 「칸더 가(街)의 유령」 등이 이런 부류에 속한다. 특히 마지막 시 「칸더 가의 유령」은 이런 종류의 시들 중에서 지금까지 실제로 이보다 더 나은 것이 구상되거나 쓰인 적이 없다.

이 시인은 또한 보다 따뜻하고 보다 간곡하게 선과 정의의 길로 인도하기 위해, 부모가 자녀들에게 가지는 관계를 자주 모티프로 쓰고 있다. 「성탄절 전야의 어머니」, 「질문 하나」, 「또 하나의 질문」 등이 이에 속한다.

지금까지 이 시인은 이렇게 청량하게 우리에게 인생의 길을 안내해 주었다. 이제 그는 또한 농부들과 야경꾼들의 목소리를 통해 죽음, 세속적인 것의 덧없음과 천상적인 것의 영속성, 그리고 내세에서의 삶에 대한 보다 고상한 감정들을 진지하게, 정말이지 우울하게 표현하고 있다. 「어떤 무덤 위에서」, 「야경꾼의 외침」, 「한밤의 야경꾼」,

「덧없음」 등은 아련하게 밝아오는 몽롱한 상태가 행복하게 표현되고 있는 시들이다. 여기서는 소재가 주는 위엄 때문에 이따금 시인이 민속 문학(Volkspoesie)의 범주에서 벗어나 어떤 다른 영역으로 나아가는 것처럼 보이기도 한다. 하지만 예의 소재들, 즉 현실적인 주위 환경들이 아주 아름답게 묘사되어 있기 때문에, 독자들은 전에 이미 묘사된 바 있는 그 민속 문학적 영역으로 언제나 다시금 이끌려 되돌아오는 듯한 느낌을 받게 된다.

요컨대 이 시집의 저자는 섬세하든 조야하든 간에 항상 교훈을 말하고 있다는 점에서 민속 문학의 성격을 매우 잘 부각했다. 수준 높은 교양인은 예술 작품 전체가 자신의 전체 심혼에 끼친 작용이 무엇인가를 물으면서 보다 고차원적 의미의 가르침을 얻으려고 하는 데에 반해서, 문화 수준이 낮은 사람들은 작품의 모든 세부 사항에까지 교훈을 요구하고, 그것을 금방 실생활에 활용할 수 있게 되기를 원하는 법이다. 우리가 느끼기에 이 시인은 대체로 아주 성공적으로, 그리고 풍부한 미적 감각을 가지고 교훈적인 이야기를 하고 있다. 그래서 민속 문학적 성격이 튀어나오더라도, 예술적 심미안을 갖고 즐기는 사람까지도 전혀 거부감을 느끼지 않는 것이다.

이 시인은 보다 높은 신들은 별들의 뒤편에 그냥 조용히 머물도록 하고 있다. 그리고 기성 종교에 관한 그의 태도를 보자면, 철저히 가톨릭적인 나라를 여행하면서도 한 걸음씩 떼어놓을 때마다 매번 성모 마리아와 구세주의 피가 흐르는 상처에 맞닥뜨리지 않아도 된다는 것이 우리를 매우 편안하게 한다는 사실을 고백하지 않을 수 없다. 이 시인은 천사들을 아주 그럴듯하게 이용하고 있는데, 다시 말해 그는 천사들을 인간의 운명과 자연현상에다 연결시킨다.

지금까지 언급한 작품들에서 이 시인이 전반적으로 현실에 대해 행복한 시선을 견지해 왔다면, 그것은 아마도, 우리가 쉽게 알아차릴 수 있듯, 그만큼 그가 민중의 생각과 민속 설화들을 속속들이 잘 이해하고 있었기 때문일 것이다. 높이 평가할 만한 이러한 특성은 그가 전원시의 분위기로 다루고 있는 두 편의 전래 동화에서 특히 잘 나타나고 있다.

그중 첫 번째 동화는 「석류석(石榴石)」이라는 으스스한 전설로, 방탕한 데다 카드 노름에까지 빠진, 한 농부 아들을 그리고 있다. 그는 제어할 수 없는 가운데 악마의 올가미에 걸려들게 되어, 처음에는 자기 가족들을 파멸시키고 결국에는 그 자신도 파멸하게 된다. 논리적 필연성에 따라 이어지는 모티프들과 허구적 전개가 뛰어나며 그것을 다루는 기법 또한 탁월하다.

두 번째 이야기 「쇼프하임의 촌장(村長)」에 관해서도 꼭 같은 말을 할 수 있다. 이 이야기는 불길한 예감을 풍기는 가운데 진지하게 시작되고 있기 때문에, 비극적인 결말이 예상될 정도이다. 그러나 이야기는 아주 재치 있게도 스스로 행복한 결말을 도출해 내고 있다. 이것은 원래 다윗과 아비가일의 이야기[2]인데, 그들이 현대적인 농부의 모습으로—희화화되었다기보다는—구체화된 것이다.

전원시의 분위기로 다루어진 이 두 편의 시에서는 농부들이 화자가 되어 청중에게 이야기를 전달하고 있는데, 이것이 큰 장점이 되고 있다. 그 이유인즉, 활달하고 소박한 화자들은 생생한 의인화 수법을 통해, 그리고 마치 현재에 일어나고 있는 것에 대해서처럼 직접적인 관심을 보임으로써, 낭송되고 있는 내용을 더욱더 실감 나게 만드는 경향을 띠고 있기 때문이다.

이 모든 훌륭한 내적 특성에 크게 보탬이 되는 것은 편안하고 소박한 언어이다. 감각적으로 의미심장하고 울림이 아름다운 단어들이 심

2) 「사무엘상」 제25장 참조.

심찮게 발견되는데, 그중 일부는 그 지방 자체에 속하는 방언들이고, 또 다른 일부는 프랑스어나 이탈리아어에서 받아들인 것들이다. 한 개 또는 두 개의 자모로 된 단어들, 준말들, 모음 축약 현상들이 많이 눈에 띄며, 짧고 가벼운 음절들, 새로운 각운(脚韻)들도 많이 발견되는데, 이런 것들이 이 시인에게는 보통들 생각하는 것 이상으로 큰 장점이 된다. 이런 요소들이 훌륭한 구성과 생생한 형식을 얻어 하나의 문체로 응축될 때, 이 문체는, 우리가 일반적으로 사용하는 문어체의 언어보다, 이와 같은 목적을 위해 더 큰 효과를 거두게 된다.

아무쪼록 이 시인이 이와 같은 자신의 길에서 계속 정진해 주었으면 한다. 그러면서 그가 문학의 내적 본성에 관한 우리의 고찰들을 명심하고, 또한 그 외적, 기술적 부분에도, 특히 각운이 없는 시에도 어느 정도 더 관심을 기울여주기 바란다. 그리하여 그의 시가 점점 더 완전해지고 독일 국민들에게 유쾌하게 읽히기를 바라 마지않는다! 이렇게 말하는 이유는, 독일어의 전체 어휘들이 일반 사전 한 권으로 제시되는 것도 물론 바람직하긴 하지만, 시와 글을 통해 실제적으로 전달하는 것이 훨씬 더 빠르고 생생한 효과를 거둘 수 있기 때문이다.

아마도 우리는 이 시인이 한 가지 사실을 더 유의하도록 주의를 환기해 두는 것이 좋을 것이다. 무릇 한 민족이 문화 민족이 되려면 외국 작품들을 자국어로 번역하는 것이 그 첫걸음이 되듯이, 지방민에게도 조국의 주요 작품들을 자기 지방의 방언으로 번역하여 읽을거리를 제공해 주는 것이 개개 지방 문화의 발전을 위해서 꼭 같이 중요한 첫걸음이 된다. 그러니 이 시집의 저자 역시 이른바 표준 독일어로 쓰여 있는 괜찮은 작품들을 그가 살고 있는 라인 강 상류 지방의 방언으로 번역해 보면 좋을 것이다. 이탈리아인들은 그들의 시인 타소[3]의 작품들을 여러 방언으로 번역해 놓지 않았던가!

지금까지 우리는 이 조그만 시집이 우리에게 선사한 만족감을 숨김

없이 털어놓았다. 이제 우리는 또한 중부 및 저지 독일인들에게는 이상하게 들리는 말투 및 필법 때문에 생기는 장애 요소가 어느 정도 극복되어 전체 독일인들이 이 시집을 즐겁게 읽게 되기를 아울러 희망하는 바이다. 그렇게 하는 데에는 여러 가지 방법이 있겠는데, 낭송을 하는 방법도 있고 보통 사용하는 필법 및 어법에 가깝게 고쳐 쓰는 방법도 있을 것이다. 미적 감각을 지닌 누군가가 나서서, 이 시집 중에서 그에게 제일 마음에 드는 작품을 자기 주위의 가까운 사람들을 위해 고쳐 써보는 것이 어떨는지? 이런 조그만 수고는 어느 사회에나 크게 도움이 될 것이다. 우리는 우리 신문에 그의 걸작품 하나를 덧붙여 실으면서, 선과 미의 모든 애호가들에게 이 시집을 다시 한번 진심으로 추천하는 바이다. '일요일 아침'의 읽을거리로는 「토요일이 일요일 헌티 말혔지」와 같은 작품이 좋을 것이다.

---

3) 타소(Torquato Tasso, 1544~1595): 르네상스 시대 이탈리아의 대표적 시인으로, 서사시 「해방된 예루살렘(Gerusalemme liberata)」 등의 작품을 썼다.

디드로의 대화 『라모의 조카』에 대한 주석들[1)]

마리보.[2)] 1688년 파리에서 출생. 1763년 사망

이 사람이 명성을 얻었다가 다시 잃은 이야기는 수많은 다른 사람들의 — 특히 프랑스 연극계 인사들의 — 이야기이기도 하다.

당대에는 매우 호평을 받았으나 어떻게 그런 호평을 받을 수 있었는지에 관해서는 프랑스의 비평가들조차도 그 이유를 알지 못하는 극작품들이 많다. 하지만 그 이유는 쉽게 설명될 수 있다.

새로운 것이란 그 자체로 벌써 특별한 총애를 받게 마련이다. 신인으로서 새로운 것을 선보이는 한 젊은이가 등단했다고 치자. 그가 겸손한 태도만 보인다면 호평을 받기란 그다지 어렵지 않을 것이다. 그리고 그가 최고의 영예를 얻을 것으로 기대되는 것이 아니라 단지 장래가 촉망될 뿐인 경우에는 호평을 받기가 더욱더 쉬울 것이다. 게다

---

1) 괴테는 1805년 디드로의 대화 『라모의 조카(*Le Neveu de Rameau*)』을 번역한 바 있다.(Leipzig, Göschen 1761) 이 주석들은 이 번역서에 덧붙여져 있는 주석들로, 단순히 주석에 그치지 않고 괴테 자신의 생각과 입장도 아울러 내포하고 있다.

2) 마리보(Pierre Carlet de Chamblain de Marivaux): 프랑스의 희극 작가이자 소설가.

가 항상 순간적인 인상들에 좌우되는 관중들을 상정해 보자. 그들은 새로운 이름이 나타나면 그것을 마치 정황을 봐서 좋을 '호(好)' 자나 싫을 '오(惡)' 자를 기입하게 되어 있는 백지 정도로 치부하곤 한다. 여기 한 희곡 작품이 있는데, 약간의 재능을 가지고 쓰였고 우수한 배우들에 의하여 공연되었다고 치자. 이 작품이 호평을 받지 못할 이유가 어디에 있겠는가? 이 작품과 그 작가가 평소 관행대로 추천을 받지 말란 법이 어디에 있는가?

설령 처음에는 실수를 범했다 하더라도 그 다음번에는 고칠 수 있는 노릇이며, 처음에 완전한 성공을 거두지 못한 사람도 계속 노력함으로써 호평을 얻고, 또 그 인기를 유지할 수 있는 것이다. 전자의 경우나 후자의 경우에 대한 여러 가지 사례들은 프랑스 연극사에서 흔히 발견된다.

그러나 무엇이 불가능한가 하는 것도 역시 드러난다. 불가능한 것은 대중의 총애를 끝까지 유지하는 일이다. 천재도 기운이 다하여 녹초가 되는데 하물며 재능 있는 자 정도야 말할 것도 없다. 작가가 알아채지 못하는 것을 관중들은 알아챈다. 작가는 자신의 후원자들에게조차도 더 이상 생생한 만족감을 주지 못한다. 인기를 얻으려는 새로운 도전들이 이루어지고 시대는 진보하며 싱싱한 젊은이들이 활동하게 된다. 그리하여 사람들은 전에 재능을 인정받았던 사람의 창작 방향이나 어법 따위는 이제 낡아버렸다고 느끼게 되는 것이다.

적당한 때에 스스로 물러나지 않고서 아직도 여전히 옛날과 비슷한 반응을 기대하는 작가는 마치 시들어가는 매력을 붙들고 늘어지고 싶어 하는 여자와도 같이 불행한 노년기를 맞이하게 된다.

마리보는 바로 이런 슬픈 지경에 도달한 것이다. 그는 자신의 운명도 다른 모든 이들의 운명과 다를 바 없다는 사실에 대해 체념할 수 없었기에 언짢음을 표시하게 되었으며, 그 때문에 여기서 디드로의 조롱을 받게 되는 것이다.

몽테스키외. 1689년생. 1755년 사망

"몽테스키외는 단지 미문가일 뿐이다." 이와 비슷한 상투적 표현은 앞에서 달랑베르[3]에 관해 말할 때에도 이미 나온 바 있다.

몽테스키외는 서간체 소설 『페르시아인의 편지(*Lettres Persanes*)』를 통해 처음으로 세상에 알려졌다. 이 소설이 불러일으킨 큰 반향은 그 내용과 그것을 잘 서술한 기법 모두에서 연유하고 있다. 자극적인 관능을 수단으로 하여 이 소설의 필자는 자국민으로 하여금 중차대한, 아니, 위험천만한 여러 문제들 쪽으로 주의를 기울이도록 유도하고 있으며, 이 정신은 여기서 이미 아주 분명하게, 자신이 앞으로 '법의 정신'을 불러일으킬 장본인임을 예고하고 있다. 그러나 그는 지금 이 데뷔작에서 일종의 가벼운 베일을 사용하고 있다. 그 때문에 사람들은 그가 이미 던져버린 이 베일에 입각해서만 그를 평가하려고 하면서, 그가 계속 내어놓은 보다 큰 업적을 모르는 척 부인해 버리려는 것이다.

볼테르. 1694년생. 1778년 사망

가계(家系)가 끊어지지 않고 오랜 세월 동안 맥을 이어온 가문에서

3) 달랑베르(Jean le Rond d'Alembert, 1717~1783): 프랑스의 철학자이자 물리학자로서, 디드로 등과 함께 『백과전서』를 간행하였다.

는 한 인물이 태어나면, 그가 그의 모든 조상들의 특성들을 자기 한 몸에 다 포괄하고, 지금까지 산발적으로 조짐만 나타나던 성향들을 모두 통합하여, 그것에다 완전한 표현을 부여하는 경우가 종종 나타나곤 한다. 가문의 차원이 아니라 민족의 차원에서도 이와 꼭 같아서 행운이 함께할 경우, 민족의 전체 업적이 한 개인에게서 한꺼번에 나타날 수도 있을 것이다. 이런 의미에서 루이 14세는 가장 프랑스적인 왕이었으며, 마찬가지로 볼테르는 프랑스인 중에서 생각될 수 있는 최고의 작가, 프랑스 국민에게 가장 합당한 작가였다.

사람들이 사유의 깊이가 있는 인사에게 바라는 특성들과, 사람들이 그에게서 경탄하는 특성들은 다양하다. 그리고 이 점에서 프랑스인들의 요구 사항은 다른 나라 국민들의 요구들보다 더 크지는 않다 하더라도 더 다양함에는 틀림이 없다 할 것이다.

우리가 여기에 그 다양한 척도들을 열거해 보는 것은 무슨 완전성을 내세우기 위해서도 아니고, 물론 충분한 방법론적 성찰을 거친 결과로서도 아니며, 다만 한번 유머러스한 개관을 해보기 위해서이다.

깊이, 천재성, 직관력, 의연성, 기질, 재능, 업적, 고귀함, 정신, 미적 정신, 선(善)의 정신, 감정, 민감성, 취향, 고상한 취향, 분별력, 온당성, 세련성, 품격, 예의 바른 기품, 궁정의 기품, 다양성, 충일성, 풍부함, 생산성, 따뜻함, 마력, 우아, 우미, 친절, 경쾌함, 생동성, 섬세함, 찬연함, 기발함, 재기 발랄함, 신랄함, 예민함, 명민성, 문체, 작시(作詩) 능력, 조화, 순수성, 정확성, 멋, 완결성.

이 모든 특성들과 정신적 징후들 중에서 아마 볼테르에게 부족할지도 모르는 것은 단지 맨 첫 번째 것과 맨 마지막 것, 즉 타고난 성향에 있어서의 깊이와 그 실행에서의 완결성뿐일 것이다. 그는 능력으로 보나 숙련도로 보나 이 세상 끝에서 끝까지 찬연히 빛나고도 남을 인물이었다. 그리하여 그는 온 지구 위에 자신의 이름을 휘날리게 된 것이다.

우리가 앞에서 사용한 개념들 대신에 프랑스인들이 그들의 언어로 비슷하거나 동일한 의미를 가진 개념들을 사용하는 것을 보게 되거나, 또 이런저런 경우에 그런 개념을 응용하는 것을 관찰하게 되면, 매우 이상한 기분에 사로잡히게 된다. 그렇기 때문에 독일인이 프랑스 미학사를 쓴다면 그것은 지극히 흥미로운 책이 될 것이다. 아마도 우리는 바로 이 방법을 통해 몇몇 관점을 얻을 수 있고 아직도 혼미한 상태에 있는 독일적 예술의 영역들을 조감하고 평가할 수 있을 것이며, 나아가서는—지금도 아직 매우 편파적인 견해들에 시달리고 있는 독일 미학의 수준에서 탈피하여—일종의 일반 독일 미학을 준비할 수 있게 될 것이다.

아힘 폰 아르님/ 클레멘스 브렌타노 공편:
『소년의 경이로운 뿔피리. 독일의 옛 노래들』[1)]

우리의 견해로는 이 모음집에 대해서는 우선 비판을 삼가는 것이 좋겠다. 편자들은 많은 애정, 근면성, 미적 감각 그리고 따뜻한 마음을 지니고서 이것들을 수집하고 다듬었기 때문에 그들과 같은 나라 국민인 우리는 이 애정을 기울인 노작에 대하여 우선은 호의와 관심, 그리고 함께 향유하는 자세로서 감사하는 마음을 지녀야 하지 않을까 싶다. 이 책은 건전한 사람들이 살고 있는 가정이라면 어느 가정에서나 마땅히 창가에, 거울 밑에 또는 일반적으로는 찬송가나 요리 책이 놓여 있곤 하는 그런 자리에 놓여 있어야 할 것이다. 그리하여 기쁠 때나 슬플 때나 우리가 항상 펼쳐볼 수 있어야 할 것이며, 이 책의 몇 쪽을 뒤적거려보기만 해도 우리는 무엇인가 마음을 진정시켜 주는 것 또는 무엇인가 흥미로운 것을 발견하게 될 것이다.

그러나 그중에서도 가장 바람직한 것은 이 책이 음악 애호가 또는

1) 아르님과 브렌타노는 민요에 대한 청년 괴테의 관심에 비추어 그의 호평을 기대하고서 자신들의 『소년의 경이로운 뿔피리(*Des Knaben Wunderhorn*)』 제1권(Heidelberg, 1806)을 괴테에게 증정했다. 이 서평은 그에 대한 괴테의 호의적 반응으로서, 《예나의 일반 문예 신문》(1806년 1월 21~22일자)에 실렸다.

음악가의 피아노 위에 놓이게 되는 경우이다. 그렇게 되면 이 책에 수록된 노래들이 익히 알려진, 전승된 멜로디를 제대로 되찾게 되든지, 기존의 근사한 선율을 차용하게 되든지, 또는 신의 뜻이 그러하다면, 그 음악인들의 창작욕을 유발해 의미심장한 새 멜로디를 얻기도 할 것이다.

그리하여 이 노래들은 그 자체의 음조와 음색을 띠고 차츰차츰 귀에서 귀로, 입에서 입으로 전해지고 서서히 그 활기와 영광을 되찾아 어느 부분, 어느 정도까지는 그 원천이라고 할 수 있는 민중에게로 되돌아가게 될 것이다. 그렇게 되면 우리는 이 책이 이제 그 사명을 완수했다고 말할 수 있을 것이며, 그것이 필사본으로서건 인쇄본으로서건 이제 또다시 사라진다 해도 좋다고 말할 수 있을 것이다. 왜냐하면 그때쯤이면 이 책은 국민들의 생활과 교양 자체가 되었을 것이기 때문이다.

그러나 요즈음 세상에는, 특히 독일에서는 무엇에 대해서든 자꾸 글로 쓰고 평가를 내리고 논쟁을 벌이지 않으면 그만 그것이 아예 존재하지도 않고 영향을 끼칠 수도 없는 것처럼 보이기 십상이다. 그렇기 때문에 이 모음집에 대해서도 여기서 약간의 고찰을 해두기로 하겠다. 이것이 이 책을 읽는 즐거움을 고양하거나 널리 선전하지는 못한다 하더라도 적어도 그 즐거움에 방해가 되지는 않았으면 한다.

이 모음집을 기리기 위하여 확실히 말할 수 있는 것은 이 책의 각 부분들이 아주 다양한 특성을 보여주고 있다는 점이다. 이 책이 수록하고 있는 것은 지난 3세기 동안에 생겨난 200여 편의 시들인데, 이것들 모두가 그 의미, 독창성, 음조, 양식이 서로 달라서 완전히 같다고 할 수 있는 것이 하나도 없을 정도이다. 우리는 이 모든 노래들의 특징을 순서에 따라 하나씩, 순간적으로 떠오르는 대로, 여기에 적어보고자 한다.

「경이로운 뿔피리」(13)[2]: 신비롭고 천진난만하며 마음을 끈다.
「술탄의 딸」(15): 기독교적 상냥함을 보이고 있으며 우아하다.
「텔과 그의 아들」(17): 법적이고 유용하다.
「뱀요리 하는 할머니」(19): 깊이 있고 불가사의하며 극적 처리가 탁월하다.
「이사야의 얼굴」(20): 야만적으로 크다.
「주문을 외어 불을 쫓아내기」(21): 강도들에게 아주 어울리고 그럴법하다.
「불쌍한 슈바르텐할스」(22): 방랑자에게 어울리고 익살맞으며 재미있다.
「죽음의 신과 처녀」(24): 죽음의 무도와 비슷하고 목판화의 한 장면 같으며 칭찬할 만하다.
「밤의 악사들」(29): 바보 같고 방종스러우며 멋지다.
「반항적인 신부」(30): 유머러스하고 약간 기괴하다.
「수녀원 혐오증」(32): 변덕스럽게 뒤죽박죽이지만 목적에는 맞다.
「주제넘은 기사」(32): 실제적 의미에서건 낭만적 의미에서건 너무 선량하다.
「흑갈색의 마녀」(34): 전승되는 동안 약간 혼란스러워졌지만, 그 바탕은 대단히 귀중하다.
「기사 돌링어」(36): 기사로서 유능하다.
「신분 차별 없는 사랑」(37): 암울하게 낭만적이다.
「겨울이 베푸는 친절」(39): 매우 사랑스럽다.
「귀하신 성처녀」(40): 기독교적 엄밀성을 지니고 있지만 시적인 면이 전혀 없는 것은 아니다.

2) 괄호 안의 숫자는 이 글에서 다루고 있는 책 제1권의 쪽수를 가리킨다.

「사랑은 명주실을 잣지 못한다」(42): 밉지 않게 혼란스럽고, 또 그 때문에 환상을 자아낸다.

「경기병(輕騎兵)의 믿음」(43): 속도감과 경쾌함이 훌륭하게 표현되어 있다.

「하멜른의 쥐잡이」(44): 장돌뱅이 가수의 노랫가락을 닮았으나 섬세한 면도 없지 않다.

「그레틀라인, 치맛자락을 걷어 붙여라!」(46): 방랑 기질의 노래지만, 뜻밖에도 짧은 격언시의 성격을 드러낸다.

「반지의 노래」(48): 낭만적 감수성을 보이고 있다.

「기사와 하녀」(50): 암울하게 낭만적이며 폭력적이다.

「바구니 속의 읍장님」(53): 전래의 유형을 되풀이하고 있는 실용적인 풍자시.

「수확의 노래」(55): 가톨릭교회의 조가(弔歌)로서 신교에서도 쓸 만하다.

「학식에의 싫증」(57): 매우 씩씩하다. 그러나 이 현학자는 학식을 떨쳐버릴 수가 없다.

「무르텐 근교에서의 전투」(58): 사실적이다. 아마도 현대화된 듯하다.

「사랑의 시험」(61): 도제(徒弟) 기질에 잘 어울리며, 표현도 훌륭하다.

「매(鳶)」(63): 도량이 넓고 선량하다.

「하느님의 품 안에서 세월은 빠르게 흐른다」(64): 기독교적이고, 약간 지나치게 역사적인 느낌을 준다. 그러나 소재에 적절한 표현이며 정말 좋은 시이다.

「운향(芸香) 나무」(69): 일종의 추억의 파편으로서, 대단히 정겨운 노래이다.

「수녀」(70): 낭만적이고 정감에 넘치며 아름답다.

「기상나팔」(72): 함께 따라갈 수 있는 상상력을 지닌 독자에게는 대단히 귀중한 노래이다.

「사육제」(74): 사랑에 관한 노래로서 은근하다.

「밀회」(75): 목판화 장면을 연상시키는 수작(秀作).

「수해(水害)」(77): 직관력, 감정, 표현 등 모두가 합당하다.

「고수(鼓手)」(78) 불안한 심리 상태를 명랑하고도 생생하게 그려내고 있다. 통찰력이 있는 사람이라 할지라도 이와 견줄 만한 시를 내어놓기는 쉽지 않을 것이다.

「다윗」(79): 가톨릭에서 전해지고 있는 노래지만, 아직도 아주 훌륭하고 유용하다.

「당위와 의무」(80): 단편(斷片)들만 남은 것을 기묘하게 재생시킨 상태이긴 하지만 그 구상은 훌륭하다.

「사랑의 봉사(奉仕)」(83): 독일식으로 낭만적이고 경건하며 호감을 준다.

「잘살게 되거든 날 생각해 주세요」(84): 우아하고 노래 부르기 좋은 가락.

「탄호이저」[3](86): 위대한 기독교적 · 가톨릭적 모티프.

「잘못된 결혼」(90): 훌륭하지만 수수께끼 같은 이야기. 약간 손질하면, 아마도 보다 더 명료하게, 그리고 당사자를 위해서도 보다 더 만족스럽게 다듬을 수 있을 것 같다.

「자장가」(92): 각운을 맞춘 난센스로서, 아기를 재우는 데에는 아주 적합하다.

「꾀꼬리 부인!」(93): 재치 없이 쓰인 것은 사실이지만, 내용상으로

---

3) 탄호이저(Tanhäuser): 13세기의 독일 연애시인이며, 바그너의 가극의 주인공으로도 유명하다.

볼 때에는 지극히 우아하다.

「파사우의 유대인들」(93): 장돌뱅이의 노래와 비슷하지만 칭찬할 만하다.

「카를 5세에 저항하는 군가」(97): 신교적이며 아주 실용적이다.

「거지를 단속하는 순경」(100): 철저한 유랑 기질에서 나온 귀중한 노래.

「현명한 처녀들에 관하여」(101): 도량이 매우 넓고, 의미를 꿰뚫어 볼 수 있는 사람에겐 마음을 시원하게 해주는 노래.

「방앗간지기의 이별」(102): 정황을 이해할 수 있는 사람에게는 매우 귀중한 노래이나 다만 제1연은 수정이 필요하다.

「수도원장 나이트하르트와 그의 수도승들」(103): 틸[4]을 연상시키는 근사한 장난으로서 표현이 훌륭하다.

「열두 명의 청년에 대하여」(109): 경박하지만 아주 멋지다.

「짧은 시간」(110): 독일식으로 낭만적이며 매우 호감을 준다.

「신앙의 군가」(112): 신교적 조야성, 적확한 표현력과 단호한 신앙의 입장을 보여주고 있다.

「담배의 노래」(114): 단편적(斷片的)이지만 채광 작업과 담배를 잘 표현하고 있다.

「노 젓는 아가씨」(114): 심원하고 아름답다.

「새들의 구걸」(115): 아주 호감을 준다.

「끔찍한 결혼식」(117): 장돌뱅이 가수들이나 전할 법한 무시무시한 사건이지만 그 기법은 칭찬할 만하다.

「훌륭한 양치기 소년」(120): 허튼 내용이지만, 이 노래를 편안한 마음으로 부를 수 있는 사람은 복을 받을지어다.

---

4) 틸 오일렌슈피겔(Till Eulenspiegel): 14세기 독일의 유명한 장난꾼.

「일찍이 들어보지 못한 사랑」(121): 아름답다. 그러나 어떤 속물적 산문에 가까운 느낌을 떨쳐버릴 수 없다.

「작은 나무」(124): 동경에 가득 차 있고 유희적이지만 진솔한 마음이 엿보인다.

「린덴슈미트(Lindenschmied)」(125): 목판화를 연상시키는 기사풍의 담시(譚詩) 중에서 가장 훌륭한 작품이다.

「노(老) 힐데브란트에 관한 노래」(128): 역시 매우 좋은 노래이나 예전에 쓰인 시라서 다소 장황하게 늘어놓은 감이 있다.

「평화의 노래」(134): 경건하며 귀에 익은 멜로디이고, 가슴에 직접 호소하고 있다.

「평화의 노래」(137): 좋은 노래지만, 너무 현대적이고 너무 많이 생각하면서 지었다.

「세 자매」(139): 거칠기는 하지만 매우 성실하다.

「영국식 인사」(140): 기독교적 신비를 인간적 감정, 특히 독일인의 감정에 맞도록 묘사하고 있는 방식이 우아하며, 이것은 단지 가톨릭 교회만이 취할 수 있는 방식이다.

「믿어다오!」(141): 기이하고 비극적이며, 원래 바탕은 훌륭한 모티프이다.

「주(主)의 고난」(142): 중대한 상황을 일반적 상황으로 풀어서 설명하고 있으며, 그런 의미에서 나무랄 데가 없다.

「스위스 출신의 병사」(145): 정말 좋은 노래이다. 그러나 「고수(鼓手)」(78)보다 더 감상적(感傷的)이고 수준은 이에 훨씬 못 미친다.

「푸라(Pura)」(146): 이야기가 그럴듯하고 나쁘지 않은 노래지만, 기법이 탁월한 것은 아니다.

「현명한 양치기 여인」(149): 명랑하고 자유분방하며 쾌활하다.

「기사 성(聖) 게오르크」(151): 기사적·기독교적 모티프로서 기법 또한 서툴지 않다. 그러나 기쁨을 주는 시는 아니다.

「슬리퍼」(156): 구상은 아름답지만, 여기서는 단편(斷片)만 전해지고 있어 재미가 적다.

「크사버(Xaver)」(157): 성격은 매우 건실하지만, 공허한 말장난 같다.

「메추라기 관찰」(159): 소리를 흉내 내고 상태를 설명하며 특정한 감정을 불러일으키는 방법이 일품이다.

「죽음 내쫓기」(161): 아주 재미있고 명랑하며 유용하다.

「사일열(四日熱)을 물리치는 마법의 노래」(161): 합당하면서도 공허한 말과 문구들의 나열.

「징집(徵集)」(162): 그럴듯한 착상.

「사냥의 포기」(162): 사냥꾼의 뿔피리 소리를 부르는 시.

「사랑에 대해 공상한 사람」(163): 철두철미 소년다운 시.

「주님의 포도원」(165): 기독교적 신비를 알기 쉽게 설명한 아름다운 비유.

「케드론(Cedron)의 비탄」(166): 아주 잘된 것은 아니다. 이 비탄의 시에는 『운율 입문(*Graudus ad Parnassum*)』[5]의 흔적이 너무 역력하다.

「청춘의 괴로움」(172): 앞의 시보다 낫다. 그러나 여기서도 아직 말과 이미지가 삐걱거리는 불협화음이 들리는 듯하다.

「마리아에 대한 찬가」(178): 여기서도 취향은 찾을 수 있다.

「마리아와의 작별」(178): 흥미로운 이야기를 우아하게 다루었다.

「기쁨의 결혼 생활」(181): 속되고 명랑하다. 여느 노래처럼 곡으로 불러야 좋을 것 같다.

「아모르(Amor)」(182): 아주 깔끔하고 기묘하다.

「세계라는 큰 광산에 대하여」(183): 심원하고 예감으로 가득하며 소

---

5) 18~19세기 영국에서 널리 사용된 작시용(作詩用) 라틴어 운율 사전.

재에 적합하다. 광부들의 소중한 무형 재산.

「경기병(輕騎兵)의 신부」(188): 나쁘진 않다.

「슈트라스부르크의 처녀」(189): 아름다운 에피소드를 바탕으로 하고 있으며, 섬세하고도 환상적으로 표현되었다.

「두 송이의 장미꽃」(190): 연인들 사이에 일어날 수 있는 아주 묘한 사건을 더할 수 없이 섬세하게 잘 묘사하였다.

「소녀와 개암나무」(192): 아주 자연스럽게 선하고 신선한 도덕적 교훈.

「영국의 공주」(193): 나무랄 데는 없으나 너무 고루한 성직자의 냄새가 난다.

「밤의 목소리」(198): 곡으로 부르면 가슴이 기쁨으로 뿌듯해질 듯하다.

「큰 빨래」(201): 요정같이 매혹적이며 특이하다.

「종려나무」(202): 정과 사랑이 정말 내심으로부터 용솟음치는 듯하다.

「뱃사공」(203): 방랑자들, 도제들, 수공업자들이 부르던 옛 노래들 중 하나이다.

「공작 같은 아가씨」(204): 선량한 애정을 차분하게 표현했다.

「초병(哨兵)의 밤 노래」(205): 혼성곡(混成曲)을 연상시키며, 심원하고 어두운 의미에 알맞게 표현되어 있다.

「슬픈 정원」(206): 감미로운 애정.

「조심하라!」(207): 유행가와 흡사한 가사 내용과 곡조가 매우 좋다.

「신비로운 뿌리」(208): 재치는 있지만, 그릇된 비유에 대해서는 미소를 머금지 않을 수 없다.

「수수께끼」(209): 그다지 잘되었다고 할 수 없다.

「당신이 슬퍼하다니, 웬일이오?」(210): 혼성곡 비슷하다. 아마도 일부만 전승된 듯하다.

「잡초」(211): 아주 잘된 혼성곡.

「안주인의 딸」(212): 호감이 가지만 아주 잘된 것이라고는 할 수 없다.

「누가 이 노래를 생각해 내었나?」(213): 일종의 방자한 익살로서, 적당한 시간에 부른다면 아마도 흥을 돋우기에 충분할 것이다.

「파우스트 박사」(214): 깊고 심원한 모티프들인데, 표현을 좀 더 잘할 수 있지 않을까 싶다.

「방앗간지기의 간계」(218): 의미심장한 살인극으로서 서술이 훌륭하다.

「죄 없이 처형된 남자」(220): 진지한 줄거리. 간명하고 적확한 서술.

「반지와 깃발」(223): 매우 호감이 가는 낭만적 시. 각운의 울림이 서술에 방해가 되고 있다. 물론 거기에 익숙해지고 나면 괜찮겠지만 말이다.

「손」(226): 의미심장한 모티프를 간명하게 처리했다.

「성(聖) 마르틴 축제의 거위」(226): 농촌 젊은이에게 어울리며, 명랑하고 자유분방하다.

「성모 혼자 외로이 남으셨네」(227): 가슴속에서부터 우러나와서가 아니라 원래 있던 멜로디에 따라 맞추어 부른 것이다.

「오만한 양치기」(229): 심원하고 아름다운 줄거리. 유행가풍의 후렴을 통해 특이한, 그러나 노래를 위해서는 의미심장한 낭송 효과를 얻고 있다.

「내가 만약 한 마리 새라면!」(231): 비할 데 없이 아름답고 진실하다.

「어떤 사자(使者)에게」(232): 비할 데 없이 쾌활하고 명랑하다.

「울지 마라!」(232): 괜찮은 해학이지만, 약간 서툴다.

「올빼미」(232): 깊고 진지하고 멋지다는 의미에서 기묘하다.

「포도주 통 나르는 사람의 노래」(234): 악마를 내쫓는 무의미한 주문.

「풍뎅이의 노래」(235): 위와 같음.

「무당벌레」(235): 위와 같지만, 보다 상냥한 어조.

「헤엄쳐 가다가 실종된 소년」(236): 우아하고 감정이 풍부하다.

「프라하의 전투」(237): 아닌 게 아니라 세 명의 경기병들이 지은 노래라도 되는 것처럼[6] 정말 재빠르고 간명하다.

「봄의 꽃들」(239): 꽃에 끔찍하도록 싫증을 느낀 사람이 아니라면 아마도 이 화환을 귀엽다고 여길 것이다.

「뻐꾸기」(241): 허튼수작을 하는 듯 익살맞지만, 호감을 준다.

「바이센부르크의 여인」(242): 굉장한 줄거리. 서술 또한 부적합하다고는 할 수 없다.

「병사들의 죽음」(245): 평화 시에나 출병할 때에 이 노래를 부른다면 아마도 신앙심을 북돋우어 주는 효과가 있을 것이다. 전쟁 중이거나 재앙이 임박한 심각한 순간에는 이런 노래가, 최근에 사랑받고 있는 「전쟁은 좋다」라는 노래와 마찬가지로 심히 불쾌한 느낌을 주게 될 것이다.

「장미」(251): 사랑하는 사람에 대한 아름다운 헌신.

「유대인의 딸」(252): 정서 혼란과 정신 착란을 일으킨 처녀에 대한 기이한 묘사.

「세 명의 기사」(253): 이별과 기피(忌避)에 관한 영원불멸의 노래.

「군가」(254): 앞으로 다가오는 시대에나 부를 수 있는 노래.

「팔켄슈타인 공(公)」(255): 섬세하고 마음에 와 닿는 훌륭한 설화시의 일종.

「초록색의 로마 포도주 잔」(257): 위와 같은데, 약간 더 수수께끼 같다.

---

6) 이 시의 마지막 연에는 "대체 이 노래를 누가 지었나?/ 세 명의 경기병들이 지었지."라는 시구가 나온다.

「로즈메리[7)]」(258): 이별의 나라를 바라보는 차분한 시선.

「라인 강안의 별궁(別宮) 백작」(259): 야만적인 줄거리와 거기에 적당한 서술.

「불사조」(261): 실패하지 않은 기독교적 우의(Allegorie).

「지하의 순례자」(262): 수갱(竪坑)이나 횡갱(橫坑) 속에서, 또는 갱도 위에서나 노래로 불리게 되고 공감을 얻을 수 있을 것이다. 지상에서 노래하기에는 너무 어둡다.

「올로프 씨」(261b): 매우 귀중한 담시.

「영겁」(263b): 가톨릭교회의 찬송가. 이것이야말로 사람들을 혼란시키는 방법이다.

「백작과 공주」(265b): 퓌라무스와 티스베[8)]의 이야기와 유사하다. 우리의 할아버지 세대는 이런 줄거리를 성공적으로 잘 다루지 못했다.

「모리츠 폰 작센 공작」(270): 불길한 예감을 느끼는 상태와 슬픈 대사건이 환상적으로 묘사되어 있다.

「울리히와 엔헨」(274): 보다 북독일적인 형식의 블라우바르트[9)] 이야기. 그에 알맞게 서술되어 있다.

「고귀한 도적에 대해서」(276): 매우 잘된 시. 「린덴슈미트」(125)에 비견할 만하다.

---

7) 꿀풀과의 상록 관목. 꽃말은 '기억'.

8) 퓌라무스(Pyramus)와 티스베(Thisbe)는 그리스 신화에 나오는 바빌론의 연인들로, 부모 몰래 벽의 갈라진 틈을 통해 서로 사랑의 밀어를 나누었다. 그러나 부모들이 그들의 사랑을 반대하자 함께 도망하기로 했다. 그런데 티스베가 사자에게 쫓겨 베일을 떨어뜨리고 그 피 묻은 베일을 본 퓌라무스가 티스베가 사자에게 물려 죽은 줄 알고 자살하자, 티스베도 그의 뒤를 따라 자살하고 만다.

9) 블라우바르트(Blaubart, 푸른 수염의 기사)는 페로(Charles Perrault)의 동화 주인공으로서, 여섯 차례나 아내를 맞아들였다가는 몰래 죽이곤 했으나 일곱 번째 아내의 형제들에게 살해된다.

「종교적 투사」(277): "이 땅에 왕림하신 하느님의 아들 그리스도"는 그가 겪은 고통을 감안하더라도 아마 더 나은 시인을 만날 자격이 있을 것이다.

「두슬레와 베벨리」(281): 스위스 농부들의 사는 형편과 거기서 일어난 두 연인 사이의 지고한 에피소드를 멋지게 모사(模寫)했다.

「질투하는 소년」(282): 수수께끼 같은 살인 이야기를 다룬 설화시의 분위기와 구조가 여기서 매우 생생하게 느껴진다.

「감람산의 주님」(283): 여기에 실려 있을 시가 아니다. 대개 자연이 주인공으로 등장하고 있기 때문에 우의적 구도와 화사한 시적 서술이 다 같이 어색하게 느껴지고 거슬린다.

「잘 있어라 브레멘이여」(289): 도제들의 기질을 충분히 잘 그리고 있지만, 아무래도 너무 산문적이다.

「여명(黎明)의 여신 오로라」(291): 생각을 잘한 시. 그러나 단지 생각에만 머물고 말았다.

「어린아이가 되라!」(291): 아름다운 모티프이나 승려 취향으로 망쳐 놓은 꼴이다.

「결혼할 의사가 있는 사냥꾼」(292): 약간 거칠기는 하지만 좋은 시.

「주인을 살해한 종자(從者)」(294): 의미심장하고 기이하며 잘된 시.

「왕자 납치」(296): 욕할 것까지는 없으나 만족스럽지 못하다.

「그 밤들, 그리고 오늘」(298): 흔히 볼 수 있는 내용을 다룬 얌전한 노래. 코시 판 투테,[10] 여자란 모두 이 모양들이다!

「산보」(299): 노래라기보다는 성찰에 가깝다.

「이 세상 끝」(300): 혼성곡의 특징이 엿보이며, 어딘가 좀 부족한

10) 「코시 판 투테(Così fan tutte)」는 "여자는 모두 이런 것"이라는 뜻으로, 모차르트의 희가극(1790)이다.

데가 있다.

「바이에른 풍의 알프스의 노래」(301): 아주 마음에 든다. 다만 여기서 종려나무(Palmbaum)라 함은 가시 종려(Stechpalm), 즉 참호랑 가시나무를 의미한다는 것을 미리 알고 있어야 처음부터 혼란이 없을 것이다. 이런 종류의 주석을 여남은 개씩 붙여두었더라면 많은 노래들이 좀 더 명확하게 이해되는 데에 도움이 되었을 것이다.

「활달한 사냥꾼」(303): 좋기는 하지만 탁월하지는 않다.

「천국에 주렁주렁 매달린 바이올린들」(304): 기독교적 천국의 축제로서 재치가 없지 않다.

「얌전한 하녀」(306): 아주 단정하고 예의 바르다.

「사냥의 행운」(306): 노래 부르기에는 즐겁지만 내용은 그다지 즐겁지 않다. 일반적으로 사냥꾼의 노래들이란, 호른 소리에 맞춰 출렁이기만 했지, 그 모티프들이 천편일률적일 때가 너무 많다.

「카드놀이」(308): 그럴듯한 착상과 훌륭한 해학.

「15페니히의 대가(代價)」(309): 해학적 후렴을 최대한 잘 활용하고 있다.

「따라 우는 뻐꾸기」(311): 그 어떤 내용도 없이 단지 음향만 울리고 있을 따름이다.

「경고」(313): 훨씬 더 훌륭한 뻐꾸기 노래.

「다 큰 아이」(314): 지극히 감미롭다. 몇몇 서툰 각운과 어법을 바로잡는다면 아마도 가치 있는 시가 될 듯하다.

「뜨거운 아프리카」(315): 할버슈타트[11] 출신의 보병이 떠드는 소리만 요란할 따름이다.

---

11) 할버슈타트(Halberstadt)는 마그데부르크 근처의 도시. 원래는 슈바르트(Christian Friedrich Schubart, 1739~1791)의 시 「케이프타운의 노래(Kaplied)」를 가리킨다.

「우물가의 재회」(317): 아주 우아하고 감정이 풍부하다.

「하슬로흐(Haßloch) 계곡」(319): 기이한 살인극으로서 적절하게 서술되고 있다.

「저녁의 노래」(321): 매우 칭찬할 만하며, 아주 훌륭한 서정적·서사적·극적인 종류의 작품이다.

「가사(假死)」(322): 잘 꾸며진 아름다운 줄거리에다 서술도 훌륭하다.

「세 명의 재단사들」(325): 어느 길드(Gilde)를 조롱하는 노래이긴 하지만, 여기서 서술되고 있는 것은 사람들을 재미있게 하고도 남는다.

「밤 사냥」(327): 의도가 좋고 어조 역시 나무랄 데 없으나 서술이 충분치 못하다.

「방랑 악사의 무덤」(328): 자유분방하며, 농부들의 매우 소중하고 관능적인 해학이 엿보인다.

「소년과 제비꽃」(329): 섬세하고 우아하다.

「쟁기질하는 백작」(330): 좋은 담시지만, 너무 긴 것이 흠이다.

「세 송이의 겨울 장미」(339): 이미 보야르도[12]의 시에 나왔던 겨울 정원의 이야기를 너무 짤막하게 축약해 놓았다.

「변치 않는 마음의 영원한 구혼자」(341): 각 연의 마지막에 나오는 대답들은 실은 메아리에 지나지 않으며, 죽음의 신이 인간을 희롱하기 위해 몰래 벌이는 춤판에 다름 아니다. 정말 아주 칭찬할 만한 문답시.

「궁정의 간신배들에 대하여」(343): 어울리지 않는 제목이 어떤 우의(寓意)를 가리키고 있는 듯하지만, 우리는 노래 안에서 그런 우의의 존재를 찾아볼 수도 없고 찾기를 원하지도 않는다. 그렇지만 않다면, 더 즐거운 노래가 될 수 있었을 것이다.

12) 보야르도(Matteo Maria Bojardo, 1434~1494): 이탈리아의 시인.

「건초 만들 때의 노래」(345): 몇 가지의 상이한 판(版)으로 알려져 있는 멋진 풍자 희가극(vaudeville).

「물고기에게 하는 설교」(347): 내용과 기법에서 견줄 데가 없을 정도로 탁월하다.

「젬파흐[13] 전투」(349): 강하고 거칠지만, 연대기를 기술해 놓은 것처럼 산문적이다.

「알게리우스(Algerius)」(353): 경건하고 섬세하며 신앙의 힘으로 충만해 있다.

「이중 사랑」(354): 단정한 시지만, 상황으로 보아 더 단정하게 만들 수도 있을 것 같다.

「장식처럼 매달려 피어 있는 꽃」(356): 기이하게 낭만적이며, 내용이 알차다.

「사관 기수(旗手)」(358): 독특한 점이 있다. 그러나 사관 기수가 처녀에게 저지른 폭행의 내용이 설명되었어야 했다. 그렇지 않고서는 그가 처형당해야 한다는 것이 논리에 맞지 않는다.

「스위스의 농부들에 반대하며」(360): 실제적인 묘사이면서도 시적인 면모를 잃지 않고 있다. 어떤 농부가 유리잔 안을 들여다보다가 빛이 반사하는 것을 보고 '공작의 꼬리'[14]로 오인하여 그 잔을 라인 강에 던져버린다는 소묘는 지극히 혁명적이고도 적절한 표현이다.

「아이들을 조용히 하도록 하기 위한 노래」(362): 정말 단정하고 천진난만하다.

「사교(社交) 노래」(363): 틸(Till Eulenspiegel)류의 유머와 장난기가 섞인 노래로 탁월하다.

---

13) 젬파흐(Sempach): 스위스 루체른 주에 있는 도시.

14) 스위스의 적이었던 오스트리아 기사들의 표징.

「성모상」(366): 이런 순례지를 둘러싼 정황을 눈앞에 그려볼 수 있는 사람에게는 성모상이 아름답게 느껴질 수밖에 없을 것이다.

「떠나갈 테면 떠나라!」(371): 대담하고 무례하다.

「헛된 수고」(372): 여성의 상냥함과 남성의 어리석음에 대한 적절한 묘사.

「굉장한 상상력」(373): 딱히 포착할 수 없는 섬세한 향취.

「나쁜 그 여인」(374): 마음속 깊이 느꼈고, 생각도 그럴듯하게 했다.

「여행 중의 마리아」(375): 산뜻하고 섬세하다. 이렇게 가톨릭의 성직자들은 신자들이 가톨릭의 신화적 인물들에 대해 아주 유용한 공부를 하도록 유도하고, 또 이를 통해 신자들을 교화하는 방법을 알고 있다.

「귀족이 된 농부」(376): 정말 훌륭한 관찰이며, 혐오감을 갖고서 언짢게 묘사했다.

「이별의 표시」(378): 정말 호감이 간다.

「상쇄」(379): 유명한 '술잔과 외투의 이야기'를 짤막하고도 충분히 의미심장하게 서술했다.

「베드로」(382): 자유 신앙주의적인 인상을 주기 위해 안간힘을 쓰고 있는 것 같다.

「안녕하시오, 노인장!」(384): 현대적이고 감상적이지만, 나무랄 것은 아니다.

「어려운 파수 근무」(386): 벌써 음향과 노래가 복잡해지는 중세 연애시의 영역으로 내려와 있다.

1) 「아가씨와 파수꾼」: 애교가 넘치지만 너무 복잡하기도 하다.
2) 「명랑한 장인(匠人)」: 우리한테는 앞의 노래보다 낫다.
3) 「변형」: 여기서는 너무 큰 대조를 이룬다. 이것은 의미심장하고 기이한 독일식 담시의 일종이기 때문이다.

4) 「결심」: 이 연작 시에 맞지 않는다.

「순례자와 경건한 귀부인」(396): 훌륭하고 서술이 잘된 소화(笑話, Schwank).

「황제의 결혼식」(397): 야만적이고 편협하긴 하지만 시적 성과가 없다고는 할 수 없다.

「천사들의 인사에 대한 마리아의 대답」(406): 이 책에 실린 모든 가톨릭 시들 중에서 가장 마음에 드는 것.

「페터 폰 슈타우펜베르크와 바다 요정」(407): 정말 칭찬할 만한 줄거리를 잘 축약하여 서술하고 있으며, 이야기의 구분도 현명하게 되어 있다. 비교적 짤막한 시들만 익히 읽어오던 사람이 아니라면, 이 시가 너무 짧게 여겨질 것이다.

「재단사의 퇴근 시간」(418): 목판화를 연상시킨다. 더 이상 바랄 수 없을 정도로 훌륭하다.

이상에서 시 하나하나에 대하여 그 특징을 즉흥적으로(달리 어떤 방법이 있을지 대안이 얼른 생각나지 않으니 말이다!) 적어보았다. 그러나 이러한 특징 메모 때문에 앞으로의 본격적 비평 작업이 방해를 받게 된다면 그것은 우리의 본의가 아니다. 우리는 그 어느 누구의 작업도 가로막고 싶지 않다. 특히 서정시를 진정으로 즐기고 탁 트인 가슴으로 서정시의 세계에 공감을 느끼는 사람들이 나와서—여기서처럼 이 시들이 지니고 있는 다소간의 의미를 간명하게 규정함으로써 얻게 되는 성과보다는—훨씬 더 많은 열매를 거두어내기를 바라 마지않는다. 하지만 우리에게도 아직은 이들 시 전체의 가치에 대하여 다음과 같이 몇 마디 덧붙여둘 권리는 허용되어 있을 것 같다.

여기에 수록된 종류의 시들은 어딘가 옹골차고 건장한 면을 내포하고 있기 때문에 국민의 핵심 내지는 근간을 이루는 계층의 사람들이 이런 시들을 쓰고 보존하고 섭렵하며 때로는 전파하는 것처럼 여겨지고 있기는 하다. 그러나 이 시들은 실은 민중이 쓴 것도, 민중을 위하여 쓰인 것도 아니다. 그럼에도 불구하고 우리가 수년 전부터 민요(Volkslied)[15]라 부르곤 하는 이런 종류의 시들은 더할 나위 없이 진실한 시(Poesie)이다. 이 민요들은 비교적 높은 교양 수준을 지니고 있는 우리가 보기에도 엄청난 매력을 지니고 있는데, 그것은 마치 노인들이 젊은이들을 바라보고 자신의 지난날을 회상할 때에 느끼는 젊음의 매력과도 흡사하다 할 것이다. 여기서 예술은 자연과 갈등 관계를 이루고 있는데, 바로 이 생성, 이 상호 작용, 이 지향적 노력이야말로 하나의 목표를 찾아가는 과정으로 보이며, 때로는 그 목표에 이미 도달한 것으로 보이기도 한다. 진정한 문학적 천재성은 그것이 어디에 나타나든 간에 그 자체 속에서 이미 완성되어 있는 법이다. 언어나 외적인 기법의 불완전성, 또는 그 밖의 무엇인가가 천재성에 대립할 수는 있겠지만, 천재성은 결국에는 모든 것을 다 마음대로 통괄할 수 있는 보다 높은 내적 형식을 지니고 있으며, 어둡고 몽롱한 영역에서도, 나중에 명확해지고 난 다음에 할 수 있는 것보다도 더 훌륭한 영향을 끼치는 수가 자주 있다. 어떤 제한된 상태를 시적으로 생생하게 직관한다는 것은 개체를 유한하긴 하지만 무제한적인 전체로 끌어올린다. 그 결과 우리는 조그마한 공간에서 세계 전체를 볼 수 있다고 믿게 되는 것이다. 깊은 직관에의 열망은 간결한 표현을 요구한다. 산문에서는 용납될 수 없는 모순으로 지적될 것도 진정한 시적 의미에서는 필요 불가결한 것 또는 미덕이 될 수 있으며, 산문에서는 정말로 우리에

15) 민요에 대한 괴테의 견해에 대해서는 『원칙과 성찰』 942번(함부르크판, XII권, 498쪽)을 참조: "이른바 민요라는 것의 가장 본질적인 가치는 그 모티프들이 자연으로부터 직접 취해진 것이라는 점에 있다. 그러나 교양 있는 시인은——만약 그가 이 장점을 이해할 수 있다면——민요의 이 장점을 활용할 수도 있을 것이다."

게 죽을힘을 다하길 요구하는 그런 부적당한 일조차도 시의 세계에서는 믿을 수 없을 정도로 유쾌한 활동이 될 만큼 우리의 힘을 자극할 수 있다.

앞에서 우리는 각 시의 개별적 특성을 열거하다가 보니 분류 작업은 하지 못하게 되었다. 그러나 이와 같이 의미심장하고 기본이 되는 진짜 노래들을 수록한 책이 여러 권 나오게 되면, 아마 앞으로 비교적 빠른 시일 내에 분류 작업도 이루어질 수 있지 않을까 한다. 하지만 여기서 우리는 서정적, 극적, 서사적 묘사가 서로 잘 엮여서, 처음에는 일종의 수수께끼처럼 제기되었다가 그다음에는 정도의 차이는 있더라도 보기에 따라 일종의 격언시처럼 풀리게 되는 시들에 대한 우리의 선호를 감출 수 없다. 유명한 「에두아르트, 에두아르트! 네 칼이 왜 그렇게 붉은 피로 물들어 있지?」[16]라는 시는 특히 그 원시(原詩)가 그렇지만, 우리가 알고 있는 이런 유형의 시들 중에서 단연 백미(白眉)이다.

이 책에 이미 수록된 옛 자료와, 편자들이 그동안 수집해 온 풍부한 자료들을 모두 정리하여, 그 결과를 곧 또 한 권의 책으로 출간하도록 편자들에게 격려를 보내고 싶다. 그런데 그럴 경우에 희망 사항이 한 가지가 있는데, 그것은 그들이 중세 연애시인들의 서투른 노래, 장돌뱅이 시인들의 야비함, 장인(匠人) 가수들의 천박함은 물론이고 승려 냄새가 나는 모든 편협하고 고루한 것들을 각별히 경계했으면 좋겠다는 것이다.

편자들이 앞으로 이런 종류의 독일 노래들의 제2부까지도 펴낼 생각이라면, 그들은 아마도 또한 다른 나라의 국민들이 가지고 있는 이

---

16) 영국의 시인 퍼시(Thomas Percy, 1729~1811)의 시집 『유품(*Reliques*)』을 헤르더가 번역했다. 헤르더에게 보낸 괴테의 1793년 6월 7일자 편지 참조.

런 종류의 노래들(영국인들이 제일 많이 소유하고 있고 프랑스인들은 그보다는 적게 갖고 있으며 스페인인들은 다른 의미의 시를 가지고 있고 이탈리아인들은 거의 소유하고 있지 않다.)도 아울러 찾아보고, 그 노래들의 원문과 함께, 이미 나와 있는 번역 또는 그들 자신이 직접 해낸 번역을 나란히 소개해 주면 더욱 좋겠다는 요청을 받게 될 것이다.

우리는 이미 서두에서 이 노작에 대한 비판(보다 고차원적 의미의 비평까지도 포함하여)이 가능할지에 대하여 어느 정도 회의적인 견해를 내비친 바 있지만, 여기 소개된 이 모든 노래들이 전적으로 진짜인가, 또는 정도의 차이는 있지만 손질을 거친 것인가를 따지고 들지 말아야 할 더 많은 이유들을 발견하게 된다.

편자들은 앞으로 다가오는 시대에 필요하게 될지도 모르는 사항들에까지도 부응하고 있는 것이다. 또한 그들이 여기저기에 기묘하게 손질을 하여 출처가 서로 다른 부분들을 하나로 결합시킨 것, 즉 새로 슬쩍 삽입해 넣은 것 따위를 우리는 고맙게 받아들이는 것이 좋을 것이다. 하나의 노래가 민중들의—그것도 교양이 없는 민중들만이 아니다!—입에서 입으로 전해질 때 그것이 어떤 과정을 두루 거쳐야 하는지를 모르는 사람이 어디 있겠는가! 그것을 마지막으로 기록하고 다른 것들과 함께 책으로 묶어내는 사람이라고 해서 거기에 약간의 손을 댈 권리마저도 없어야 할 이유가 어디에 있겠는가? 정말이지 예로부터 우리는 기록자 또는 전사자(轉寫者)가 꼭 원전 그대로 전승할 수 있었던, 혹은 꼭 원전 그대로 전승하기를 원했던 그런 문학 작품이나 성서를 알지 못하는 것이다.

이런 의미에서 우리는 여기 출간되어 나온 이 민요집을 고마운 마음으로 그리고 너그러운 마음으로 다루려는 것이다. 이것은 편자들이 그들의 시적 자료들을 순정하고 엄정하며 질서 있게 취급해 주기를 바라는 우리의 소망이 그만큼 더 간절하기 때문이기도 하다. 모든 자료가 다 인쇄될 필요는 없다. 그러나 만약 편자들이 우리 독일의 시와 시적 문화의 역사(사실 이제부터는 점차로 이것이 우리가 지향하는 목표가 되어야 할 것이다!)가 철저하고도 정직하게 그리고 지성적인 것으로서 유지될 수 있도록 함께 애써 준다면, 그들은 이 나라를 위해 틀림없이 큰 업적을 내게 될 것이다.

한 민중본 시집의 출간 계획[1)]

친절하게도 나에게 전달된 논문에서는 우선 독일의 민중본에 대한 일반론이 다루어지고 있으며, 그다음에는 이런 민중본을 내기 위해 시를 수집하는 것에 관해서 주로 논의하고 있다. 그리고 마지막에 가서는 단지 서정시만을 다루고 있음이 드러나고 있다. 나는 이 마지막 제안을 받아들이지만, 다만 여기서 전제로 해두고 싶은 것은 역시 이 부류에 속한다고 볼 수 있는 짤막한 시들도 이 책에 함께 수록된다는 점이다.

자유롭게 그리고 별다른 고려 없이 이러한 선집을 펴낼 계획을 세웠다면, 우리는 우선 그 선집을 역사적·발생학적으로 생각해 볼 수 있을 것이다. 즉 개별 시들이 완성되는 경로를 보여주기 위하여 시들

1) 1808년 6월 28일 괴테는 독일인의 교양의 토대가 될 민중본 시집(lyrisches Volksbuch) 한 권을 편찬해 달라는 바이에른 왕국의 요청을 신학 교수 니트하머(Niethammer)를 통해 전해 받게 되었다. 이에 괴테는 여러 가지 구상과 계획을 하게 되었는데, 이 글은 같은 해 8월 19일에 괴테가 니트하머 교수에게 보낸 논문이다. 괴테가 계획했던 민중본 시집은 결국 나오지 못했지만, 이 논문에서 우리는 형식보다는 내용을, 국가적인 생각보다는 시대와 민족을 초월하는 '세계문학(Weltliteratur)'을 더 중시한 괴테의 문학관을 엿볼 수 있다.

을 그 자체로서, 또는 그보다 앞선 형태와 비교해 가면서 소개하는 것이다. 또 다른 한 가지 방법이 있다면 그것은 무엇인가 다 된 것, 완결된 것, 완성된 것을 보여주는 방식이다. 전자의 경우에는 반드시 중급 수준의 작품들까지 소개해야 할 것이며, 후자의 경우에는 단지 가장 잘된 작품들만을 골라서 소개해야 할 것이다. 어느 경우에나 모두 내적인 균형만은 고려되어야 한다. 그리고 한번 일의 개황을 파악하고 자료를 통괄할 줄 알게 된 사람은 자기 자신과 다른 사람들이 높은 수준의 가르침과 즐거움을 향유할 수 있게끔 안심하고 작업을 진행해 나가면 될 것이다.

하지만 이러한 수집 작업에서, 여기 이 경우에서처럼 또 하나의 외적 조건, 즉 '민중의 수요', '민중의 교육'을 고려한다면, 앞서 말한 견해도 즉각 달라지게 되고 이 계획 자체도 동요하게 되든지 어려움에 직면하게 될 것이다.

민중(Volk)이라 할 때에 우리는 일반적으로 아직 교양을 갖추지 않았으나 앞으로 갖출 능력이 있는 '대중(Menge)', 즉 국민이 만약 문화의 초보 단계에 있다면 그 국민 전체를 말하거나 또는 문화 국민일 경우에는 그 일부, 민중의 하부 계층, 즉 아동들을 의미한다. 그러니까 우리의 책은 이러한 대중에게 알맞아야 할 것이다.

그렇다면 이러한 대중이 필요로 하는 것은 무엇일까? 비교적 고상한 것이다. 그러나 그것도 그들의 현재 상태와 비슷한 것이어야 한다. 무엇이 그들에게 영향을 끼칠 수 있을까? 형식보다는 그 안에 든 내용일 것이다. 그들 대중에게 교육을 통해 무엇을 형성시켜 주는 것이 바람직할까? 성격이지 취향이 아니다. 후자는 전자로부터 저절로 계발되어 나오지 않으면 안 된다.

이 세 가지 점에 대해서 일반론을 펴자면 많은 말을 할 수 있을 것이다. 그러나 나는 앞서 말한 목적에서 조금도 벗어나지 않을 것이며,

독일인들을 위한 짤막한, 특히 서정적인 시들을 골라내는 데에 주안점을 두기로 하겠다.

어떤 종류에서든 간에 '탁월한 것'이 또한 동시에 대중적이기도 한 경우란 아주 드문 법이다. 이런 것이 있다면 무엇보다도 먼저 골라내어서 우리가 계획하고 있는 선집의 기초로 삼아야 할 것이다. 그러나 이런 것 이외에도 '선량하고 유용하며 앞날을 예비하는 것'도 또한 수록해야 한다.

이러한 선집 속에는 아마도 대중이 가진 이해력의 한계를 넘어서는 '최상의 작품'도 한 편쯤 실려 있어야 할 것이다. 이런 작품에서 대중은 자신들의 사고 능력과 예감 능력을 시험해 보아야 하고, 존경하고 존중하는 태도를 배워야 할 것이다. 그들은 자신들이 도저히 도달할 수 없는 그 무엇이 그들 자신의 위에 존재한다는 것을 알게 될 것이며, 이를 통하여 적어도 몇몇 개인들은 비교적 높은 수준의 문화 단계로까지 끌어올려지게 될 것이다. 그러고 나서는 '중급 정도의 작품'이 실려야 되겠는데, 이 정도의 교양은 우리가 그들 대중이 갖추도록 해 주려고 하는 것이며, 우리는 그들이 이 정도의 작품을 차츰차츰 읽어 가는 것을 보기를 원하는 것이다. '하급 작품'이란 그들의 취미에 바로 들어맞고, 그들을 만족시키며, 그들의 관심을 끄는 그런 작품을 말한다.

이런 선집에서 작품들은 아마도 항목별로 배열되는 것이 좋을 것이며, 그렇게 되면 마치 신교의 찬송가 책과 비슷한 모양이 될 것이다.

맨 앞에는 고상하고 관념적인 것, 즉 하느님, 영생(永生) 그리고 비교적 고상한 동경과 사랑 등을 배치하는 것이 좋고, 자연에 대한 수준 높은 견해들이 그다음 자리에 와야 할 것이다.

개념으로 파악하는 것이 더 좋은 것, 즉 미덕, 유용성, 풍습, 예의범절, 가정이나 조국에 대한 애착 등이 여기에 한 자리를 차지해야 할 것이다. 하지만 이런 시들은 교육적이어서는 안 되고, 정서적이고 마음을 고무하는 것이어야 한다.

환상은 실화, 신화, 성담(聖譚), 우화를 통해 유발하는 것이 좋을 것이다.

관능적인 것에 눈을 뜨게 하기 위해서는 쾌락과 고통이 그대로 담겨 직접 감동을 주는 사랑의 이야기, 소박한 농담, 특별한 상황 설명, 희롱, 조야한 농담 등이 제공되어야 할 것이다.

이 분류들의 사이에 해당되거나 이들과 서로 결부되는 모든 것, 즉 재치 있는 재담이나 우아한 것 또는 호감을 주는 것 등이 빠져서도 안 될 것이며, 그 어떤 종류의 대상도 제외되어서는 안 될 것이다. 만약 서두에 하느님이나 태양에 대한 송가를 싣는다면 말미에는 대학생들이나 장인(匠人)들의 노래라든가, 풍자시를 실어도 될 것이다. 그 어떤 소재도 배제되어서는 안 된다. 단지 극단적인 것들, 예컨대 난삽한 것, 천박한 것, 후안무치한 것, 음란한 것, 무미건조한 것, 감상적인 것 따위만은 피하지 않으면 안 된다.

시의 외적 형식에 관해서 말할 것 같으면, 여기서도 역시 그 어떤 형식도 없어서는 안 된다. 우리에게 가장 자연스러운 형식은 한 행에 네 개의 강음(強音)이 들어 있는 평범한 각운시일 것이며, 아마도 가장 인위적인 형식은 소네트와 각 행 11음절 강약격(強弱格)으로 되어 있는 3운구법(韻句法, Terzine)이 될 것이다.

대체로 아주 극소수의 나라만이 절대적 독창성을 주장할 수 있고, 특히 역사가 짧은 나라들 중에는 그런 주장을 할 수 있는 나라가 아예 없다는 사실을 염두에 둔다면, 독일인들은 그들의 여건으로 볼 때 그들의 교양을 외국으로부터 받았으며, 특히 문학에 관한 한, 그 내용과 형식을 외국인들한테서 취했다고 해서 부끄러워할 필요가 없다.[2)]

외국의 재화도 이제 우리의 재산이 되지 않았는가 말이다! 순전한 우리 것과 더불어, 번역을 통해서건 깊은 애호를 통해서건 우리 것으로 소화된 외국의 것도 아울러 실어야 할 것이다. 그렇다, 이것은 아동들에게 읽히기 위한 책이고, 특히 이제 어린이들로 하여금 다른 나라 사람들의 업적에 대해 일찍부터 관심을 갖도록 유도할 필요가 있는 것이다. 그렇기 때문에 우리는 다른 나라 국민들의 업적에 대해서도 명백하게 주의를 환기하지 않으면 안 될 것이다.

이 책은 몇 권으로 나누어지지 않는 두꺼운 책 한 권으로 나와야 할 것이고, 가장 큰 판형으로, 전지(全紙) 아흔두 장의 큰 분량으로 선보여야 할 것이다. 그리하여 그 외적 형태만 보아도 벌써 이 작품이 일상적인 팸플릿이나 신문 따위와는 확연히 구별되도록 해야 할 것이다.

도대체가 이런 책은 단지 그 부피를 통해서만 사람들의 관심을 끌 수 있는 법이다. 이런 책은 그 누구도 자기가 그것을 무시할 수 있다고 쉽사리 말할 수 없을 정도로 내용이 풍부하고 장정이 호화롭지 않으면 안 된다.

이번 기회에 절실한 것으로 부각된 많은 고찰들과 이러한 책을 펴낼 책임자가 항상 유념해야 할 원칙들에 대해서는 나는 침묵하겠다. 많은 문제들은 일이 다 끝난 다음에야 입 밖에 낼 수 있는 성질의 것이다. 하지만 일의 진척 상황에 대한 보고라면 좀 더 자세하게 여러 가지 보고를 해도 좋을 것이다.

2) '세계문학'에 대한 괴테의 견해가 엿보이고 있다. 이에 관해서는 뒤에 나오는 「'세계문학'에 대한 괴테의 중요 언명들」 장을 참조.

셰익스피어와 그의 무한성[1)]

셰익스피어에 대해서는 이미 여러 번 이야기되었기 때문에 더 이상 말할 것이 남아 있지 않은 것처럼 보일 수도 있을 것이다. 하지만 위대한 정신의 특성은 그것이 정신을 영원히 자극하고 고무한다는 점이다. 이번에 나는 셰익스피어를 '한' 면으로부터가 아니라 여러 면으로부터 고찰해 보고자 하는데, 우선은 일반적 시인으로서의 그의 면모를 살피고, 그다음에는 그를 고대인 및 현대인과 비교해 보고, 마지막으로는 본원적 극시인으로서의 셰익스피어를 고찰해 보기로 하겠다. 나는 셰익스피어류의 모방이 우리에게 끼친 영향은 무엇이며 그것이 도대체 우리에게 어떤 영향을 끼칠 수 있는가를 논구해 보겠다. 이미 논의된 것도 필요에 따라서는 반복 기술해 가면서 거기에 대한 내 견해를 밝히겠지만, 논쟁이나 반박에 휘말리는 법 없이 내 태도만을 간단명료하게 표명하기로 하겠다. 자, 그러면 이제 위에서 언급된 첫 번

---

1) 이 글의 제1, 2부는 1813년 3월에, 제3부는 1816년 초에 쓰인 것으로서, 여기서 우리는, 셰익스피어에 대한 청년 시대의 열광에서 벗어나 다소의 거리를 갖고 셰익스피어의 정신사적 좌표를 매겨보고 그의 극작품이 가진 장단점을 짚어보는 만년의 괴테를 엿볼 수 있다.

째 사항부터 우선 논의해 나가기로 하자.

1. 일반적 시인으로서의 셰익스피어

인간이 성취할 수 있는 최고의 것은 자신의 주의나 사상을 의식하는 것, 즉 자기 자신을 인식하는 것이다. 이러한 자기 인식이 길잡이가 되어 인간은 다른 인간들의 심정도 깊이 헤아릴 수 있게 된다. 그런데 세상에는 이런 인식 능력을 천부적으로 타고난 사람들이 있어서, 그들은 경험을 통하여 이 지능을 연마함으로써 실제적 목적에까지 활용할 수 있도록 한다. 세계로부터 그리고 보다 높은 의미에서의 사업으로부터 무엇인가를 터득해 내는 능력은 바로 여기에서 생겨나는 것이다. 실은 시인 역시 이러한 재능을 타고난다. 다만 시인은 이 재능을 직접적이고 세속적인 목적에 쓰는 것이 아니라 보다 높은 정신적, 보편적 목적에 쓰도록 절차탁마해 온 사람들이다. 이제 우리가 셰익스피어를 가장 위대한 시인들 가운데 하나라고 부를 때, 이와 동시에 우리가 고백하고 있는 것은 어느 누구도 셰익스피어처럼 그렇게 쉽게 이 세계를 인지할 수 없었다는 사실이며, 자신의 깊은 직관을 언어로 표현한 그 어느 누구도 셰익스피어처럼 그렇게 쉽게 독자를 고차원으로 함께 끌고 가서 세계의 의식 속으로 인도하지 못했다는 사실이다. 세계가 우리 눈앞에 완전히 그 실체를 드러내게 되어, 우리는 갑자기 미덕과 악덕, 위대함과 왜소함, 고귀함과 비열함을 숙지하게 된 우리 자신을 발견하게 된다. 그리고 더욱 놀라운 사실은 이 모든 것이 단순하기 짝이 없는 수단들을 통해서 가능하게 된다는 것이다. 그러나 우리가 이 수단들의 정체를 물으면, 우리는 셰익스피어가 우리의 눈에다 호소하고 있는 듯한 인상을 받게 된다. 그러나 그것은 우리의 착각으로, 셰익스피어의 작품들은 육체의 눈에 호소하고 있는 것이 아니다. 나는 이 말을 좀 더 자세히 설명해 보도록 하겠다.

아마도 눈은 전달이 가장 용이한 가장 명민한 감각 기관이라 할 수 있을 것이다. 그러나 내적 감각은 이보다도 더 명민하여, 이것에 이르는 가장 빠른 최고의 전달 매체는 언어이다. 왜냐하면 우리가 눈을 통해 파악하는 것은 그 자체로서는 서먹서먹한 채로 우리 앞에 비치게 되고 우리에게 결코 심원한 인상을 줄 수 없는 데에 반해서 언어라는 것은 원래부터가 생산적인 작용을 하는 것이기 때문이다. 그런데 셰익스피어는 철두철미 우리의 내적 감각에다 대고 호소한다. 이 내적 감각을 통해서 동시에 상상력에 의한 형상의 세계가 활기를 띠게 되고, 그리하여 우리로서는 무어라고 설명하기 어려운 일종의 완벽한 효과가 발생한다. 마치 모든 것이 우리의 눈앞에서 일어나는 것과 같이 여겨지는 저 착각의 원인이 바로 여기에 있기 때문이다. 그러나 셰익스피어의 작품들을 엄밀히 고찰해 보면, 거기에는 감각적 행위보다는 정신적 언어가 훨씬 더 많이 들어 있다. 셰익스피어는 쉽게 상상될 수 있는 것, 즉 눈으로 지각될 수 있는 것보다는 오히려 마음속에서 상상될 수 있는 것을 사건으로 다루고 있는 것이다. 햄릿의 유령, 맥베스의 마녀들, 그 밖의 많은 잔혹 행위들은 상상력을 통해서야 비로소 그 본래의 가치를 발휘하며, 짧은 장면들이 그렇게 다양하게 중간중간 삽입되어 있는 것도 단지 이 상상력을 고려한 장치에 지나지 않는다. 이런 모든 짤막한 장면들은, 공연할 때에는 짐이 되고 방해가 되며 정말이지 지긋지긋하게 혐오스럽게까지 생각되지만, 책으로 읽을 때에는 경쾌하고도 합당한 것으로 받아들여져 하등의 거부감도 일으키지 않고 그대로 술술 읽힌다.

셰익스피어는 생생한 언어를 통하여 효과를 내며, 이 효과는 낭독할 때에 가장 잘 전달되는데, 그것은 묘사의 좋고 나쁨 때문에 듣는 사람의 기분이 산만해지는 일이 없기 때문이다. 셰익스피어의 극작품을 자연스럽고 적절한 목소리로, 감정을 지나치게 개입시키는 법 없이 담담히 낭독하고 있는 것을 두 눈을 감고 들으면, 그보다 더 고상하고 더 순수한 낙은 없다. 낭독을 들으며 우리는 셰익스피어가 전개해 나가고 있는 사건들의 단순한 줄거리를 따라가게 될 것이다. 물론 우리는 등장인물들의 묘사에 따라 몇몇 인물들의 겉모습을 상상하게도 될 것이다. 그러나 실제로 우리는 일련의 말과 연설을 통해 그들의 내면에서 일어나는 움직임을 보게 된다. 이 점에서는 모든 배역들이 우리에게 아무런 비밀도, 아무런 의심의 여지도 남기지 않고, 그들의 속을 모두 내어보이고 있다. 영웅과 병사, 주인과 노예, 임금과 심부름꾼이 모두 공모라도 한 듯이 이 점에서는 꼭 같으며, 단역들이 주인공들보다 더 많은 활약을 하는 경우도 자주 있다. 세계적 대사건의 이면에서 은밀히 바스락거리고 있는 자질구레한 낌새들과, 엄청난 사건들이 일어나는 순간 인간의 마음속에 숨겨져 있는 모든 비밀—이 모든 것이 모두 말로 표현되어 나오는 것이다. 한 인간이 불안한 가운데 숨기거나 감추고 있는 것도 자유롭고 거침없이 백일하에 드러나게 된다. 실로 우리는 인생의 진리를 알게 되지만, 어찌하여 이렇게 되었는가는 알 수 없다.

셰익스피어는 세계정신(Weltgeist)과 동류에 속한다. 그 역시 세계정신과 마찬가지로 세계를 꿰뚫어볼 수 있다. 이 둘 모두에게는 보이지 않는 것이 전혀 없다. 그러나 행위 이전에는—행위 이후에도 종종—비밀을 드러내지 않고 유지하는 것이 세계정신의 일이라면, 비밀을 슬쩍 입 밖에 흘려서 우리로 하여금 행위 이전에—적어도 행위의 진행 중에는 반드시—비밀을 알게 해주는 것은 시인의 뜻이라 할 수 있다. 악덕 권력자, 호의는 있지만 능력이 없는 자, 정열에 도취된 자, 조용히 관찰하는 자—이들 모두가 각자 자기 심중을 토로하는

데, 전혀 있을 수 없을 듯한 것을 말하는 경우도 비일비재하다. 말하자면 등장인물들이 다 말하기를 좋아하고 또 말이 많은 셈이다. 다 좋은데, 문제는 비밀이 새어나와야 하는 것이다. 설령 그렇게 해서 새어나온 비밀이 하찮은 것에 지나지 않는다 하더라도 말이다! 심지어는 무생물조차도 한몫 끼고 싶어 하고, 부수적인 모든 것들도 조금도 뒤지지 않고 함께 발언하고자 하며, 자연 요소들, 하늘과 땅과 바다의 현상들, 천둥과 번개, 야수들조차도 자신의 발언권을 요구한다. 이들은 종종 상징처럼 보이기도 하지만, 때로는 정말 극의 전개를 함께 담당해 내기도 한다.

그러나 문명 세계도 또한 자신의 비장의 보물을 내어놓지 않으면 안 된다. 예술과 학문, 수공업과 상업 등 모든 분야가 그들 나름의 공물(貢物)을 바치는 것이다. 셰익스피어의 작품들은 말하자면 세밑을 앞두고 열린 활기에 찬 장(場)이라 할 수 있으며, 그가 이와 같은 풍요를 자랑할 수 있는 것은 그의 조국 덕분이다.

그의 작품의 도처에는, 바다에 둘러싸여 있고 안개와 구름에 휩싸여 있으며 세계의 모든 지역을 향하여 활동을 하고 있는 영국, 그 영국이 숨 쉬고 있다. 이 시인은 품위 있고 중요한 시대에 살면서 그 시대의 문화를, 심지어는 그릇된 문화까지도 매우 청랑(晴朗)한 태도로 우리에게 그려 보이고 있다. 정말이지, 만약에 그가 자기의 활력에 넘치는 시대와 보조를 같이하지 않았던들, 그의 필력에 대한 우리의 감동이 이처럼 심대하지는 않을 것이다. 무대 위에서의 외형적 의상을 셰익스피어보다 더 경멸했던 사람은 아무도 없다. 그는 인간의 내면적 의상에 통달하고 있었으며, 이러한 내면적 의상을 걸치고 있다는 점에서는 그의 모든 등장인물들이 모두 일치하고 있다. 사람들은 그가 로마인들을 탁월하게 그렸다고들 하지만, 나는 그렇게 생각하지 않는다. 내 생각에는 그들은 모두가 영국인들의 화신일 따름이다. 그러나 물론 그들은 인간들, 머리부터 발끝까지 철두철미 인간들이며, 고대 로마인들의 백색 상의가 그들에게도 어울린다면, 그것은 아마도 그들 역시 인간들이기 때문일 것이다. 생각이 일단 여기까지 미친 사람은 시류에 뒤떨어지는 듯한 셰익스피어류의 특성이 아주 칭찬할 만한 것이라는 사실을 알게 될 것이다. 그리고 그가 외형적 의상을 무시한다는 바로 그 점이야말로 그의 작품을 그다지도 생생하게 만들어주는 요체임을 알게 될 것이다.

자, 그럼 이쯤 해두기로 하자. 물론, 이 몇 마디로써 셰익스피어의 업적을 다 말했다고는 결코 볼 수 없다. 그를 애호하고 존경하는 사람들이 앞으로도 많은 것을 더 논의해 주어야 할 것이다. 하지만 여기에 한 가지만 더 언급해 두기로 하자. ―개별 작품 하나하나마다 각기 다른 하나의 관념이 그 근저에 깔려 있으면서, 그 모든 개별 작품들에서 입증되는 관념들이 모이면 전체적으로 일종의 앙상블 효과를 내게 되는, 그런 시인을 찾아보기란 그다지 쉽지 않을 것이다.

인민 대중이 귀족들의 특권을 인정하지 않으려는 데 대한 분노가 『코리올라누스』[2]의 전편(全篇)을 관류하고 있는 것이 바로 그런 예이다. 『줄리우스 카이사르』에서는 귀족들이 전체로서 영향력을 행사할 수 있다는 망상 때문에 가장 높은 자리는 비워두어야 한다는 관념이 모든 사건의 중심을 이루고 있다. 또한 『안토니우스와 클레오파트라』는 수많은 변설로써 쾌락과 행위가 서로 공존할 수 없다는 것을 말하고 있다. 이런 식으로 셰익스피어의 작품을 계속 고찰해 나가다 보면, 자주 그에 대한 경탄을 금치 못할 것이다.

---

2) 코리올라누스(Gaius Maricus Coriolanus)는 기원전 5세기 후반에 활약한 로마의 전설적 장군으로, 셰익스피어가 그를 주인공으로 해서 비극 『코리올라누스』(1608?)를 썼다.

2. 고대인 및 현대인과 비교해 본 셰익스피어

셰익스피어의 위대한 정신을 활성화하는 관심사는 현실 세계의 내부에 있다. 예언, 광기, 꿈, 예감, 기적의 조짐, 요정들과 정령들, 유령, 요괴, 마술사 따위가 때에 따라 등장해 그의 문학 작품들 속을 부유하는 마술적 요소인 것은 사실이지만, 결코 이러한 환상적 형상들이 그의 작품들의 주된 내용은 아니다. 그의 작품들이 뿌리를 내리고 있는 위대한 토대는 바로 그의 삶의 진실성과 견실성이다. 그의 펜 끝에서 유래하는 모든 것이 우리에게 그다지도 참되고 견실한 것으로 생각되는 것도 바로 이 때문인 것이다. 이런 까닭에 사람들은, 셰익스피어가 낭만적이라 일컬어지는 근대 시인에 속한다기보다는 차라리 소박한 부류의 시인에 속한다는 사실을 이미 통찰한 바 있다. 그가 소박한 시인이라 할 수 있는 이유는 그의 가치가 본래 현재에 뿌리를 박고 있기 때문이며, 그가 아주 섬세한 부류의 사람은 아니기 때문이다. 정말이지 그는 섬세한 쪽과는 거리가 먼 사람이며, 가장 극단적인 부분만이 동경(憧憬)과 맞닿아 있을 뿐이다.

그러나 그럼에도 불구하고 그는, 자세히 살펴보면, 단연 현대적인 시인이며 고대인들과는 매우 현격한 차이가 있다. 이 현격한 차이는 ―여기서는 완전히 논외로 치고자 하는―외적 형식 따위에서 나타나는 것이 아니라, 아주 내적이고도 심원한 의미에서 나타나고 있다.

그러나 우선 오해의 여지가 없도록 하기 위해서 전제로 해두고 싶은 것이 있는데, 그것은 내가 다음에 나오는 용어들을 완벽하고도 결정적인 것으로서 사용하려는 의도를 전혀 갖고 있지 않다는 사실이다. 오히려 이것은, 우리가 이미 잘 알고 있는 대립 개념들에다가 또 하나의 새로운 개념을 추가하느니보다도 이 새로운 대립 개념이 기존의 대립 개념들 속에 이미 내포되어 있다는 사실을 암시하고자 하는 하나의 시도에 불과할 따름이다. 그 기존의 대립 개념들은 다음과 같다.

고대의	현대의
소박한	감상적
이교적	기독교적
영웅적	낭만적
현실적	이상적
필연	자유
당위	의욕

인간이 겪게 되는 고통이 대부분 그렇지만 가장 큰 고통은 각자의 마음에 내재하는 당위와 의욕의 불균형으로부터 생기며, 그다음에는 당위와 실행, 의욕과 실행 사이의 불균형에서 생긴다. 바로 이 불균형 때문에 인간은 살아가는 중에 그렇게도 자주 곤경에 빠지게 되는 것이다. 예기치 않았지만 큰 손해 없이 해결될 수 있는 가벼운 과오에서 생겨난 아주 사소한 곤경은 희극적 상황을 유발할 소지를 제공한다. 이에 반하여 해결이 불가능하거나 또는 아직 해결하지 못한 극히 심대한 곤경은 우리에게 비극의 계기를 마련해 준다.

고대 문학 작품에서 수적으로 우세한 것은 당위와 실행 사이의 불균형이고, 근대 문학에서는 주로 의욕과 실행 사이의 불균형이 많다. 이 근본적인 차이점을 그 밖의 다른 대립 개념들을 잣대로 잠시 조명해 본다면 과연 어떤 성과를 얻을 수 있을 것인지 이하에서 살펴보기로 하겠다. 앞에서 나는 두 시대에서 어떤 때는 이쪽이, 어떤 때는 저쪽이 '수적으로 우세하다.'라고 표현했다. 그러나 인간에게 당위와 의욕은 확연하게 분리될 수는 없는 것들이기 때문에, 도처에서 두 견해가 동시에 발견되는 것은 당연한 일이다. 물론 한 견해가 주가 된다면 다른 견해는 종속적인 것으로 나타나는 따위의 차이는 있겠지만 말이다. 당위는 외부로부터 인간에게 부과되는 것이고, 의무는 껍질이 딱딱한 호두처럼 처치하기가 어려운 것이다. 이에 반하여 의욕은 인간이 자신에게 스스로 과하는 것이며, 의지는 인간의 천국이다. 끈질기게 요구를 해오는 당위는 부담스럽고, 실행할 능력이 없는 경우에는 공포를 자아낸다. 반면, 불굴의 의지는 기쁜 것이며, 확고한 의지가 있을 경우에는 설령 실행할 능력이 없다 하더라도 자위할 수는 있는 것이다.

카드놀이를 일종의 문학으로 생각해 보기로 하자. 카드놀이 역시 당위와 의욕이라는 양대 요소로 구성되어 있다. 이 경우, 우연과 결부되어 있는 카드놀이의 방식은 바로 고대인들이 운명이라는 형식으로 이해했던 당위에 해당한다. 이 당위에 대립하여 놀이꾼의 기량과 결부되어 있는 의욕이 활동을 전개한다. 이런 의미에서 나는 휘스트(whist)[3]를 고대적 놀이라고 말하고 싶다. 휘스트의 방식은 우연을, 때로는 의욕 그 자체를 제한한다. 나는 내 손에 들어오는 카드를 가지고 내 편과 적에게 일련의 많은 우연들을 야기해야만 하지만, 그렇게 해봐도 나 자신이 그 우연들을 피해 갈 수는 없다. 옹브르(hombre)[4]나 그와 유사한 놀이에서는 이와 반대의 일이 일어난다. 여기서는 나의 의욕과 모험을 위한 아주 많은 가능성들이 존재한다. 나는 내게 돌아오는 패들을 거부하거나 여러 가지 의미로 사용하거나 반 또는 전체를 버릴 수도 있고, 행운의 여신에게 도움을 청할 수도 있는 것이며, 심지어는 뒤집기를 통해 가장 나쁜 패들에서도 최대의 이익을 취

3) 둘씩 한편이 되어 네 명이 하는 카드놀이.
4) 숫자 8, 9, 10이 없는 프랑스식 트럼프를 가지고서 보통 3~5명이 하는 스페인식 카드놀이.

할 수 있다. 그러므로 이런 종류의 카드놀이는 현대적 사고방식 및 문학 기법과 완전히 같은 것이다.

고대의 비극은 회피할 수 없는 당위에 기반을 두고 있다. 이 당위는 그에 대응하려는 의욕에 의하여 단지 첨예화되고 가속화될 따름이다. 이러한 고대 비극이야말로 모든 가공할 신탁(神託)들이 판을 치는 곳, 즉 『오이디푸스 왕』이 단연 모든 다른 작품들 위에 군림하는 그런 영역이다. 『안티고네』에서는 당위가 의무로서 한결 더 부드럽게 나타나고 있다. 이처럼 당위는 수많은 형태들을 띠고 나타날 수 있는 것이다! 그러나 모든 당위는 전제적(專制的)이다. 그것이 도덕률이나 도시의 법처럼 이성에 속하든, 혹은 생성, 성장, 소멸의 법칙들, 즉 삶과 죽음의 법칙들처럼 자연에 속하든 간에, 당위는 예외 없이 모두 전제적이다. 이 모든 당위들이 전체의 행복을 추구하고 있다는 점은 생각하지 않고 우리는 이 앞에서 전율하게 된다. 이에 반하여 의욕은 자유롭고, 자유로운 것처럼 보이며 개개인에게 혜택을 가져다준다. 그 때문에 의욕은 인간들의 마음에 쏙 들고, 인간들이 그와 사귀자마자 금방 그들의 마음을 송두리째 사로잡을 수밖에 없었던 것이다. 그리하여 의욕은 근대의 신으로 군림하게 되었다. 의욕에 몸을 바쳐버린 우리는 그 반대 개념인 당위에 대하여 공포를 느낀다. 우리의 예술이나 우리의 정견(定見)이 고대의 것과 영원히 갈라서게 된 원인이 바로 이 점에 있다. 비극은 당위를 통해서 위대하고 강성하게 되며, 의욕을 통해서 나약하고 왜소하게 된다. 후자(後者)의 도정에서 가공할 당위가 의욕을 통해서 기가 꺾이게 되고, 그 결과 이른바 극(Drama)이라는 것이 생겨났다. 그러나 이 의욕은 우리의 나약함을 보강해 주기 위해 찾아오는 원군에 지나지 않는다. 바로 그 때문에 우리는 고통스러운 기대 뒤에 마침내 얻게 되는 것이 보잘것없는 위로뿐일 때에도, 감동을 느끼게 되는 것이다.

이상으로 예비 고찰을 마치고, 이제 셰익스피어로 되돌아와 볼 때, 나는 독자 여러분이 직접 비교하고 응용해 보았으면 하는 소망을 갖게 된다. 여기서 셰익스피어는 고대와 현대를 열광적으로 결합시키는 유일한 시인으로서 단연 돋보이기 때문이다. 그의 모든 극작품에서는 의욕과 당위가 서로 평형을 얻고자 애를 쓰고 있다. 양자는 서로 격렬하게 투쟁하고 있지만 그 결과는 항상 의욕이 패배를 맛보는 것으로 끝나게 된다.

아마 그 어느 누구도 개인적 성격의 내부에서 일어나는 의욕과 당위의 최초의 위대한 결합을 셰익스피어보다 더 훌륭하게 표현해 내지 못했을 것이다. 성격 면에서 고찰할 때 인물은 '당위를 따라야 한다'. 즉 그는 제약을 받고 있으며 어떤 특수한 일을 해야 할 운명을 띠고 있는 존재인 것이다. 그러나 그는 또한 인간으로서 '의욕을 지녀야 한다'. 즉 그는 제한을 받고 있지 않으며 보편적인 것을 요구하는 존재이다. 여기서 벌써 일종의 내적 갈등이 생기게 되는데, 셰익스피어는 그 어떤 다른 것보다도 이 갈등을 우선적으로 부각시키고 있다. 그러나 이제 여기에 다시 외적 갈등이 추가된다. 이 외적 갈등은 격렬해지는 일이 많은데, 그것은 불충분한 의욕이 여러 가지 계기를 맞이하여 피해 갈 수 없는 당위로 고양되기 때문이다. 이 원리를 나는 전에 『햄릿』에서 예증한 바 있지만,[5] 셰익스피어에게서는 반복되어 나타나는 원리이기도 하다. 이렇게 말할 수 있는 까닭인즉 햄릿이 유령 때문에 궁지에 빠지듯, 맥베스는 마녀들—즉, 헤카테[6]와 마녀 중의 마녀라 할 수 있는 그의 아내—때문에, 브루투스는 친구들 때문에 각각 그

5) 『빌헬름 마이스터의 수업시대』, 제4권 제13장의 마지막 부분(함부르크판 제7권 245~246쪽) 참조.

6) 그리스 신화에서 헤카테(Hekate)는 지상과 명부를 지배하는 여신이자 주술(呪術)의 여신이다.

들이 도저히 헤쳐 나올 수 없는 궁지에 빠져들기 때문이다. 심지어는 『코리올라누스』에서도 비슷한 것이 발견된다. 요컨대 한 개인의 힘을 초월하는 의욕은 현대적인 것이다. 그러나 셰익스피어는 이 의욕이 내면으로부터 생겨나게 하지 않고 외적 요인을 계기로 촉발되도록 하고 있다. 그 때문에 이 의욕은 일종의 당위로 화하여 고대적인 것에 가깝게 되는 것이다. 왜냐하면 고대 문학의 모든 영웅들은 단지 인간에게 가능한 것만을 행하고자 하는 의욕을 지니고 있으며, 그 결과 의욕과 당위와 실행 사이에 아름다운 균형이 생기기 때문이다. 하지만 그들의 당위는 항상 너무나 엄혹하게 거기 우뚝 서 있기 때문에 우리로서는 그것을 찬탄하면서도 감히 우리 자신의 것으로서 친숙하게 받아들일 수는 없다. 모든 자유를 어느 정도 또는 완전히 배제하고 있는 필연은 더 이상 우리의 기분과 일치할 수 없는 것이다. 하지만 셰익스피어는 특유의 방법을 통해 우리의 기분에 접근하였다. 이렇게 말할 수 있는 까닭은 그가 필연적인 것을 도덕적인 것으로 만듦으로써 고대 세계와 현대 세계를 결합시키고 있고, 이에 우리는 기쁨에 겨운 경탄을 금치 못하게 되기 때문이다. 셰익스피어로부터 무엇인가 배울 것이 있다면, 바로 이것이야말로 우리가 그에게서 배워야 할 점일 것이다. 우리의 낭만주의가 비난받거나 거부되어야 할 성질의 것은 아니지만, 낭만주의만을 과도하게 찬양하거나 일방적으로 몰두하여 그것이 지니고 있는 강하고 억세며 유용한 면을 간과하고 망쳐서는 안 된다. 우리는 서로 화합할 수 없는 것처럼 보이는 저 크나큰 대립을 우리 내부에서 통일시키고자 노력해야 할 것이다. 이것은 불가능한 일이 아니다. 우리가 매우 높이 평가할 뿐만 아니라 자주 그 원인도 모르는 채 그 누구보다도 찬양해 마지않는 위대하고도 유일한 거장 셰익스피어가 진실로 이미 그런 기적을 달성한 바 있기 때문이다. 하기야 그는 수확기에 맞춰 태어나 생명력으로 충만한 신교 국가에서 활동할 수 있었기에 유리했던 것은 사실이다. 즉 그 나라에서는 맹신적인 망상이 한동안 잠잠했기 때문에, 셰익스피어와 같은 진정한 자연적 경건성의 소유자가 그 어떤 특정 종교와도 무관하게 자신의 순수한 내면세계를 종교적으로 발전시킬 수 있는 자유를 누릴 수 있었던 것이다.

위의 글은 1813년 여름에 쓴 것이다. 그러니 이에 대해 트집이나 흠을 잡으려 들지 말고 단지 앞에서 내가 이미 말한 바를 상기해 주기 바란다. 즉 요즈음의 작품들이라 할지라도 마찬가지로, 서로 다른 대시인들이 어떻게 그렇게도 많은 인물들에게서 나타나는 저 엄청난 대립을 자기 나름대로 통일시키고 해소하고자 애를 써왔는가를 보여주기 위한 그런 개별적 시도에 지나지 않는다는 사실 말이다. 여러 말 해보았자 사족에 불과할 것이다. 그때 이래로 다방면에서 이 문제에 관심을 보이는 사람들이 나타났으며, 그동안 이에 대한 탁월한 해설서들까지 나와 있기 때문이다. 그중에서도 나는 무엇보다 블륌너[7]의 극히 귀중한 논문 「아이스킬로스의 비극들에 나타난 운명의 이념에 대해서」와 《예나 일반 문예 신문》의 부록에 게재된 이 논문에 대한 탁월한 서평을 먼저 꼽고 싶다. 그러니까 나는 이제 곧바로 세 번째 고찰로 들어갈 것인데, 이것은 독일 연극과 직접 관계되는 것이며 또한 미래의 독일 연극을 창안해 나가자고 주창했던 쉴러의 계획과도 관계 있는 것이다.

---

7) 블륌너(Heinrich Blümner)의 이 논문은 1814년 라이프치히에서 나왔으며, 이에 대한 서평이 1815년 《예나 일반 문예 신문》의 부록(12~13호)에 실렸다.

3. 극시인으로서의 셰익스피어

예술 애호가들이 어떤 작품을 즐겁게 감상하려고 할 때면 그들은 작품 전체를 즐기고, 예술가가 작품에 부여하는 통일성에 깊은 감동을 받게 된다. 이에 반하여 그러한 작품들에 관하여 이론적으로 논하거나 무엇인가를 주장하려는, 그러니까 무엇인가를 가르치고 깨우쳐 주려 하는 사람은 의무적으로 분석 작업을 하지 않으면 안 된다. 우리는 셰익스피어를 우선 일반적인 시인으로서 고찰하고 그다음에는 고대인 및 현대인과 비교함으로써 이와 같은 우리의 의무를 완수했다고 생각했다. 그러나 이제 우리는 극시인[8]으로서의 셰익스피어를 고찰함으로써 우리의 당초의 계획을 마무리 지을 생각이다.

셰익스피어의 명성과 공적은 문학사에 길이 남을 것이다. 그러나 그의 모든 업적을 연극사 안에서 논의하는 것은 그의 이전 시대 및 이후 시대의 모든 극시인들에 대해서 공정한 태도라고 할 수 없다.

누구나 인정하는 뛰어난 재능의 소유자라 할지라도 자신의 능력을 사용하는 방법에 따라서는 문제를 불러일으킬 때도 있다. 탁월한 사람이라고 해서 그가 행하는 모든 일이 다 탁월하게 진행되지는 않는 법이다. 마찬가지로 셰익스피어가 문학사에 속하는 것은 필연적이지만 연극사에 등장하는 것은 다만 우연에 지나지 않는다. 문학사에서는 무조건 존경을 받을 수 있는 셰익스피어이기에 연극사에서는 그가 순응해야 했던 여러 가지 제약들이 고려되어야 할 것이며 이런 제약

---

8) 여기서 극시인(Theaterdichter)이라 함은 현대어로는 '극작가'로 번역하는 것이 더 좋을 때도 있을 것이다. 그러나 괴테 시대만 해도 아직 시(Poesie)가 단순한 '서정시'뿐만 아니라 '순수 문학 일반'을 뜻했듯 시인(Dichter) 역시 단순한 '서정시인'을 넘어서는 광범한 의미에서의 '작가'를 뜻했다는 점을 고려하여, '극작가'로 현대화하지 않고 그냥 '극시인'이라고 번역했다.

들이 장점 또는 모범으로서 찬양되어서는 안 될 것이다.

우리는 서로 유사한 장르들—그러나 이들은 실제로 작품을 쓸 때에는 서로 뒤섞여서 구별이 잘 안 될 때가 많다—을 구별하고 있는데, 즉 서사시, 대화(Dialog), 희곡(Drama), 연극(Theaterstück)으로 구분하는 것이 가능하다. 서사시는 한 개인이 다수를 향해서 구두로 전달할 것을 요구하며, 대화는 사적인 회합에서의 담화이지만 경우에 따라서는 다수의 사람들이 이것을 들을 수도 있다. 희곡은 단지 청중이나 독자의 상상력만을 대상으로 하여 행해지는, 사건 진행 중의 대화이다. 연극은 관객의 시각에 호소한다는 점에서, 그리고 어떤 장소와 어떤 인물이 무대 위에 나타나는가 하는 특정 조건들하에서만 이해가 가능하다는 점에서 위의 세 가지를 모두 합친 것이라 하겠다.

셰익스피어의 작품은 '이런' 의미에서 볼 때 희곡적 요소가 가장 많다. 지극히 내밀한 삶을 바깥으로 드러내는 그 특유의 수법을 통하여 그는 독자의 마음을 사로잡는다. 그에게는 연극적 요구 사항들은 대수롭지 않은 것으로 생각될 따름이다. 그래서 그는 이 요구 사항들을 무시한 채 편하고 자유로이 처리하곤 하며, 우리 또한 정신적으로 보면, 그와 더불어 자유로워진다. 그와 함께 우리는 이 장소에서 저 장소로 날아갈 수 있으며, 우리의 상상력은 그가 생략하고 있는 모든 중간 중간의 사건들을 보충해서 생각하게 되는 것이다. 그렇다, 우리는 그가 우리의 정신력에 이처럼 품위 있는 자극을 주고 있는 데에 대하여 그에게 감사하게 되는 것이다. 그는 모든 것을 연극 형식으로 표현함으로써 우리의 상상력이 원활하게 작동하도록 도와주고 있다. 왜냐하면 우리는 세계 자체보다도 "세계를 의미하는 무대"[9]와 더 친숙하기 때문이며, 불가사의하기 짝이 없는 것을 읽거나 들을 때, 우리는

9) 쉴러의 시 「친구들에게(An die Freunde)」(1803)에 나오는 말.

그런 것이 극화되어 언젠가 무대 위에서도 상연될 수 있을 것이라고 생각하기 때문이다. 인기 있는 소설을 극으로 각색했을 때 실패작이 그렇게 많은 것도 바로 이 때문인 것이다.

그러나 엄밀히 말하자면, 시각에 호소하면서도 동시에 상징적인 것만이 연극적인 것이다. 즉 하나의 중요한 사건이 보다 더 중요한 또 하나의 사건을 암시할 때에만, 연극적이라 할 수 있는 것이다. 셰익스피어가 연극의 이러한 정점까지도 포착할 수 있었다는 사실은, 죽을 병에 걸려 졸고 있는 국왕의 옆구리로부터 그의 아들인 세자가 왕관을 가로채어, 그것을 머리 위에 쓰고는 의기양양해하는 장면[10]이 여실히 증명해 주고 있다. 그러나 이런 장면은 많은 비연극적 요소에 의해 두드러지게 드러나는 순간순간들에 지나지 않으며, 말하자면 여기저기 산재해 있는 보석들일 뿐이다. 셰익스피어의 전체 기법에는 본원적 의미의 무대에는 친숙하지 않은 그 무엇이 있다. 그의 위대한 재능은 축약자의 재능이다. 그리고 일반적으로 시인은 다 자연의 축약자로 나타난다고 할 때, 우리는 이 분야에서도 역시 셰익스피어의 위대한 공적을 인정하지 않을 수 없다. 다만, 이때에 우리가──그의 명예를 위해서도──부정하고 싶은 것은, 무대야말로 그의 천재성을 올바르게 발휘할 수 있는 장소였다는 견해이다. 바로 이러한 무대의 협소성 때문에 그는 자기 자신에게 제약을 가하지 않을 수 없는 것이다. 그러나 이렇게 자신에게 제약을 가할 경우에도, 그는 다른 시인들처럼 개개 작품들을 위해 자기에게 맞는 소재를 선택하지 않고, 하나의 관념을 중심에다 놓고 거기에 세계와 우주를 연결시킨다. 고금의 이야기를 극의 소재로 삼고자 할 때 그는 각종 연대기로부터 소재를 취하는데, 심지어는 그 연대기에 나오는 말을 글자 그대로 취하는 경우

10) 『헨리 4세』, 제2부, 제4막 제4장 참조.

도 자주 있다. 『햄릿』을 보면 알 수 있듯, 그는 전승된 이야기를 아주 꼼꼼하게 재현하지는 않는다. 『로미오와 줄리엣』에서는 전승된 이야기에 더 충실하게 머물고 있긴 하지만, 그 대신 머큐쇼와 유모라는 두 희극적 인물들을 설정함으로써 원래 이야기의 비극적 내용을 거의 완전히 파괴해 버리고 있다. 이 두 인물은 아마도 두 명의 인기 배우들이—아마 유모 역도 남자 배우가—맡지 않았나 싶다. 이 작품의 경제적 구조를 아주 정확히 고찰해 보자면, 우리는 이 두 인물 및 그들과 유사한 인물들이 단지 막간에 익살스러운 어릿광대들로서 등장할 뿐임을 알아차리게 된다. 사건 진행의 일관성과 전체의 조화를 좋아하는 우리의 사고방식으로 본다면, 이러한 인물들이 무대 위에 등장한다는 것은 참기 어려운 일임에 틀림없다.

하지만 셰익스피어가 가장 이상하게 보이는 때는 그가 기존의 작품을 편집하고 재구성할 때이다. 『존 왕』이나 『리어 왕』의 경우에 이런 비교가 가능한데, 그것은 셰익스피어 이전의 작품들이 아직도 남아 전해지고 있기 때문이다. 그러나 이런 경우에도 역시 그는 극시인이라기보다는 일반적 시인의 면모를 보여주고 있다.

그러나 이제 우리는 마지막 순서로 들어가 수수께끼를 풀어보기로 하자. 당시 영국의 무대가 불완전했다는 사실은 학계의 권위자들에 의하여 이미 밝혀진 바이다. 거기에는 자연스러워야 한다는 무대의 요구에 부응하려고 했던 흔적이 조금도 없다. 오늘날 우리는 무대 장치, 원근법, 의상 따위의 개선을 통하여 조금씩 조금씩 이러한 자연성에의 요구를 충족시킬 수 있게 되었으며, 그 유치한 초기 단계로 되돌아간다는 것은 상상할 수도 없는 일이다. 당시 영국의 무대라는 것은 눈에 보이는 것이라곤 거의 없이 모든 것이 다만 무엇인가를 '암시하는' 데에 그치고 있었다. 그리하여 관객들은 녹색 장막 뒤에 임금님의 방이 있을 것이라고 상상한다든가, 어떤 특정 장소에서 항상 나팔을 부는 나팔수 또는 이와 비슷한 것들을 상상하는 것으로 만족하지 않을 수 없었던 것이다. 그러나 오늘날 누가 이런 것으로 만족하려 들까? 이 같은 상황이고 보니 셰익스피어의 극작품들이야말로 지극히 재미있는 동화였던 것이다. 다만, 보다 강렬한 인상을 주기 위하여 배역의 성격에 맞는 분장을 한 여러 인물들이 이야기를 해주는 그런 동화였다. 그들은 필요에 따라 이리저리 움직이고 등장과 퇴장을 거듭하면서 관객들로 하여금 자기 마음대로 황량한 무대 위에 천국과 궁전이 있는 것처럼 상상하게 만들었다.

정신사의 여러 시대들[1)]

—헤르만 교수의 최근의 보고서를 읽고 나서

세계, 각 국민 그리고 각 개인의 태초의 시간은 서로 같다. 우선은 황량한 공허가 모든 것을 뒤덮고 있었지만, 정신은 이미 움직이는 것과 형체를 지닌 것을 내려다보면서 생산적 숙고에 잠기기 시작했다. 원시인의 무리가 필요 불가결한 욕구만을 간신히 충족시키기 위하여 놀라움과 불안감이 교차하는 가운데 두리번거리며 주위를 살펴보고 있는 동안에, 은총을 받은 한 정신이 세계의 거대한 현상들을 통찰하고 거기서 일어나는 일에 주의를 기울이며, 거기 현존하는 것을 마치 그것이 막 생겨나고 있는 것처럼, 예감에 차서 진술했다. 최고(最古)의 시대에는 관찰과 철학, 자연을 명명(命名)하는 것과 자연을 읊는 시(詩)가 이렇게 모두 한 가지 활동에 불과했던 것이다.

세계는 보다 밝아지고 저 어둡던 자연의 여러 요소들이 밝게 드러

---

1) 괴테는 라이프치히 대학 헤르만(Johann Gottfried Jakob Hermann, 1772~1848) 교수의 저서 『최고대(最古代) 그리스 신화에 대해서(*De mythologia Graecorum antiquissima*)』(학위논문, 1817)를 읽고 나서 이 글을 썼다. 여기서 괴테는 비관주의적 역사관을 전개함으로써 동시대인들의 낙관주의적 역사 이해로부터 거리를 취하고 있다. 이 글은 《예술과 고대 문화》 제1권(1817)에서 처음으로 발표되었다.

남으로써 얽히고설켜 있던 수수께끼들이 풀리게 되었다. 그리하여 인간은 이 자연의 요소들에 손을 뻗쳐 지금까지와는 다른 방법으로 그것을 다스리게 되었다. 신선하고도 건전한 감성이 두리번거리며 주위를 관찰하기 시작했다. 그 감성은 과거와 현재의 사물을 우호적으로 바라보면서 거기서 단지 자기와 같은 부류만을 발견했다. 그리하여 그것은 옛 이름에다가 새로운 형상을 부여하고 생명이 없는 것과 사멸한 것을 인간화 또는 의인화하였으며, 모든 피조물에게 자신의 성격을 골고루 분배하였다. 그리하여 저 태초 시대로부터 남아 있는 모든 혼란스러운 유산으로부터 살금살금 해방된 민속 신앙이 생명을 얻어 번창하게 되었다. 즉 시의 왕국이 번창하게 되었고, 민속 신앙을 믿거나 혹은 섭렵할 수 있는 자만이 시인이 되었던 것이다. 상상력을 통해서 고양된 감성, 즉 자유롭고 유능하며 진지하고도 고귀한 감성이 이 시대의 주역이었다.

그렇지만 자기 자신을 고귀하게 하려는 인간의 생각은 한계를 몰랐다. 그리고 현존재의 명백한 영역 역시 어떤 경우에나 항상 그의 마음에 들지는 않았다. 그 때문에 그는 신비의 영역으로 회귀하고 싶어 했으며 자신의 눈앞에 나타나는 현상을 보다 높은 존재의 작용으로 추론하고자 했다. 그래서 시가 보다 높은 신들의 활동 무대 밑에서 움직이는 나무의 정령이나 숲의 정령을 창조한 것과 마찬가지로, 신학 역시 악령들 상호 간에 종속 관계를 설정하였다. 그러다가 결국에는 이 악령들 전부가 '하나의' 신에 종속되는 것으로까지 여겨지기에 이르렀던 것이다. 우리는 이 시대를 신성한 시대라고 불러도 좋을 것이다. 이 시대는 최고의 의미로 볼 때 이성에 속한다고 볼 수 있지만, 역시 장기간 순수하게 유지될 수는 없었으며, 결국 인간의 오성(悟性)에 의심스럽게 비치지 않을 수 없게 되었다. 그 이유는 이 시대가 시가 못되면서도 자신을 위해 민속 신앙을 보듬고 있었고, 아주 경이로운 것을 표현하면서도 거기다 객관적 타당성을 부여하려고 했기 때문이다. 이 시대의 이러한 태도를 의심스럽게 여기는 오성은 그 막강한 활력과 순수성을 갖고서 온갖 원초적 현상들을 숭상하고, 시적인 민속 신앙에서 즐거움을 느끼며, 최고의 것 하나만을 인정하려는 인간의 고귀한 욕구를 높이 평가하였다. 그러나 오성적 인간은 생각할 수 있는 모든 것을 자신의 명석한 두뇌에 분석해 넣고자 애를 썼으며, 아무리 지극히 신비로운 현상들이라 할지라도 풀어서 이해하고자 노력하였다. 그렇다고 해서 민속 신앙과 교회 신앙이 매도되는 일은 결코 없었다. 그러나 이러한 신앙의 배후에는 어떤 이해될 수 있는 것, 찬미될 수 있는 것, 유용한 것이 상정되고, 그 의미가 추구되며, 특수한 것이 보편적인 것으로 변화됨으로써, 모든 개별 민족적인 것과 지방적인 것, 즉 개인적인 것으로부터 인류 전체에 다 통용되는 그 무엇인가가 도출되었던 것이다. 우리는 이 시대가 일종의 고귀하고 순수하며 현명한 노력의 흔적을 보여주고 있다는 사실을 부인할 수는 없다. 그러나 이 시대는 여러 민족 전체를 만족시키고 있다기보다는 차라리 천부적 재능을 지닌 개별 인간들을 만족시키고 있는 것이다.

이렇게 말할 수 있는 까닭은 이런 성향이 전파되자마자 곧 이어서 우리가 산문적 시대라고 부르게 될, 마지막 시대가 뒤따라오기 때문이다. 이 시대는 자기보다 앞선 시대의 내용을 인간화하거나 그 내용을 순수한 인지(人智)의 개발 또는 가정적 실용화에 보탬이 되도록 익히려 하지 않고, 아주 오래되고 유서 깊은 것을 비천한 일상생활의 모습 속으로 끌어들임으로써 태초의 감정들과 민속 신앙 및 교회 신앙을 파괴하고, 나아가서는, 이상하긴 하지만 그 배후에는 필경 무언가 찬미할 만한 것이 있겠거니 추측하면서 아직도 한 가닥 신뢰만은 버리지 않고 있는 오성의 믿음까지도 완전히 파괴해 버리기 때문에, 우리는 이 마지막 시대를 산문적 시대라고 부른다.

이런 시대가 오래 지속될 수는 없다. 인간의 요구는, 세계의 갖가지 재앙에 자극을 받은 나머지, 오성의 지배를 벗어나 뒤로 치닫게 되고, 교회 신앙, 민속 신앙, 원시 신앙을 마구 뒤섞어놓고 있으며, 어떤 때는 이 전통, 또 어떤 때는 저 전통에 매달리면서 신비에 푹 빠지기도 하고, 시가 있을 자리에 동화를 갖다 놓고는 그것을 중요한 교의(敎義)로까지 떠받들고 있다. 이성적으로 가르치고 조용히 영향을 끼치는 대신 사람들은 종자와 잡초를 구별하지 않고 제멋대로 사방팔방에다 동시에 뿌려댄다. 사람들의 시선이 모여야 할 중심점은 이제 더 이상 주어져 있지 않다. 모든 개인이 제각기 모두 교사와 지도자를 자처하고 등장해서는 자신의 완전한 우매성을 완성된 전체성인 양 제시하고 있다.

이리하여 정말이지 모든 신비의 가치가 파괴되고 민속 신앙까지도 모독을 당하게 되었다. 종전에는 자연스럽게 서로 도와가면서 발전해 오던 여러 특성들이 이제는 마치 서로 적대적인 요소들인 양 대립하게 되었다. 이리하여 다시금 혼돈이 나타나게 된 것이다. 그러나 이 혼돈은 태초의 그 풍요롭고 생산적인 혼돈이 아니라, 사멸해 가고 부패해 가는 혼돈으로서, 이런 혼돈으로부터는 하느님의 영(靈)조차도 당신에게 어울리는 세상을 다시 창조하시는 것이 불가능할 것이다.

태초의 시작

깊은 통찰에 의하여 적절하게 명명되어 있음.

시	민속 신앙	유용하다	상상력
신학	이념적 고양	신성하다	이성
철학	계몽에 의한 끌어내림	현명하다	오성
산문	일상성으로의 해체	비속하다	감성

혼합, 대항, 해체

인도와 중국의 문학[1)]

이와 동시에 인도의 문학을 생각하지 않으려 한다면, 우리는 지극히 배은망덕한 사람들이 되고 말 것이다. 이 문학이 찬탄을 받을 만한 이유는 그것이 한편으로는 난삽하기 짝이 없는 철학과의 갈등, 다른 한편으로는 기괴하기 짝이 없는 종교와의 갈등을 겪으면서도 지극히 다행스러운 본성의 덕분으로 그 온갖 갈등을 간신히 극복해 내기 때문이며, 내적인 깊이와 외적인 품격을 갖추기 위해 자신에게 꼭 필요한 최소한의 자양분만을 철학과 종교로부터 섭취하고 있기 때문이다.

그중 무엇보다도 먼저 거명해야 할 것은 우리가 여러 해 동안 찬탄해 마지않으며 몰두해 왔던 『샤쿤탈라』[2)]이다. 여성의 순결, 순진무구한 너그러움, 남자의 건망증, 어머니의 고독, 아들에 의해 결합된 아버지와

---

1) 1821년에 쓰인 것으로 추측되는 이 글은 괴테의 유고를 에커만이 정리한 것으로서, 만년의 괴테가 동양의 문학에서 얻은 감동을 잘 보여주고 있으며, 여기서 우리는 괴테가 '세계문학'에 대해 했던 생각의 근원을 찾아볼 수 있다.

2) 『샤쿤탈라(*Sakuntala*)』는 5세기 또는 그 이전에 칼리다사(Kalidasa)가 쓴 산스크리트어 희곡. 영국의 동양학자 존스 경(Sir William Jones, 1746~1794)이 산스크리트어에서 영어로 번역했다. 1791년 포르스터(G. Forster)가 독역판을 내 괴테에게 기증했다. 『원칙』 960번(함부르크판 괴테 전집 제12권 501쪽)도 참조할 것.

어머니—이 모든 것이 지극히 자연스러운 정황들이긴 하지만, 여기서는 이 정황들이 마치 비옥한 구름과 같이 하늘과 땅 사이를 떠도는 기적의 영역으로까지 시적으로 고양되어 나타나며, 이것은 여러 신들과 그들의 자녀들이 공연하는 아주 평범한 대자연의 연극이기도 하다.

『기타고빈다』[3] 역시 꼭 같은 경우다. 여기서도 역시 여러 신들과 반신(半神)들이 주역을 맡고 있기 때문에 지극히 극단적인 이야기가 서술될 수 있는 것이다.

기품 있는 역자는 우리 서양인들에게 우선 전반부만을 소개하고 있는데, 여기서는 애인에게 버림받은(또는 버림받은 것으로 믿고 있는) 한 여걸(女傑)의 한없는 질투가 묘사되고 있다. 아주 미세한 데에 이르기까지 상세히 서술되고 있는 이 묘사는 시종 우리를 감동시킨다. 그러나 후반부를 읽게 될 때 우리는 과연 어떤 기분을 느끼게 될까? 후반부에서는 돌아오는 남신(男神), 그를 사랑하는 그 여걸의 크나큰 기쁨, 사랑하는 두 사람의 무한한 환락을 묘사함으로써 아마도 전반부에서의 저 극단적인 결핍을 보상하는 방향으로 서술될 것이라니 말이다!

비할 데 없이 탁월한 역자 존스 경(卿)은 서구적인 섬사람들, 즉 그의 동향인인 영국인들을 잘 알고 있었기에, 언제나 그래 왔던 것처럼 이번에도 역시, 유럽적인 예의범절의 한계선을 벗어나지 않았다. 하지만 그는 자신의 영역본을 독일어로 중역한 사람들 가운데 하나가 이런 경계선을 제거하고 무시해 버릴 필요가 있다는 의견을 토로한 적도 있다는 것을 서슴지 않고 암시한 바 있다.

여기서 우리는 최근에야 알려진 시 『메가두타』[4]도 역시 언급하지

3) 『기타고빈다(*Gita-Govinda*)』는 고대 인도의 시인 자자데바(Jajadeva)의 시로서, 존스 경이 산스크리트어에서 영어로 번역했으며, 이를 그 뒤에 달베르크(F. H. v. Dalberg)가 독일어로 옮겼다.(Erfurt, 1802)

않을 수 없다. 이것 역시 앞에서 언급한 작품들과 마찬가지로, 순전히 인간적인 관계를 그 내용으로 하고 있다. 둥글게 뭉쳐진 채 자꾸만 형체가 변하는 구름의 장대한 행렬이 인도 반도의 남단으로부터 북인도의 산악 지대를 향하여 쉴 새 없이 이동해 가며 우기를 준비하고 있는 시기에, 북인도로부터 남인도로 추방된 한 궁신(宮臣)이 이 거대한 대기 현상들 중의 하나에게 부탁하기를, 홀로 남겨진 자기 아내에게 안부를 전해 주고, 그의 추방 기간이 이제 얼마 남지 않았다고 그녀를 위로해 주고, 또 도중에 자기 친구들이 살고 있는 도시와 지방들을 그냥 지나치지 말고 그 친구들을 만나 축복해 달라고 한다. 이런 과정을 통해 독자는 사랑하는 사람으로부터 그를 격리시키고 있는 그 엄청난 크기의 공간을 실감하게 될 뿐만 아니라, 동시에 이 공간 내의 풍경 하나하나가 얼마나 풍요롭고 다채로운 풍물로 가득 차 있는가를 상상할 수 있게 되는 것이다.

이 모든 시들이 번역을 통해 우리에게 소개되어 있는데, 이 번역은 원작으로부터 다소간 멀어진 나머지, 여기서 우리가 인지하게 되는 것은 다만 원작의 세세한 특성이라곤 없어져 버린 일반적 영상들뿐이다. 코제가르텐 교수의 덕분으로 산스크리트어로부터 직접 번역된 몇몇 시행들을 읽어보았을 때 그 차이는 눈에 확연히 띌 정도로 크다.

이 먼 동방으로부터 되돌아오기 전에 우리가 꼭 기억해야 할 것은 최근에 소개된 중국의 희곡[5]이다. 여기서는 대를 이을 자손이 없는 가운데에 이 세상을 하직해야 할 한 늙어가는 남자의 진실한 감정이

4) 『메가두타(*Megha-Duta*)』, 즉 '구름 전령(Der Wolkenbote)'은 5세기경에 활동한 인도의 작가 칼리다사(Kalidasa)의 대표적 시로서, 1815년에 윌슨(H. H. Wilson)이 영역하고, 그 영역본의 일부를 코제가르텐(Kosegarten)이 1818년에 독역해 발표했다. 『메가두타』에 대해서는 『서동 시집』에서도 언급되고 있다.(함부르크판 괴테 전집 제2권 257쪽)

매우 감동적으로 묘사되어 있다. 이 묘사를 가능하게 하는 그의 특수 상황인즉, 그는 망자를 기리기 위해 그 나라에서 보통 시행되고 있는 저 아름다운 제사의 혜택을 앞으로 전혀 받지 못하게 되거나, 설사 받는다 해도 그 제사를 별로 성의나 정성이 없는 먼 친척들에게 부탁해야 한다는 사실이다.

이것은 특수성 속에 머문 것이 아니라 보편성에까지 도달한 시로서, 아주 독특한 가정극의 일종이다. 이것은 여러 면에서 이플란트[6]의 『노총각들』을 연상시키는 작품인데, 다만 독일인의 경우에는 모든 것이 주인공의 정서 상태에서, 또는 가정적, 시민적 주위 환경의 열악함에서 유래될 수 있는 데에 반하여, 중국인의 경우에는 위와 같은 동기 이외에도 온갖 종교적, 미풍양속적 제의(祭儀)들까지도 함께 작용하고 있다는 점이 특징이다. 이와 같은 제의들은 아들을 둔 행복한 가장에게는 위로가 되겠지만, 우리의 주인공인 착실한 노인에게는 끝없는 괴로움과 한없는 절망만을 안겨준다. 그러다가 마침내는, 은연중에 준비되어 오긴 했지만 그래도 뜻밖이라 할 만한 전기(轉機)를 통하여, 모든 것이 가까스로 행복한 결말에 도달하게 되는 것이다.

---

5) *Laou-seng-urh or An Heir in his old age. A Chinese Drama*(London, 1817). 여기서 "Laou-seng-urh(老生兒)"의 원래 제명은 "산가재천사노생아(散家財天賜老生兒)"로, 원(元) 무한신(武漢臣)이 지은 잡극(雜劇) 극본. 돈 많은 노인 유종선(劉從善)은 딸과 조카는 있으나 대를 물려줄 아들이 없어 늘 걱정을 하던 중 첩 소매(小梅)가 아들을 낳게 되자 가산을 딸, 조카, 아들에게 골고루 나누어준다는 내용. 괴테가 읽은 것은 1818년에 나온 엥엘하르트(M. Engelhardt)의 독역인 것으로 추측된다.

6) 이플란트(August Wilhelm Iffland, 1759~1814)는 괴테 시대에 만하임과 베를린에서 활동한 유명한 연극배우이자 무대 감독이며, 극작가로도 활동하며 『사냥꾼들(*Die Jäger*)』, 『노총각들(*Die Hagestolzen*)』 등 많은 작품들을 남겼다.

칼데론의 『대기의 딸』[1)]

인간들의 익살로부터 나온 엄숙한 진실이
한 무대 위에 펼쳐진다.
(De nugis hominum seria veritas
Uno volvitur assere.)[2)]

그렇다! 만약 인간들이 행하는 고상한 스타일의 어리석은 행위들이 특별히 선택받아 무대 위에 올려져야 한다면, 아마도 위에 거명된 희곡이 틀림없이 그런 상찬을 받게 될 것이다.

우리는 가끔 어떤 예술 작품의 훌륭함에 도취된 나머지 우리가 가장 최근에 접했던 우수작을 최선의 것으로 여기고 그렇게 선언하고 나설 때가 많다. 그러나 이런 행동이 결코 해가 되지는 않는다. 왜냐하면 우리는 그런 작품을 애정을 지닌 채 그만큼 더 자세히 관찰하게

---

1) 이 글은 《예술과 고대 문화》지(제3권, 1822년)에 처음 발표되었다. 스페인의 극작가 칼데론(Pedro Calderon de la Barca, 1600~1681)에 대한 괴테의 관심은 근동(Orient)에 대한 그의 관심과 병행해 1802년부터 자주 나타나고 있는데, 이를테면 『서동 시집』(함부르크판 괴테 전집 제2권, 57쪽)에서도 근동과 더불어 칼데론의 이름이 언급되고 있다. 특히 칼데론의 드라마 『대기의 딸』의 제1막에 나오는 몇몇 시행들은 『서동 시집』에 나오는 시 '분열(Zwiespalt)'에 영향을 주었을 것으로 추측되기도 한다.(전집 제2권, 14쪽 이하 참조)

2) 헤르더의 번역을 통해 당시 바이마르의 식자층에 널리 알려져 있던 바로크 시인 발데(Jakob Balde, 1604~1668)의 라틴어 시 「Lyrica」(III, 13)에서 인용했다. 괴테는 "hominum" 다음의 쉼표를 생략함으로써 원문의 의미를 다소 바꾸어 자기 글의 모토로 삼고 있다.

될 것이고, 우리의 판단을 정당화할 수 있도록 그 작품의 공헌도와 가치를 설명해 보려고 노력하게 될 것이기 때문이다. 그런 까닭에 나는 조금도 주저함이 없이, 내가 『대기의 딸』을 읽고 그 어느 때보다도 더 칼데론의 위대한 재능에 찬탄했고 그의 고상한 정신과 명석한 분별력을 숭앙했다는 사실을 고백하는 바이다. 여기서 간과하지 말아야 할 점은 이 작품의 소재가 칼데론의 다른 어느 극작품의 소재보다도 더 훌륭하다는 사실이다. 줄거리가 아주 순수하게 인간적이고 그 줄거리에 필요 이상의 마성적인 요소가 끼어들지 않았기 때문에 인간적인 것의 비범성과 무한성이 그만큼 더 쉽게 전개되고 자유로이 움직일 수 있게 된 것이다. 단지 처음과 끝 부분만이 경이롭고 나머지 모든 것은 자연스러운 경로를 밟아가고 있다.

여기서 이 극작품에 대해 말할 수 있는 것이 있다면, 그것은 이 시인의 모든 작품들에 다 해당하는 것이다. 이 시인은 본질적인 자연관에 대해서는 결코 말하는 법이 없다. 그는 오히려 전적으로 연극적이며, 나아가서는 무대 기술적이기까지 하다. 우리가 환상(Illusion)이라고 부르는 것, 특히 감동을 자아내는 그런 환상 따위는 그에게서는 흔적도 찾아볼 수 없다. 계획은 분별력을 앞세워 명확하게 짜여 있고 장면들은 필연성을 지닌 채 이어지고 있는데, 그것들은 마치 예술적 쾌감을 주는, 그리고 우리의 최신 희극적 오페라의 기법을 암시하는, 그런 일종의 발레 포즈를 연상시킨다. 그리고 극중의 주요 모티프들은 언제나 동일한데, 주인공들의 갈등과 그때그때마다의 상황에서 도출된 각종 의무, 정열, 조건의 상호 충돌이 그것이다.

주된 줄거리는 커다란 시적 흐름을 따라가고 있고, 마치 미뉴에트에서와도 같이 우아한 형상들 속에서 움직이고 있는 중간 장면들은 수사학적, 궤변적, 사변적 성격을 띠고 있다. 인류를 구성하고 있는 온갖 요소들이 다 열거되고 있으며, 그러다 보니 나중에는 어릿광대까지도 등장하고 있는데, 그의 조야한 분별력은, 그 어떤 속임수가 관심이나 인기를 끌려고 할 때면 즉각, 또는 그 이전에 이미 그런 속임수를 퇴치하기 위해 덤벼들 태세를 하고 있다.

그런데 조금 숙고해 볼 것 같으면, 원래의 자연성을 그대로 지니고 있는 인간적 상황, 감정, 사건들은 이런 방식으로는 연극화될 수가 없다는 것을 고백하지 않을 수 없게 된다. 이것들은 그 이전에 어떻게든 가공되고 양념이 첨가되고 순화되지 않으면 안 되는 것이다. 여기 이 작품도 역시 그러하다. 이 시인은 성숙한 문화로 넘어가는 문지방 위에 서 있으며 그는 인류의 정수(精髓)를 보여주고 있는 것이다.

이와 반대로 셰익스피어는 우리에게 풍성하게 잘 익은 포도송이를 제공한다. 그래서 이제 우리는 그 장과(漿果) 한 알 한 알을 먹을 수도 있고, 그것들을 눌러 짜서 포도즙으로 또는 발효된 포도주로 만들어 맛을 보거나 마실 수도 있다. 어떤 방법으로든 간에 우리는 그것을 먹거나 마시고 원기를 돋우게 되는 것이다. 이에 반하여 칼데론의 경우에는 아무것도 관객에게 — 그의 선택이나 의지에 — 맡겨져 있지 않다. 우리가 받게 되는 것은 증류된, 고도로 정류(精溜)된 주정(酒精)이다. 이 주정은 여러 가지 향료로 맛을 내고 단맛으로 부드럽게 해놓은 것이다. 우리는 우리에게 주어진 그대로의 이 음료를 맛 좋고 향기로운 자극제로서 복용하든지, 그렇지 않으면 그것을 거부할 수밖에 없는 것이다.

그럼에도 우리가 『대기의 딸』을 높이 평가해도 좋은 이유에 대해서는 이미 암시했는데, 즉 이 작품은 훌륭한 소재의 덕을 보고 있는 것이다. 이렇게 말하는 까닭인즉, 칼데론의 여러 극작품들에서는 유감스럽게도 이 고매하고도 자유로운 시인이 어쩔 수 없이 암울한 망상의 노예가 되어 무분별에다가 예술적 이성을 부여해 보고자 애를 쓰고 있는 모습이 보이기 때문이다. 이로 인하여 우리는 이 시인 자신과 더불어 성가신 갈등에 빠져들게 되는데, 그것은 소재가 훼손되고 있는 가운데 기법이 우리를 매료하고 있기 때문이다. 『십자가에 대한 믿음』이나 『코파카바나의 여명(黎明)』과 같은 작품도 아마 이런 경우라 할 수 있을 것이다.

이 기회에 우리는 우리가 이미 자주 마음속으로 외쳐온 것을 공적으로 고백해 버리는 것이 좋겠다. 즉 셰익스피어가 누렸던 삶의 가장 큰 장점으로서 우리가 잊어서는 안 될 것은 그가 신교도로 태어나고 신교도로 양육되었다는 사실이다. 그는 도처에서 인간으로서, 인간적인 것과 완전히 친숙한 사람으로서 나타나고 있으며, 망상과 미신 따위를 자기 아래에 있는 것으로 내려다보면서 그것들과는 단지 유희를 벌일 뿐이다. 또한 그는 비현세적인 존재들로 하여금 자기의 일을 위해 봉사하게 하고, 비극적 유령들과 익살스러운 괴물들을 불러서는 자신의 목적에 이용하는데, 이 목적 속에서 결국 모든 것이 정화되기 때문에, 시인 자신이 이 허무맹랑한 것을 신격화해야 한다는 당혹감을 느낄 필요가 전혀 없는 것이다. 그것이야말로 자신의 이성을 의식하고 있는 인간이 빠질 수 있는 가장 슬픈 경우이겠는데, 셰익스피어는 한 번도 이런 당혹감을 느끼지 않았던 것이다.

우리는 이제 『대기의 딸』로 되돌아와서 이렇게 덧붙여 두고자 한다. 우리가 이제, 그 지방을 알지 못하고 그 언어를 이해하지 못하면서도, 이처럼 동떨어진 상황에다 직접 우리의 입장을 두고 생각해 보고, 아무런 역사적 연구도 미리 해두지 않고서도 편안하게 외국 문학의 속을 들여다보면서, 한 구체적 예로부터 그 어떤 시대의 취향과 한 민족의 사고방식 및 정신을 눈앞에 훤히 그려볼 수 있다면, 대체 우리는 누구에게 이에 대한 감사를 드려야 할 것인가? 그것은 아마도, 평생 동안 부지런히 노력하는 가운데 그의 재능을 우리를 위해 사용한 역자일 것이다. 이 충심의 감사를 우리 이번에는 그리스 박사[3)]에게 드리기로 하자. 그는 우리에게 무한한 가치를 지닌 것을 선사하고 있는데, 이 선물의 명확성은 금방 우리의 마음을 끌고, 그 우아함은 우리의 호감을 사며, 모든 부분들이 이루는 완전한 융화는 우리로 하여금 이것이 다른 형상을 띨 수가 없고, 또 다른 모습을 띠게 되어서도 안 될 것이라는 확신을 갖도록 해주기 때문에, 이 선물을 두고는 그 어떤 비유조차 삼가고 싶다.

이와 같은 장점들은 나이가 있는 사람이어야 비로소 완전히 평가할 수 있는데, 그것은 사람이 나이가 들면 자신에게 제공되는 훌륭한 것을 편안히 향유하고 싶어 하기 때문이다. 이에 반하여, 아직 더불어 노력하고 함께, 그리고 계속 일하고 있는 젊은이들은, 그들 자신도 이룩하기를 원하기 때문에, 남의 공적을 항상 인정하지는 않는 법이다.

자, 그럼 자신의 정력을 한곳에 집중시키고 단 한 가지 방향으로만 움직여온 결과, 오늘 우리 많은 사람들이 큰 즐거움을 누릴 수 있도록 해준 역자에게 만복이 깃드시기를!

---

3) 그리스(Johann Diederich Gries, 1775~1842)는 헤르더, 괴테, 쉴러 및 독일 낭만주의 시인들과 교유했던 스페인 및 이탈리아 문학의 번역가로서 서정시를 쓰기도 했다.

크네벨의 루크레티우스 번역에 대하여[1)]

자질을 갖춘 한 친구가 여러 해에 걸쳐 쏟은 노고의 결실이 마침내 한 권의 책으로 세상에 나오게 되었다. 나는 상당히 오래전부터 이 지칠 줄 모르는 노력으로부터 많은 도움과 격려를 받아왔다. 그 때문에 나는 더욱더 이 책이 세인의 호평을 받게 되기를 바라 마지않는다. 루크레티우스를 공부할 때 누구나 느끼게 되는 어려운 점들은 나에게도 역시 장애가 되었다. 그래서 고대 문화의 이처럼 중요한 유산을 섭렵하고 이해하려는 한 친구의 연구들은 나 자신의 공부와 이해에 큰 도움이 되었다. 이렇게 말할 수 있는 까닭인즉, 여기서 요구되고 있는 것은 바로 다름이 아니라, 우리가 기원전 70~80년 전 이 세계의 중심점, 즉 로마에 있다고 생각해 보고, 또 당시 그곳의 시민적, 군사적, 종교적, 미학적 상황이 어떠하였는가를 상상해 보는 일이기 때문이다. 한 시인의 진정한 면모를 알기 위해서는 그 시인이 살았던 시대를

1) 괴테의 이 글은 1822년에 쓰였으며 같은 해에 《예술과 고대 문화》지에 발표되었다. 크네벨(Karl Ludwig von Knebel, 1744~1834)의 루크레티우스(Titus Lucretius Carus, B.C. 96~55, 로마의 시인, 철학자) 번역은 괴테의 지대한 관심하에 1821년에 완역, 출간되었다.

알아야만 한다.

아마도 우리는, 루크레티우스가 로마의 문학이 그 고도의 양식에 도달했던 시대에 태어나서, 또 그 시대를 함께 만들어나갔다고 말해도 좋을 것이다. 예전의 억세고 무뚝뚝했던 조야성이 이제 부드러움을 알게 되고 세계에 대한 보다 넓은 안목을 갖게 되고 자신의 주변에서 활동하고 있는 중요한 인물들의 본성을 실제로 더 깊이 통찰하게 됨에 따라, 로마의 교양은 찬탄할 만한 경지에까지 이르게 되었다. 그래서 이제는 힘과 진지함이 우아함과 결합하게 되었고 힘차고 강력한 발언들이 호의와 친절까지도 동반할 줄 알게 된 것이었다. 여기서부터는 이제 아우구스투스의 시대가 전개되는데, 이 시대에는 보다 세련된 예의범절이 지배자와 피지배자들 간의 큰 간격을 좁히고자 노력하였고, 그 결과 로마인들이 도달할 수 있는 선과 미를 완전히 구현해 보여주었다. 그다음 시대에는 중재라는 것은 더 이상 생각할 수도 없었으니, 독재가 연설자를 광장으로부터 내몰아 학교 안으로 밀어 넣었으며 시인을 자기 자신 안으로 물러나도록 만들었던 것이다. 그 때문에 나는, 이와 같은 경과를 머릿속에서 추적하다가 보니, 비록 루크레티우스로 시작했지만, 결국에는 예언적인 경구들 속에 쓰디쓴 울분을 감추고서 자신의 절망을 암울한 6각운의 시형으로 표현하고 있는 저 페르시우스[2]로 끝맺고 싶은 심경이 된다.

그러나 루크레티우스는 아직도 페르시우스보다는 훨씬 더 자유로이 움직이고 있다. 하기야 그도 역시 시대의 폭풍우에 시달리고 있으며, 이 때문에 안락한 평온을 누리지는 못한다. 그는 세상이란 무대로부터 멀리 떠난다. 그러고는 가장 소중한 친구가 곁에 없음을 슬퍼하면서, 지고(至高)의 노력에 대한 글을 씀으로써 자위하고 있다. 그런데

---

2) 페르시우스(Aulus Persius Flaccus, 34~62): 로마의 풍자시인.

그의 괴로움은 대체 어디서 유래하는 것일까? 로마가 건설된 이래로 정치가나 전쟁 영웅들은 미신을 자의적으로 이용함으로써 큰 득을 보고 있었다. 사람들은 그들에게 우호적인 신들이 새들이 날아오르는 모습이나 제물로 바쳐진 짐승의 내장의 형상을 통해서 중요한 충고나 경고를 전해 준다고 믿었다. 그렇게 믿는 사람들에게 하늘은 자신의 뜻을 전달하는 것 같았다. 그러나 아무리 이렇게 해도 신자들이 지옥의 공포로부터 완전히 해방될 수는 없었다. 그리하여 공포가, 자비로운 말로 진정시킬 수 있는 정도 이상으로, 점점 더 크게 사람들의 마음을 사로잡았기 때문에, 하계(下界)의 불타는 연기가 올림포스의 천공(天空)을 어둡게 뒤덮었고, 지옥의 요괴가 깨끗하고 조용한 신상들을 모두 없애버리게 되었다. 이 신상들은 예전에 그들의 아름다운 올림포스 신전에서 끌어내어져 이곳 로마에 노예로 끌려왔던 것들이다.

이제, 심약한 사람들은 점점 더, 위협적인 징후들을 다른 쪽으로 돌려버리고 겸허한 마음으로 공포로부터 자신을 구하고자 애쓰게 되었다. 하지만 불안과 공포가 자꾸만 커져서, 죽고 난 이후의 삶이 이 세상에서의 불행한 삶보다 점점 더 소망스러운 것으로 여겨지게 되었다. 그러나, 저 아래 세상이 이 세상만큼 나쁘지는 않다는, 아니, 이 세상보다 더 나쁘지는 않다는 보장을 그 누가 할 수 있었을까? 이렇게 대중이 공포와 희망 사이를 오락가락하고 있을 때 곧이어 때마침 들어온 기독교는 이러한 대중에게 안성맞춤이었으며, 그들은 이제 천년왕국을 이상향으로 동경하게 된다.

이에 반하여, 루크레티우스처럼, 아마도 체념은 할 수 있지만 항복까지는 할 수 없는 강한 천성의 소유자들은 이러한 종교적 희망을 거부하는 한편, 공포로부터도 벗어나고자 노력하였다. 하지만 이런 노력을 하는 가운데 사람들은, 설사 자기 자신과의 합일에는 성공했다 하더라도, 외부로부터의 큰 도전에 직면하지 않으면 안 되었던 것이다.

대개 사람들은 자기 자신은 이미 오래전에 극복한 것을 자꾸만 듣게 되면 불편한 느낌을 갖게 되고 이 느낌은 초조함에서 분노로까지 증폭될 수 있는 법이다. 죽고 나서도 소멸하지 않으려는 자들에 대하여 루크레티우스가 퍼붓는 공격의 격렬함도 이런 점에서 연유한 것이라 하겠다. 하지만 나는 언제나 이 엄청난 비난이 우스꽝스럽다고 생각해 왔으며, 휘하의 군대가 피할 수 없는 죽음을 앞두고 계속 진격하지 못하고 머뭇거리자, 이 중차대한 전투의 순간에 짜증스럽게 다음과 같은 말을 내뱉었다는 저 대원수(大元帥)[3]를 연상하곤 하였다. ― "이 개 같은 놈들아! 그래, 영원히 살겠다는 것이냐?" 기괴하고 굉장한 것이란 우스꽝스러운 것과 이처럼 매우 상통하는 데가 있는 법이다.

일반의 주의를 끌 만하며 특히 지금 우리 시대의 관심을 불러일으킬 것임에 틀림없는 한 작품에 대해서는 오늘은 이쯤 얘기해 두기로 하자.

우리는 많은 점에서 루크레티우스처럼 생각해서는 안 된다. 아니, 설사 그렇게 하고 싶다 하더라도, 결코 그럴 수 없을 것이다. 그러나 우리는 기원전 80년에서 60년에 이르는 시기에 사람들이 어떻게 생각했던가를 알아야 할 것이다. 이를테면 이 책은 기독교 교회사의 서장(序章)을 이해하는 데에 반드시 참고해야 할 자료이다.

이제 나는 이렇게 중요한 책으로 다시 되돌아와서 루크레티우스의 여러 면모를―인간으로서, 로마인으로서, 자연 철학자로서, 시인으로서의 루크레티우스를―묘사해 보고 싶다. 나의 이 오랜 계획을 실행하기 쉽도록 하기 위해서인지 이 훌륭한 번역판은 매우 적절한 시기에 나와주었다. 이 번역만이 내 계획을 실현하게 해줄 수 있을 것이

3) 7년 전쟁(1756~1763) 중에 일어난 쿠너스도르프(Kunersdorf) 전투(1762)에서의 프리드리히 대왕(Friedrich der Große, 1712~1786)을 가리킨다.

다. 이렇게 말할 수 있는 까닭은 우리가 이 번역이 고귀하고도 자유롭게, 그리하여 아주 품위 있게 되어 있음을 알 수 있기 때문이다. 난삽하기 짝이 없는 문제들을 다루고 있음에도 불구하고 이 번역은 우리가 쉽게 이해할 수 있도록 아주 명확하게 되어 있다. 이 번역은 전아(典雅)하고도 우아하게 우리를 인도하여 심원한 비밀 깊숙이까지 이르게 해주고, 군더더기 없는 주석을 붙이고 있으며, 아주 옛날의 원전(原典)—다음 시대의 사람들이 그 진실성을 입증하기 위하여 갖은 애를 쓰게 될 이 예사롭지 않은 원전—에다가 새로운 활력을 불어넣어 주고 있는 것이다.

카를 프리드리히 첼터의 새 노래집[1)]

이 노래집에도 앞서 언급한 나의 노래 「한밤중에」[2)]가 실려 있다. 이 자리에서 나는 독일 전역에 흩어져 있는 나의 친구들에게, 이 노래를 정말 마음속 깊이 새기고 외웠다가 나를 잊지 않는 마음으로 가끔 밤에 애정을 다하여 노래해 보라고 진심으로 권하고 싶다. 고백하건대, 나는 보름달이 휘영청 밝은 어느 날 밤 자정을 알리는 소리와 더불어, 분위기가 적당히 무르익은, 재치 있고 우아하며 건실한 사교 모임에서 돌아와서는, 사전에 이에 대한 아무런 예감도 지닌 적이 없는 가운데 즉흥적으로 이 시를 써 내려갔었다.

그 밖에도 이 노래집에는 비교적 잘 알려져 있는 내 시들 여남은 편이 수록되어 있는데, 이 시들이 얻게 된 음악적 형상을 나는 세인들

---

1) 첼터(Karl Friedrich Zelter, 1758~1832)는 작곡가로서 괴테의 만년의 친구였으며, 괴테와 주고받은 서간들로 유명해졌다. 그의 이 노래집은 1821년에 출간되었으며, 괴테의 이 글이 처음으로 발표된 것은 《예술과 고대 문화》지 제3권(1822)에서였다.

2) 시 「한밤중에(Um Mitternacht)」(함부르크판 괴테 전집 제1권 372~373쪽)는 괴테의 일기에 따르면 1818년 2월 13일에 쓰였다.

에게 아무 주저 없이 권하고 싶다. 곡(曲)으로 만들어진 이 시들은 여러 해 이래로 서로를 잘 알게 된 두 친구의 상호 작용을 보여주고 있다. 그 때문에 이 작곡가는 정말 아주 자연스럽게 자신을 시인과 동일시할 수 있었던 것이며, 그 결과 시인도 자신의 속마음이 신선한 생기와 생명을 얻었다고 느끼고 창작욕이 다시금 새롭게 이는 것을 느낄 수 있는 것이며, 또한 동시에 그 곡이 호의를 지닌 많은 사람들의 귀와 정서로부터 앞으로 오랫동안 반향을 얻을 수 있는 그러한 음향이기를 기대해 보는 것이다.

프리드리히 뤼케르트의 『동방의 장미』[1)]

우리 독일의 시 문학에서는 간혹 특정한 시대들이 나타나는 것을 볼 수 있는데, 그것들은 윤리적, 미학적 토양 위에서 눈에 띄지 않게 쉬고 있다가 어떤 동인을 만나면 모습을 드러내 한동안 지속되면서 동일한 소재를 반복하거나 다양한 형상으로 복제되곤 한다. 이런 진행 과정을 사람들은 이따금 비난하기도 하지만, 나는 이렇게 되는 것이 필연적이고 바람직한 현상이라고 생각한다. 여기서는 특히 시에 관해서 이야기해 보자면, 우리는 우선 횔티[2)]로부터 에른스트 슐체[3)]에 이르기까지를 관류하고 있는 부드러운 멜랑콜리의 음조를 들을 수 있다. 그다음으로는 클롭슈톡을 시발점으로 하는 고귀한 독일 및 게르

1) 뤼케르트의 『동방의 장미(*Östliche Rosen*)』는 1822년 라이프치히에서 출간되었다. 괴테의 이 글은 《예술과 고대 문화》지 제3권(1822년 제3집), 173~175쪽에 게재되었다.

2) 횔티(Ludwig Hölty, 1748~1776)는 '괴팅겐의 숲의 동맹(Göttinger Hainbund)'의 일원으로 활동한 서정시인으로서 우울한 분위기의 아름다운 시들과 민요풍의 담시들을 주로 썼다.

3) 요절한 시인 슐체(Ernst Schulze, 1789~1817)의 비가적 서사시 「마법에 홀린 장미(Die bezauberte Rose)」(1818)는 당시에 많은 모방작을 낳았다.

만 정신이 우리에게 몇 안 되긴 하지만 장중한 멜로디들을 물려주었다. 전쟁이 일어나고 나폴레옹을 몰아낸 그 승리의 시기 동안에 모든 독일인들의 감정은 수백 가지 음율 속에서 울려 퍼졌으며, 그들은 자신들의 행적과 마음을 노래와 시로 표현하는 데에 열심이었던 것이다. 그러나 이제 평화로운 시기에 와서는 비록 잠시 동안만이라도 서로 즐겁게 어울려 아무 근심 걱정 없이 즐기고 싶기도 할 것이기 때문에, 동풍과도 같이 시원하게 생기를 불어넣어 주고 우리로 하여금 장려한 태양과 맑고 푸른 천공(天空)을 누릴 수 있게 해주는 이국적 입김도 제법 환영을 받기에 이르렀다. 『서동 시집』에 실린 내 시들이 음악으로 작곡되면서 나는 이미 이런 즐거움을 많이 누렸다. 첼터의 곡, 또는 에버바인[4]의 곡이 ── 재능이 있고 목소리가 좋은 에버바인 부인이 부를 때처럼 ── 훌륭하게 불리는 것을 들으면, 예술을 향유할 줄 아는 사람은 누구나 최상의 기분을 느끼게 될 것임에 틀림없다.

바로 이런 의미에서 나는 앞에 적은 뤼케르트의 시를 모든 음악가들에게 추천할 수 있다. 그들이 적당한 때를 골라 이 조그만 시집을 펼쳐 본다면 틀림없이 나르키소스의 신화를 간직한 수선화들과 그 밖의 다른 꽃들에 둘러싸인 수많은 장미들이 향기를 풍기며 다가올 것이다. 현혹적인 눈, 매혹적인 고수머리, 위험한 보조개 등 온갖 매력적인 것이 다 나타날 것이다. 이런 위험이란 노소를 불문하고 기꺼이 한번 부딪쳐보고 즐겨보고 싶은 그런 위험인 것이다.

플라텐 백작[5]의 가젤 형식으로 된 시들은 비록 노래로 부를 수 있

4) 에버바인(Eberwein, 1786~1868)은 바이마르 궁의 음악 관계 책임자였다.

5) 플라텐(August Graf von Platen, 1796~1835)은 후기 낭만파의 서정시인으로서 내적 불안과 염세적 고뇌를 노래하는 많은 송가와 소네트를 남겼는데, 그의 시들은 탁월한 형식미를 갖춘 것들로 평가된다. 괴테를 방문한 기록이 있으며, 여기서 언급되고 있는 오리엔트적 가젤(Ghasel) 형식의 시들은 1821년에 출간된 것이다.

도록 지어진 것은 아니지만, 여기에 아울러 언급해 두고 싶다. 이 시들은 즐거운 감정에서 우러난 재치가 있으며, 오리엔트에 완벽하게 어울리는 명상적인 시들이다.

에우리피데스의 비극 「파에톤」

—단편(斷片)들로부터의 복원(復元) 시도[1)]

이와 같은 귀중한 문화유산을 공경하는 마음으로 대하려고 한다면, 우리는 우선, 그냥 위대하다고밖에 할 수 없는 이 이야기에 후세가 덧붙인 모든 것을 상상에서 지워버려야 할 것이며, 오비디우스[2)]와 논노스[3)]가 그들 자신의 무대를 우주로 확대함으로써 길을 잃고 헤매는 모습 따위는 완전히 잊어버리지 않으면 안 된다. 우리는 자신이 그리스의 무대에 알맞은 그런 좁고도 축소된 장소에 있다고 생각해야 할 것이다. 서막이 우리에게 보여주고 있는 장소가 바로 그러하다.

서막 아폴론이 사두마차 위에서 은은한 광선을 보내면서

---

1) 《예술과 고대 문화》지 제4권(1823)에 게재되었다. 만년의 괴테는 단편적으로 전해 내려오는 작품을 재구성하여 완성작으로 만들어보고자 하는 시도를 하곤 했는데, 여기서 괴테는 에우리피데스의 「파에톤(Phaethon)」을 복원하려고 시도하고 있다. 파에톤은 그리스 신화에 나오는 태양신 헬리오스(Helios)의 아들로, 아버지의 해수레를 빌려 타고 지구에 너무 가까이 접근했기 때문에 제우스가 그를 번갯불로 때려눕힘으로써 지구가 불바다가 되는 것을 막았다고 한다.

2) Ovid, *Metamorphosen I*, 749~778쪽; *Metamorphosen II*, 1~400쪽 참조.

3) Nonnus, *Dionysiaka*, 제38장 참조.

아침마다 맨 먼저 인사하는 나라
이 나라의 군주 메로프스는
오케아노스와 테티스의 딸 클리메네를 남편으로서 포옹하는 사람이로다.
5 태양신 포이보스[4]가 떠오를 때면 먼 곳에 있는 것은 뜨겁게 불태우지만
가까운 곳에 있는 것은 따사롭게 감싸주는 법이지.
이웃에 사는 검은 피부의 한 종족이
이 나라를 가리켜 에오스, 즉 찬연한 여인, 또는 태양신의 역(驛)이라 부르는데,
그 말도 맞는 것이 에오스는 우선
10 장밋빛 손가락으로 가벼운 구름들을 어루만져 오색영롱한 놀이를 하거든.
그러다가 이슥고 세월과 시간을 조정하고 모든 민족들을 다스리는
태양신의 완전한 권능이 빛을 발하며 나타나
이 바위 해안의 가파른 언덕으로부터
광활하게 뻗쳐 있는 세계의 운행을 섭리하도다!
15 그러니 우리 임금님의 궁성을 지켜주시는 수호신이기도 한 태양신에게
존경과 찬양이 있을지며, 매일 아침 유쾌한 기분이 함께하시기를!
좀처럼 어두워지지 않는 여름밤을 지새우고 나서
여기 그를 맞이할 채비를 하고 있는 나, 파수꾼 또한
새날을 밝히는 태양신을 보기를 고대하면서,

4) 포이보스(Phoibos)는 태양신으로서의 아폴론을 가리킨다. 푀부스(Phöbus)라고도 하고, 영어로는 피버스(Phoebus)라고 한다. 고대 그리스 전설에서는 헬리오스(Helios)로 지칭되고 있다.

20 밤이 일그러뜨려놓은 모든 것에다 다시금 형상을 부여해 줄 그의 뜨거운 광선을,
기꺼운 마음으로, 그러나 초조하게 기다리고 있네.
하지만 아침 햇살의 광휘가
오늘은 그 어느 때보다도 더 환영받을 것이니,
오늘은 우리의 주군 메로프스가 건장한 외아드님을 위해
25 신이 낳은 아리따운 요정과 성대한 혼인 잔치를 베푸시는 날!
그 때문에 온 궁중 사람들이 벌써 일어나서 수선이지.
그러나 백성들 간에는 항상 심술궂은 쑥덕공론이 있는 법으로,
그가 오늘 혼인시키고자 하는, 애지중지하는 아들 파에톤이
그의 핏줄이 아니라고들 쑥덕거리는데,
30 그럼, 대체 누구의 혈육이란 말인가?
하지만 아서라, 신이 감추고 있는 그런 미묘한 일을 두고
입방아를 찧으면 불행을 자초하는 법, 누구든 입을 다무는 것이 좋으리라!

5, 6행. 여기서 시인은 한 가지 모순을 통해 자연현상 일반의 모순을 설명하려는 것으로 보인다. 즉 그는 태양에 아주 가깝고 그것이 직접 떠오르는 동쪽 나라는 태양이 불태우지 않고 오히려 멀리 떨어져 있는 남쪽 땅에는 불볕을 내리쬐는 일상의 경험을 표현한다.

7, 8행. 태양신의 말들이 쉬는 곳은 바다 위가 아니라 이쪽 편, 지구의 가장자리이고, 오비디우스가 찬연하게 묘사하고 있는 그런 성이라곤 찾아볼 수 없으며, 모든 것이 단순하고도 자연스럽게 진행되고 있다. 그러니까 동쪽의 맨 끝, 바다가 육지를 감싸고 돌고 있는 이 세상의 끝에서, 그는 테티스로부터 아름다운 딸 클리메네를 얻게 되는 것이다. 바로 옆에 사는 이웃으로 보이는 헬리오스가 그녀를 보고 사

랑에 빠진다. 그녀는 그들 사이에 태어나는 아들이 한 가지 청을 할 때에 이를 거절하지 않는다는 조건하에, 그의 구애를 받아들인다. 그러는 사이에 그녀는 지구의 끝에 있는 나라의 통치자 메로프스의 왕비가 되고, 연로한 그는 남몰래 배에 품고 온 그 아들을 기쁘게 받아들인다.

이제 파에톤이 성장하게 되자 아버지는 그를 신분에 맞게 어떤 반신(半神)의 요정과 혼인시킬 생각을 한다. 그러나 용감하고 공명심과 지배욕이 강한 청년은 그 중대한 시점에 헬리오스가 자신의 진짜 아버지임을 알게 되고, 어머니에게 그 사실을 확인해 줄 것을 요구하고 스스로도 확신을 얻고자 한다.

클리메네. 파에톤.

클리메네 그럼, 첫날밤의 잠자리가 그렇게도 싫단 말이냐?

파에톤 그렇진 않아요. 하지만 남편으로서

35 한 여신의 잠자리에 든다는 사실이 제 가슴을 불안하게 할 따름입니다.

자유로운 사나이가 첫날밤에 몸을 팔아

여자의 노예로 전락한다는 사실이 마음에 걸리는군요.

클리메네 아, 내 아들아! 내 이 말을 해야 될지 모르겠다만, 그건 두려워하지 마라.

파에톤 저를 행복하게 해주는 말씀을 하시면서, 왜 주저하시지요?

40 클리메네 그럼 말해 주마. 너 또한 신의 아들이니라.

파에톤 어느 신인데요?

클리메네 매일 아침 일찍, 서광의 여신 에오스가 잠을 깨우면

말들을 휘몰아 고귀한 여로에 오르는

이웃에 사는 신 헬리오스의 아들이니라.

그분이 내 침대에도 오르셨거든. 넌 그 사랑스러운 씨란다.

45 파에톤 어머니, 그 놀라운 사연을 어떻게 믿을 수가 있겠어요?

그다지도 고귀한 혈통이라니 경악을 금할 수 없군요.

하기야 지고한 것을 향하여 이 가슴속에서 불타고 있는 영원한 동경이

어디서 유래하는 것인지 이제야 알 것 같습니다만.

클리메네 그분에게 직접 물어보렴! 살다가 곤경을 당했을 때

50 아버지와 상의하는 것은 아들의 특권이니까.

나를 품 안에 안았을 때,

장차 너에게 단 한 가지 소원만은 들어주겠다고 했던 약속을 상기시켜 드리도록 해라.

그 소원을 들어주시거든, 헬리오스가 네 아버지라는 것을 확실히 믿고,

그렇지 않으면, 이 어미가 거짓말을 한 것으로 생각해도 좋다.

55 파에톤 헬리오스의 뜨거운 집으로는 어떻게 가면 되나요?

클리메네 너를 사랑하시므로 그 자신이 네 몸을 지켜주실 거다.

파에톤 그분이 내 아버지라면! 어머니의 말씀이 진실이라면, 얼마나 좋을까!

클리메네 확실히 믿으라니까! 어느 땐가는 너 자신이 확신하게 될 거다.

파에톤 됐어요, 그만해요. 어머니 말씀이 사실임을 믿을 테니!

60 하지만 어서 여기를 떠나세요. 벌써 궁에서

시녀들이 오고 있어요.

그들은 주무시고 계시는 아버님의 방을 청소하고,

집무실들을 매일같이 화려하게 정돈하며,

대궐의 입구를 조국의 향기로 가득 채우기 위해서 오는 것이지요.

65 그렇게 되면 연로하신 아버님께서 침상에서 일어나셔서
여기 이 옥외에서 나와 함께 기쁜 혼인 잔치에 관해 얘기를 하실
터인즉,
이제 저는 재빨리 이 자리를 떠나,
오, 어머니, 당신의 그 말씀이 사실인지를 확인해 봐야겠습니다.
(둘 다 퇴장)

여기서 언급해야 할 것은 이 연극이 매우 이른 시각에 시작된다는 사실이다. 우리는 이것을 해 뜨기 전의 일로 생각해야 하며, 짧은 시간 안에다 매우 많은 사건을 밀어 넣었다는 시인 자신의 말을 수긍하지 않을 수 없다. 특정 시간 내에는 일어날 수 없는 극 중 사건이 일어나는 것으로 묘사되고 있는 이런 예들은 고대나 현대를 막론하고 많이 찾아볼 수 있다. 자주 공박을 받지만 언제나 고금의 작가들에 의하여 다시금 제기되곤 하는 극 중 시간 및 장소의 통일 문제는 시인의 이러한 허구와, 청중 또는 관객의 묵시적 동의에 그 근거를 두고 있다.

이제 뒤따라오는 합창은 장소에 관해 설명하고 있으며, 여기서 일어나는 것은 전적으로 아침에 일어날 수 있는 일이다. 아직도 꾀꼬리의 노랫소리가 들리고 있다. 이때 지극히 중요한 것은 아들을 걱정하는 한 어머니의 탄식과 더불어 결혼식 노래가 시작되고 있다는 사실이다.

시녀들의 합창 조용, 조용히! 제발 임금님을 깨우지 말아요들!
70 난 누구에게나 아침잠을 푹 자도록 허락하지,
더구나 연로하신 분에게는 말할 것도 없어.
그러나 날이 새자마자
채비를 갖추고 일을 마무리해야지!

숲 속에서는 아직도 꾀꼬리가
75 부드럽고도 은은하게 노래 부르고 있는데,
이른 아침의 괴로움 속에서
그녀는 "이튀스[5], 오, 이튀스!"하고 외치고 있고,
바위를 기어오르는 목동들의 음악인
피리 소리가 산중에 메아리치네.
80 멀리 초원에는 벌써
통통하게 살진 갈색의 기운찬 소 떼가 서두르고 있고,
새와 짐승을 잡고자
사냥꾼도 이미 출동하고 있으며,
바닷가에는
85 백조의 아름다운 노랫가락 울려 퍼지네.
그리고 바람에 힘입어 첨벙이며 노를 저으며
작은 배는 큰 파도 속으로 나아간다.
돛대 밧줄을 잡아당기니
가운데 밧줄까지 돛이 팽팽하게 부풀어 오르는구나.
90 이렇게 모두들 각기 다른 일을 할 채비를 하지만,
나는 사랑과 존경으로
주군(主君)의 기쁜 혼인 잔치를 노래로써 맞이하려 하네.
주군의 가문에 어울리는 잔치에서
95 우리 시종들의 마음은 기쁨으로 넘치는 법이거든.

5) 이튀스(Itys)는 그리스 신화에서 테레우스(Tereus)와 프로크네(Procne) 사이에서 나온 아들이다. 테레우스는 처제 필로멜라(Philomela)를 능욕하고, 자신의 죄를 숨기기 위해 그녀의 혀를 잘라버렸으나, 나중에 이 사실을 안 프로크네가 필로멜라와 함께 그 복수로 이튀스를 살해하여, 그 고기를 테레우스의 식탁에 올렸다. 이를 불쌍히 여긴 신들은 필로멜라 공주를 꾀꼬리(nightingale)로 변신시켰다 한다.

그러나 운명은 불행을 획책하니,
이것이 충직한 가신들에게도 금방 무거운 철퇴로 다가오는 것이지.
이날은 혼인을 축하하는 기쁜 잔칫날
나는 이날이 오기를 기도하며 고대해 왔는데,
100 그건 내가 잔칫날 아침에 주군의 가족들을 위해
신부의 노래를 부르도록 허락받았기 때문이지.
여러 신들이 내 군주에게
이 아름다운 날을 허락했고, 시간이 또한 이날을 불러왔도다.
그러니 이 기쁜 혼인 잔치에, 오, 축가여, 울려 퍼져라!
105 자, 모두들 보아라, 제관(祭官)과 파에톤을 대동하고
임금님께서 납신다.
세 분이 팔짱을 낀 채 걸어오고 계신다!
오, 내 입이여, 조용히 침묵할지어다!
지금 그의 영혼 속에는 큰 감동이 출렁이고 있다.
110 그는 아들을 혼인의 율법에다 맡기고 있는 것이야.
감미로운 신부의 끈에다 아들을 내어맡기는 의식(儀式)이지.
제관 그대들, 오케아노스의 해안에 사는 주민들이여,
입을 다물고 내 말을 들어라!
백성들이여, 대궐 주위에서 썩 물러나
115 멀찌감치 서 있어라!
가까이 납시는 임금님께 경외심을 품을지어다!
구원의 싹이 돋아날지며,
그대들이 가까이서 구경하고 있는
아버지와 아들의 즐거운 행차에 번영과 축복을 기원하라!
120 부왕(父王)과 왕자께서는 오늘 아침 이 잔치를 봉축하기 위해 여기 오셨느니라.

그러니 모두들 입을 다물고 조용히 할지어다!

유감스럽게도 이 바로 다음 장면은 거의 멸실되고 없다. 하지만 정황 자체로 미루어볼 때 그 장면이 절묘한 내용일 것임은 짐작할 수 있다. 아들을 위하여 성대한 혼례식을 베풀고자 하는 아버지. 이와는 반대로 이 식전에서 몰래 빠져나와 위험한 모험을 하겠다고 그의 어머니에게 말하는 아들. 이런 아버지와 아들은 매우 인상적인 대립을 이루고 있다. 우리가 크게 잘못 생각한 것이 아니라면, 에우리피데스는 이와 같은 대립을 틀림없이 변증법적 언어로 표현했을 것이다.

그리고 만약 그러했을 경우, 우리는, 아버지가 결혼 생활을 옹호하는 발언을 하면 아들 역시 갖가지 반론을 제기했을 것이라고 추측할 수 있다. 앞에서 인용한 합창에 곧이어 나오는 몇 마디 안 되는 말, 즉

메로프스 내가 좋은 점을 말한 까닭은——

이라는 구절은 우리의 추측에다가 약간의 신빙성을 덧붙여주고 있다. 그러나 여기서 그만 우리는 빛과 등불을 잃고 깜깜한 곳을 헤매게 된다.

아버지가 태어난 곳에서 계속 사는 편이 왜 나은지를 강조했다고 가정해 볼 때, 그것을 부인하는 아들의 다음 대답이 아주 잘 들어맞게 된다.

파에톤 이 지상 어디에나 도처에 조국은 있습니다.

이에 대하여 그 부유한 노인이 틀림없이 자신이 가지고 있는 풍부한 재산을 강조하면서 자신이 살아온 길을 아들이 답습해 주기를 소

망하고 나올 것이다. 여기서 우리는 아들이 다음과 같이 짧게 말하는 것으로 상정할 수 있다.

파에톤 사람들이 말하길, 부자로 태어나면 비겁할 수밖에 없다고들 하지요!

125 하지만 왜 그럴까요?

아마도 그것은 부(富)란 그 자신 눈이 멀었으므로,

행복의 감각을 마비시키는 것처럼 부자들의 감각도 눈멀게 하기 때문이겠지요.

이 단편(斷片)이 원래 어디에 속했든 간에, 이 장면 다음에는 필연적으로 다시 한번 합창대가 등장했을 것이다. 우리가 추측하기에는 여기서 합창 대원들이 줄지어 축제 행렬을 이루었을 것으로 보이며, 행렬 그 자체에서보다는 이렇게 군중이 서로 뒤섞인 데서 상당히 아름다운 모티프들이 생겨났을 것으로 보인다. 아마도 여기서 시인은 그가 늘 해오던 방식대로 잘 알려진 것, 비슷한 것, 전래된 것을 자기 이야기의 의상 속에다 함께 엮어 넣었을 것이다.

이제 관중들의 눈과 귀가 즐거운 축제 분위기에 젖어 있는 동안, 파에톤은 신(神)인 자신의 친아버지를 찾아보기 위해 슬그머니 그 자리를 빠져나간다. 그것은 그다지 먼 길이 아니다. 즉 그는 태양의 말들이 매일같이 달려 올라오곤 하는 예의 그 가파른 바위들을 내려가기만 하면 되는 것인데, 바로 그 아래 아주 가까운 곳에 그 말들의 휴식처가 있는 것이다. 우리는 아무런 장애도 없이 포이보스의 마구간 바로 앞으로 인도된다.

이다음 장면은 유감스럽게도 전후의 문맥을 잃고 있지만, 그 자체로서 지극히 흥미로운 장면이며, 앞의 장면과 좋은 대조를 이루고 있다. 이보다 더 훌륭한 대조는 생각할 수 없을 정도이다. 지상의 아버지는 아들에게 자기 자신과 마찬가지로 확고한 기반을 마련해 주고 싶어 하는 데에 반하여, 천상의 아버지는 아들이 자기와 동렬에 설 엄두를 아예 내지 못하도록 멀리하지 않으면 안 되는 것이다.

그리하여 우리는 다음과 같이 말할 수 있다. 즉 우리는 파에톤이 아래로 내려갈 때까지만 해도 아직, 자기 혈통의 징표로서 아버지에게 무엇을 얻을까를 미처 정하지 못한 것으로 생각할 수 있는 것이다. 그러다가 말들이 수레를 끌고 헐떡이며 올라오는 것을 보자, 갑자기 그의 대담한, 아버지에 못지않은 신적인 용감성이 발동을 하게 되어 과도한 것, 즉 그의 힘에 벅찬 것을 요구하게 됐을 것이다.

전해 내려오는 단편들로부터 우리는 아마도 다음과 같은 것을 추론해 낼 수 있을 것이다. 아들이라는 사실의 확인 절차가 있고 나서 아들이 수레를 달라고 요구하고, 아버지는 이를 거절했을 것이다.

포이보스 나는, 제 아들들이나 아무것도 모르는 시민들에게
나라를 다스릴 말고삐를 맡기는 그런 인간 세계의 아버지들을
130 어리석은 자들로 여긴다.

여기서 우리가 추측할 수 있는 것은 오비디우스가 다만 인간적이고도 아버지다운, 정말이지 감동적인 논거들만 대고 있기 때문에 에우리피데스는 자기 방식대로 이 대화를 정치적인 것으로 만들고 있다는 사실이다.

파에톤 폭풍우를 만난 배를 닻 하나가 구출할 순 없지만
닻이 셋이라면 아마 구출할 수도 있을걸요. 도시에 시장(市長)이
하나뿐이라면

너무 약하지만, 모두가 좋으려면 제2의 시장도 필요하지요.

추측하건대 일인 지배 체제와 다수 지배 체제를 두고 논쟁이 복잡하게 오간 것 같다. 결국 초조해진 아들이 행동에 나서서 말들에게 가까이 간 것으로 보인다.

포이보스 오, 내 아들아! 아무것도 모르는 너는
135 고삐에 손을 대지 마라! 조종하는 법도 배우지도 않은 채
수레를 타서는 안 된다.

여기서 헬리오스는 그에게, 명성을 얻고 전쟁 영웅이 되기 위해서는 앞으로 쌓아야 할 수련이 많다는 점을 일깨워준 것으로 보인다. 그러나 아들은 다음과 같이 말대꾸한다.

파에톤 가냘픈 활 따위는 싫어요, 저는. 창도 싫고 수련장도 지긋지긋해요.

그래서 아버지는 그에게, 그렇다면 대신 목가적인 생활을 하는 것이 어떻겠느냐고 권했을 것이다.

포이보스 그런 사람은
시원한 그늘을 선사하는 나뭇가지들이 껴안아주지.

마침내 헬리오스는 응낙하고 말았다. 이보다 앞선 모든 일은 일출 전에 일어나는 것이다. 오비디우스도 역시, 오로라가 다가온 것이 헬리오스 신의 결단을 재촉하는 것으로 아주 그럴듯하게 묘사했다. 아

버지는 지극히 걱정스러워하며, 수레 위에 서 있는 아들에게 황급히 다음과 같이 가르쳐준다.

140 너도 보다시피, 위쪽으로는 끝없는 천공(天空)이 빙 둘러쳐져 있다.
그리고 이쪽에는 대양(大洋)의 축축한 팔에 안겨 있는 지구가 보이고.

계속해서 헬리오스가 가르쳐준다.

자, 그럼 수레를 몰고 떠나거라! 아프리카의 기층(氣層)은 피하도록 해라.
그것은 습기를 지닌 것이 아니라, 수레의 바퀴들을 불태워 너를 추락시킬 위험이 있다!

출발이다. 그리고 우리는 다행스럽게도 한 단편(斷片)을 통하여 이때 일어난 일을 알 수 있다. 그러나 유념해야 할 것은 다음의 대목이 이야기라는 점, 즉 한 사자(使者)가 전하는 말이라는 점이다.

앙겔루스 “자, 떠나라! 북두칠성(플레이아데스성단)[6]을 보고 너의 진로를 가늠하여라!”
145 이 말과 함께 파에톤은 고삐를 잡고는
날개 달린 천마(天馬)들의 양 옆구리를 발로 찼습니다.

---

6) 플레이아데스성단(Plejaden)은 아틀라스(Atlas)와 플레이오네(Plejone) 사이에서 난 일곱 딸로서 제우스(Zeus)에 의해 별이 되었다고 한다. 황소자리(Stier)에 속한다.

그리하여 그들은 천공의 높이로까지 날아오르게 되었지요.
그러나 아버지는 측면의 말 가까이로 뒤따라가면서
경고하였습니다. "자, 그리로 주욱 가거라.
150 그래, 그쪽으로! 수레를 이쪽으로 돌려라!"

이 사자가 누구였는지는 그다지 쉽게 단정할 수 없다. 장소로 미루어보건대, 아마도 이른 새벽에 산으로 나가던 목동들이 그들의 바위 뒤에서 부자간의 이 담판 장면을 엿보았을 것이며, 나중에 예의 자연현상이 그들 곁을 지나쳐 갈 때 엿들었을 것이다. 그러나 이 보고가 언제, 어디서 행해지고 있는 것인지는 아마도 끝에 가서야 분명해질 것이다.

다시금 합창대가 등장하는데, 이제 그 성스러운 결혼식이 거행되어야 할 순서이기 때문이다. 그러나 맑은 하늘에서 갑자기 천둥과 번개가 치고 군중은 깜짝 놀라게 된다. 하지만 그다음에는 더 이상 아무 일도 일어나지 않은 것처럼 보인다. 그들은 다시금 즐거운 분위기로 되돌아간다. 물론 그들은 이상한 예감을 느끼긴 하지만, 그 예감은 뒤따라오는 근사하고도 서정적인 장면들 때문에 금방 잦아들고 만다.

파에톤이 제우스의 벼락을 맞고 자기 어머니의 집 근처에 추락하는데도 그 결혼 잔치가 별로 큰 방해를 받지 않고 진행되고 있는 파국 장면을 보면, 이 극작품이 긴밀하고도 간명한 사건 경과를 보여주고 있음을 다시 한번 짐작할 수 있으며, 여기서 우리는 오비디우스와 논노스가 우주를 뒤흔드는 저 대혼돈에 대해서는 그 흔적조차 느낄 수 없다. 이것은 마치 벼락이 치면서 운석이 지구에 추락한 현상과도 같다. 추락한 뒤에는 모든 것이 다시금 전과 다름없게 되는 그런 자연현상 말이다. 그러나 이제 우리는 극의 종결부에 이르게 된다. 이 종결부는 다행히도 그 대부분이 전해 내려오고 있다.

클리메네 (시녀들이 죽은 파에톤을 운반해 온다.)
불꽃을 흩날리며 여기 시체 주위를 맴돌고 있는 것은
신들의 노여움을 산 복수의 여신이로구나! 증기가 올라오는 것이 보이는구나!
나는 이제 끝장이다! 죽은 내 아들을 이리 데려오너라!
아, 어서! 너희들도 저 소리가 들리지?
155 내 남편이 결혼식 축가를 선창하며 들러리 아가씨들과 함께 오고 있구나.
어서 어서 나가거라! 그리고 시체에서 마룻바닥으로 떨어졌을
피의 흔적은 빨리 닦아버리고!
아, 어서 서둘러라, 시녀들아!
내 그를 남편의 금은보화가 쌓여 있는 방에다 숨겨야겠다,
160 그 방을 단속하는 것은 나만이 가진 권리니까.
오, 찬연한 광휘를 발하는 헬리오스여, 당신이 나와 이 아이를 이렇게 끝장내다니!
신들의 비밀스러운 이름을 아는 자가 당신을 가리켜
파멸의 신 아폴론이라 부르는 이유를 이제야 알겠군요.
합창대 결혼의 여신, 결혼의 여신이여!
165 제우스의 딸 아프로디테여! 우리가 그대를 찬양하노라!
그대, 사랑의 여왕은 아가씨들에게
달콤한 결합의 상징인 장려한 월계수 잎을 갖다 주도다.
아름다운 여신이여, 나는 오늘의 이 잔치가
오직 당신의 덕분이라고 생각합니다.
170 당신이 천공의 베일로 휩싸 안아주셔서
조용히 천국으로 들어간 청년에게도
나는 고마움을 표시하고 싶습니다.

그대들 둘은,
금빛 찬연한 왕궁의 주인이시며
175 막강하신 우리 임금님을
사랑의 기쁨 가득한 곳으로 데려다주십니다.
다른 어떤 왕들보다도 더 축복을 받아
반신(半神)을 아내로 맞이한, 오, 그대 복된 자여,
그대는 광활한 땅 위에서
180 오직 한 사람, 신의 친척으로 추앙받는 사람이며,
지금 그 칭송 소리가 들려옵니다!

메로프스 네가 우리보다 앞서 가거라! 이 아가씨들을
내실로 데리고 가서 내 아내에게, 이 들러리 아가씨들과 더불어
축가로써 모든 신들을 찬송하라 일러라!
185 찬송가를 부르면서 집 주위를 돌고,
모든 경건한 일을 할 때마다 맨 먼저 모셔야 하는
조왕(竈王)에게도 고하도록 해라……
……
……그런 다음, 축가 합창대는 아마도
190 내 집에서 나와 여신의 신전으로 가야 할 거다.

시종 오, 전하! 소신은 왕궁에서 급히 되돌아오는 길이옵니다.
전하께서 값진 금은보화를 간수해 두시는
그 창고의 문틈으로부터
시커먼 연기가 솟아 나왔기 때문입니다.
195 소신이 재빨리 눈을 갖다 대고 들여다보았습니다만,
방 안이 불꽃이 아니라 온통 연기뿐이어서 캄캄하기만 했사옵니다.
오, 전하께옵서 어서 친히 들어가 보시옵소서. 그리하여
화신(火神)의 노여움이 전하의 집을 덮쳐,

파에톤의 이 기쁜 결혼식 날에 왕궁이 화염에 타오르지 않도록
하시옵소서!

200 메로프스 그 무슨 말이냐? 혹시 제단의 향불로부터
연기가 내실로 스며든 게 아닌가 살펴보아라!

시종 그곳에서 오는 길은 말끔하고 연기 같은 것은 없사옵니다.

메로프스 왕비가 그걸 알고 있느냐? 아니면 아직 아무것도 모르고
있느냐?

시종 왕비마마께옵서는 지금 제사 지내는 데에만 완전히 몰두해 계
시옵니다.

205 메로프스 그럼, 내가 가보지. 운명의 신이란 곧잘
사소한 이유로도 굉장히 노하곤 하시니까 말이야!
하지만 불의 주인이신 그대 페르세포네여,
그리고 그대, 화신 헤파이스토스여, 은총을 베푸사 내 집을 지켜
주소서!

합창대 오, 슬프다, 불쌍한 이 몸!

210 어디로 가나? 내 이 날개 달린 다리가 어디로 이리 바삐 가나?
천공 위로 가는 것일까? 지구의 어두운 골짜기 속에
이 몸을 숨겨야 할까?
오, 슬프다! 절망에 빠진 왕비의 비밀이 드러나는구나!
저 안에는 시체가 된

215 아들이 누워 있는 남모르는 속사정!
그러나 제우스의 벼락은 더 이상 감출 수 없고,
아폴론과의 관계도 더 이상 숨길 수 없게 되었네.
오, 신의 벌을 받은 여인이여! 어쩌다 그대에게 이런 곤경이 닥
치느뇨?
오케아노스의 딸이여!

220 어서 아버지에게로 달려가
그의 무릎을 끌어안고
이 치명적 타격을 떨쳐버리렴!

메로프스 오, 슬프다! 슬프도다!

합창대 오, 그대들에게도 들리느냐? 늙은 아버지의 저 슬퍼하는 소리가?

225 **메로프스** 오, 슬프다! 내 아들아!

합창대 그는 아들의 이름을 외쳐보지만, 아들은 그의 탄식 듣지 못하고
두 눈에 고인 눈물 더 이상 보지 못하네.

이 비탄의 시간이 지난 뒤에 사람들은 정신을 수습하고 시체를 궁성 바깥으로 운구해 나와 땅에 묻는다. 아마도 바로 이 순간에 사자(使者)가 등장하여 더 알아야 할 사항을 설명해 주는 것 같은데, 이를테면 위의 144행에서부터 150행까지에 이르는 삽입 대목도 추측컨대 이 사자가 보고한 내용의 일부인 것 같다.

클리메네 하지만 내 가장 사랑하는 아들이
향유(香油)도 바르지 못한 채 무덤 속에서 썩어가고 있다니!

유스투스 뫼저[1)]

나는 이 탁월한 인물에 대하여 몇 자 적게 된 것을 기쁘게 생각한다. 나는 그와 일면식도 없는 사이였다. 그럼에도 불구하고 그는 자신의 글을 통하여, 그리고 내가 그의 딸과 주고받았던 편지들을 통하여(이 편지들에는 나의 사람됨과 본성에 대한 아버지의 생각이 현명하고 통찰력 있게 잘 표현되어 있다.) 내 인격 형성에 매우 큰 영향을 끼쳤다. 그는 유능한 인간 오성 그 자체였으며, 비판 정신의 대표자 레싱의 동시대인이 될 만한 사람이었다. 그러나 오늘 내가 뫼저의 이름을 거론하게 된 것은 내년이면 그의 유고에서 발췌된 한 권의 근사한 책 『오스나브뤼크의 이야기』 속편[2)]을 볼 수 있게 될 것이라는 소식을 접했기 때문이다. 이 글들은, 비록 미완의 단편(斷片)들이긴 하지만, 충분히 기록으로 전해질 만하다. 왜냐하면 이런 독특한 정신적 인물의 어

---

1) 이 글은 《예술과 고대 문화》지(1823년 제4권 제2집)에 처음 실렸다. 뫼저(Justus Möser, 1720~1794)는 반계몽주의적 문필가로서, 헤르더와 젊은 괴테에게 큰 영향을 끼쳤다. 『시와 진실(*Dichtung und Wahrheit*)』 제13권 및 제15권 참조.

2) 『오스나브뤼크의 이야기(*Osnabrücker Geschichte*)』 제3권을 말하며, 바르(H. v. Bar)가 뫼저의 유고에서 발췌해 1824년에 간행했다.

록이란 마치 금괴에 맞먹는 가치를 지니고 있는 금싸라기나 금가루와 같아서, 화폐로 주조된 금화 자체보다도 더 가치 있기 때문이다.

이 글에서는, 우리로 하여금 자기와 비슷한 생각과 확신을 갖고 싶도록 자극하는 이 훌륭한 정신적 인물의 입김을 조금만 소개해 보기로 하겠다.

우리 조상들의 미신에 대하여: 우리 조상들의 미신에 대해서는 이미 아주 많은 것이 논의되었고 또 그 논의들의 대부분은 그들의 정신력을 경시하는 쪽으로 결론이 내려졌다. 그래서 나는 그들을 정당화하려는 것은 아니지만 적어도 그들을 변호하기 위하여, 몇 마디 해두지 않을 수 없다. 내가 보는 바로는, 그들이 소위 미신적인 갖가지 관념들을 지니고 있었던 것은 사실이지만, 그들의 의도는 다름이 아니라 바로 특정한 진실에다가 하나의 표시(이것은 민중어에서 아직까지도 그 고유한 이름을 지니고 있는데, '징표(徵表)'[3]라는 말이 바로 그것이다!)를 해두고자 한 것뿐이었다. 이렇게 표시를 해두는 이유는 마치 열쇠에다 나뭇조각을 달아두는 것과 같이 실은 그것을 잘 기억해 두었다가 잃어버리는 일이 없도록, 또는 얼른 찾을 수 있도록 하기 위함이다. 예컨대 아이가 날을 위쪽으로 하여 칼을 두거나 다른 사람이 다치기 쉬운 곳에 칼을 둘 경우에, 옛사람들은 천사들이 식탁 위를 이리저리 산보하다가 그 칼에 발을 다치게 된다고 말하곤 했는데, 이것은 그들이 그렇게 믿었다기보다도 그 아이가 다시는 그런 짓을 하지 않도록 명심시키려 했기 때문이었다. 살아생전에 불필요하게 소금을 흘린 사람은 그 소금 알갱이 숫자만큼의 시간을 천국의 문 앞에서 기다려야 한다는 옛사람들의 가르침은 그들의 자녀들이나 하인들에게 훈계를 주어, 대수

3) 징표(Wahrzeichen)라는 단어는 '표시(Zeichen)'의 복합어다.

롭잖게 보이지만 쌓이면 중대한 결과를 초래할지도 모르는 사소한 일상사를 주의하도록 경고하려는 것이었다. 또한 그들은 저녁에조차 거울을 그냥 지나치지 못하고 슬쩍 자기 모습을 비춰보아야 직성이 풀리는 허영심 많은 처녀에게는 "저녁에 거울을 보는 여자는 어깨 너머로 악마의 눈길을 만나게 된다."라고 말하곤 했는데, 이와 비슷한 예들은 그밖에도 많다. 우리 조상들은 이런 말들을 통해 유익한 교훈을 표현하고 사람들의 마음에 새겨주고자 노력하였던 것이다. 요컨대 그들은 우리가 동물 세계에서 교훈적인 이야기들을 끌어와서 어린이에게 진리를 깊이 깨닫게 하는 것과 마찬가지로 이야기의 소재를 영계(靈界)에서 끌어왔던 것이다.

*

뫼저는 현명하게도 종교적 이야기와 정치적 이야기를 대비하고 있는데, 후자는 지혜로운 사람을 만드는 것을 목표로 하면서 유용성과 해악을 구분하는 법을 가르쳐주며, 전자는 윤리적 교양을 목표로 하면서 종교적 생각을 갖도록 해주는 것이다. 정치적 이야기에서는 라이네케 푹스가 큰 역할을 하고 있는데, 그는 자신에게 이익이 되는 것이 무엇인지 뚜렷이 알고 있으며, 그 어떤 다른 고려도 없이 자신의 목적만 추구한다. 이에 반하여 종교적 이야기에서는 대개는 천사와 악마만이 영향력 있는 인물로서 등장한다.

*

오리게네스[4]의 말에 따르면, 그의 동시대인들은 온천을, 쫓겨난 천사들이 흘리는 뜨거운 눈물로 생각했다고 한다.

*

미신은 삶의 시(詩)이다. 이 둘은 상상의 존재들을 만들어낸다. 미신과 시는 현실적인 것, 가시적인 것에서 기이하기 짝이 없는 상관관계를 예감해 낸다. 거기에는 공감과 반감이 교대로 찾아온다.

시는 자의적으로 설정한 그런 속박으로부터 금방 벗어나곤 한다. 반면 미신은 마법의 올가미와 같아서, 그것을 벗어나려고 발버둥 치면 칠수록 점점 더 세게 죄어들기만 하는 것이다. 아무리 밝은 시대라 하더라도 미신을 완전히 뿌리치기는 어렵다. 하물며 미신이 어두운 시대와 만나게 될 경우에는, 가련한 인간들의 미개한 의식은 금방 불가능한 것을 향해 치닫게 마련이며, 먼 미래 세계와 영계(靈界)에 영향을 끼칠 수 있기를 꿈꾸게 된다. 즉 희미한 안개에 휩싸인 경이롭고도 풍성한 한 세계가 사람들의 머릿속에 떠오르게 되는 것이다. 그리하여 이런 몽롱한 안개는 수세기에 걸쳐 인간 세계를 무겁게 내리누르고 점점 더 두꺼워진다. 그 결과 상상력이 어지러운 감성을 한껏 북돋우고, 이성은 하늘의 별들처럼 신의 품 안으로 되돌아가 버린 듯 보이며, 오성은 자신의 권리를 관철시킬 수 없기 때문에 절망에 빠지게 된다.

*

시인은 미신 속의 망상을 오성의 테두리 안에서만 인정한다. 그러면서도 그는 미신이 지니고 있는 망상을 여러 면으로 활용할 수 있다. 그 때문에 시인에게는 미신이 해롭지 않은 존재이다.

---

4) 오리게네스(Origenes, 185~254)는 고대의 기독교 신학자다.

반복 투사된 영상[1]

'제젠하임 소식'[2]에 대하여 내 생각을 짤막하게 말하기 위해 나는 일반 물리학, 특히 투명체 내에서의 반사 색채론에서 따온 상징 개념 하나를 사용해야 되겠는데, 여기서 문제가 되는 것은 반복 투사된 영상이다.

1) 청년의 마음속에 지극히 복된 한 환상적 삶이 자신도 모르는 사이에 인상 깊게 비친다.
2) 오랫동안 가슴에 품어왔고, 또한 새로워지기도 한 그 영상은 해를 거듭함에 따라 그 청년의 내부에서 항상 아름답고 정다운 모

---

1) 1822년 가을에 본(Bonn) 대학 교수 네케 제젠하임(Näke Sesenheim)이 괴테를 방문한 적이 있었다. 제젠하임 교수는 『제젠하임으로의 순례(*Wallfahrt nach Sesenheim*)』라는 소책자에서 이 방문을 기록했는데, 이 방문기를 읽은 한 친구가 그것을 필사해서 괴테에게 보내주었다. 이 글은 괴테가 이에 대한 감사의 뜻으로 쓴 것이다. 집필 시기는 1823년 1월로 보이며, 친필 유고로 전해진 것에다 에커만이 이 제목을 붙였다.

2) 알자스 지방의 소읍 제젠하임(Sesenheim)은 청년 괴테의 연인 프리데리케 브리온(Friederike Brion)의 고향으로 유명하다.

습으로 이리저리 출렁인다.

3) 이전에 사랑에 가득한 마음으로 획득했지만 오랫동안 간직해 오기만 했던 그 영상이 마침내 생생한 추억 속에서 밖으로 표현되면서 다시 한번 비친다.
4) 추억 속에서 복제된 이 상은 이 세상의 온갖 방향으로 투사된다. 그리하여 아름답고 고귀한 마음을 지닌 어떤 사람이 그 모습을 접하게 되면 마치 그것이 현실인 양 황홀해하고 그 모습으로부터 깊은 감명을 받게 되는 것이다.
5) 과거로부터 불러낼 수 있는 것은 무엇이든지 현실로 만들고자 하는 충동이 바로 여기서 생겨난다.
6) 그러한 동경이 점점 커지고, 이 동경을 충족시키기 위해서는 적어도 그 추억의 장소만이라도 익혀두기 위해 현장으로 가지 않을 수 없다.
7) 우리의 경우에는 다행스럽게도 그 유서 깊은 장소에서, 그 옛날의 사건과 관계가 있고 사정을 잘 알고 있으며 그 모습에 마찬가지로 깊은 인상을 받은 한 남자가 나타난 것이다.
8) 그리하여 이제 상당히 황량해진 그 장소에서, 진실을 복원할 수 있는 가능성이 생기며, 현존재와 전승의 폐허로부터 제2의 현재를 창조하고, '그날의 프리데리케'를 그녀의 사랑스러운 모습 그대로 사랑할 수 있는 가능성이 생겨난다.
9) 그 결과 이제 그녀의 모습은 그동안 이 세상에서 일어난 모든 변화에도 불구하고 옛 연인의 영혼 속에 다시 한번 비칠 수 있는 것이며, 그 연인에게 아름답고 값지며 고무적인 현재를 새로이 선사할 수 있는 것이다.

이처럼 반복 투사된 풍속도들은 지나간 옛일을 생생하게 기억시키는 데에 그치지 않고, 나아가서는 그것을 더 높은 삶으로 고양시켜 주기까지 한다. 이런 점을 생각할 때, 우리는 반사 색채론적 현상들을 연상하게 되는데, 이 현상들 역시 꼭 마찬가지로 거울에서 거울로 반사를 더해감에 따라 색이 바래는 것이 아니라, 오히려 그런 과정 속에서 비로소 제대로 빛을 발하게 되는 것이다. 그리하여 우리는 예술 및 학문의 역사에서, 교회의 역사에서 그리고 아마도 정치 세계의 역사에서, 여러 번 되풀이되어 왔고, 또 지금도 매일같이 되풀이되고 있는 것에 대한 상징 하나를 얻게 된다.

화해 제안(提案)[1]

『동시대인들의 호의적 증언에 나타난 괴테』[2]라는 8절판의 책이 간행되었다. 이에 나는 '동시대인들의 악의적 증언에 나타난 괴테'라는 그 정반대되는 책을 만들라고 권하고 싶다. 나에게 반감을 가지고 있는 사람들은 거기에 실릴 글을 손쉽게 쓸 수 있을 것이고, 또 그 책은 재미가 있을 것이니, 이윤이 생기는 것이면 어디서나 그 냄새를 맡을 수 있는 출판업자에게는 확실한 돈벌이가 될 것이다.

내가 이런 제의를 하는 것은 다음과 같은 고찰의 결과이다. 즉 보아하니 현재에나 장래에나 일반 문학, 특히 독일 문학에서 나를 도외시할 수는 없을 것 같기 때문에, 모든 역사 애호가들에게는 우리 시대의 사정이 어떠했으며 어떤 정신적 인물들이 활동했는가를 쉽게 알 수 있다는 것이 틀림없이 불쾌하지는 않으리라는 것이다.

---

1) 1823년 가을에 쓰인 것으로 짐작되는 이 글은 1837년에야 『전집(*Quartausgabe*)』의 일부로 출간되었고, 제목은 에커만이 붙인 것이다.

2) 엔제(Varnhagen von Ense)의 책 『동시대인들의 호의적 증언에 나타난 괴테(*Goethe in den wohlwollenden Zeugnissen der Mitlebenden*)』를 가리키며, 괴테의 일흔네 살 생일인 1823년 8월 28일을 기념해 출간되었다.

내 삶을 돌이켜보건대 그것은 나 자신에게도 지극히 흥미로운 책이 될 것 같다. 그도 그럴 것이 내가 많은 사람들의 혐오와 증오의 대상이었고, 이 사람들 역시 자기들 나름대로 독자들의 머릿속에 나에 대한 선입견을 불어넣고자 애썼다는 사실을 내가 과연 부정할 수 있겠는가 말이다. 나는 이런 그들의 행동에 대하여 한 번도 직접 반박하지 않았고, 다만 끊임없는 활동을 통하여 나 자신을 지켜왔으며, 지금까지도 이 활동을, 비록 공박을 받기도 하지만, 거의 종착점에 이르기까지 수행해 왔다는 사실을 잘 알고 있다.

바이런 경을 기리는 괴테의 글[1)]

유감스럽게도 너무 일찍 작고한 노엘 바이런 경과 괴테 씨 사이의 관계에 대해서 알고 싶어 하는 분들이 많다. 이에 관해서는 다음과 같이 간단하게 말할 수 있을 것이다.

이 독일 시인은 고령에 이르러서도 선인들 및 동시대인들의 업적을 면밀하게 검토하고 순수하게 인정하려고 노력해왔고, 진작부터 이런 노력이 자신의 교양을 쌓기 위한 가장 확실한 수단이라고 믿어왔다. 따라서 그는 아마도 바이런 경이 처음 세인의 주목을 끌게 되었을 때 곧 그의 위대한 재능에 주목하게 되었을 것임에 틀림없으며, 그 후에도 바이런 경의 저 뜻 깊은 업적들과 끊임없는 노력들을 계속해서 꾸준한 관심을 지니고 지켜보았던 것이다.

여기서도 쉽게 알 수 있는 바이지만, 빠르게 연이어 출간한 작품들이 양적으로 많아지고 질적으로 고양됨에 따라 사람들도 그의 문학적 업적을 그만큼 더 인정하기에 이르렀다. 만약 이 천재 시인이 정열적

---

1) 이 글은 1824년에 쓰였으며, 메드윈(Thomas Medwin)의 책 『바이런 경에 관한 담론(*Conversation of Lord Byron*)』에 게재되었다. 괴테가 바이런 경의 인간적 · 예술적 발전 과정에 대해 큰 관심을 지니고 있었다는 것은 주지의 사실이다.

인 생활 방식과 내적인 불안 때문에 자신의 그처럼 재치에 넘치고 무한한 창작력을 위축시키고, 그로 인해 그의 친구들이 그의 고귀한 현존재를 보며 느끼는 감미로운 즐거움이 줄지 않았더라면, 이와 같은 업적에 대한 현세의 관심과 상찬은 완전할 수 있었을 것이다.

독일에 있는 숭배자는 그의 이러한 단점에도 조금도 흔들림이 없이 괴팍하기 이를 데 없는 그처럼 기이한 삶과 시작(詩作)을 관심 있게 지켜보았다. 물론 우리 독일인들은 지난 수세기 동안 이러한 괴팍함을 좀체 본 적이 없을뿐더러, 그런 쪽으로 발전해 가리라고 전망할 만한 요소 또한 전무했기 때문에, 바이런의 삶이 그만큼 더 특별히 사람들의 눈에 띄게 되었던 것도 사실이다.

그러는 동안 독일 시인의 이러한 관심과 노력을 그 영국 시인이 알게 되어, 영국 시인 쪽에서도 자신의 시 작품들 속에서 자기가 이 사실을 알고 있음을 명백히 보였으며, 나아가서는 인편을 통해 안부를 전해 오기도 했다.

그러던 중 뜻밖에도 갑자기, 비극 『사르다나팔로스(*Sardanapalus*)』의 헌사[2] 원본을 인편을 통해 보내 왔는데, 그것은 매우 영광스러운 내용이었으며, 출간 계획 중인 극작품의 앞면에 그 헌사를 인쇄해도 좋겠느냐는 친절한 문의가 곁들여 있었다.

그 인간됨과 업적으로 고령에 유명해진 독일 시인은 이 헌사의 내용을, 한 탁월하고도 고매하며, 자신에 맞는 대상을 스스로 창조해 내는 무진장한 정신의 소유자가 감사와 겸손의 마음을 글로 표현한 것으로 간주할 수 있었다. 또한 그는 여러 가지 사정으로 연락이 늦어진

---

2) "To the illustrious Goethe a stranger presumes to offer the homage of a literary vassal to his liege-lord, the first of existing writers, who has created the literature of his own country, and illustrated that of Europe. The unworthy production which the author ventures to inscribe to him is entitled *Sardanapalus*."

결과 『사르다나팔로스』가 그런 헌사 없이 출간되었을 때에도 하등의 불만이 없었으며, 어쨌든 석판 인쇄본 하나를 지극히 귀한 기념품으로 소유하게 된 데에 대하여 행복감을 느낄 따름이었다.

하지만 고귀한 바이런 경은 자신의 동시대인이자 정신적 동지인 그 독일 시인에게 뜻 깊은 우의를 표하고자 했던 자신의 계획을 포기하지는 않았으니, 그것은 비극 「베르너(Werner)」의 첫 장이 지극히 값진 헌사[3]로 시작되고 있는 것만 봐도 알 수 있다.

이렇게 되자 독일의 노시인의 심정이 어떠했을까는 가히 짐작할 수 있을 것이다. 그처럼 고매한 명성을 지닌 사람으로부터 전혀 예상 밖으로, 우리 인간 세상에서는 드물게 볼 수 있는 대단한 호의를 받게 된 것이 아닌가! 그리하여 그 역시 자신의 비할 데 없는 동시대인에 대하여 자신이 얼마나 깊은 존경심을 품고 있으며 얼마나 고무적인 공감을 느끼고 있는가를 분명하고도 힘차게 천명할 마음의 준비를 하게 되었음을 세인들은 이해할 수 있으리라. 그러나 그것은 곧 쉽지 않은 일임이 드러났으며, 실행에 옮기려고 접근하면 할수록 그만큼 더 커지는 과업이었다. 그도 그럴 것이 고찰이나 언어를 통해서는 이루 다 논할 수 없는 업적을 이룩한 인물을 두고 또 무슨 말을 할 것인가?

그러던 중 1823년 봄에 스털링[4]이라는 인상 좋고 행실이 바른 한 청년이 제노바로부터 곧장 바이마르로 왔는데, 그는 그 존경받는 시인의 친필 몇 자가 담긴 쪽지를 추천장으로 가져왔다. 이 일이 있고 나서 곧 바이런 경이 그의 위대한 재능과 그의 다방면에 걸친 능력을 바다에 대한 고상하고도 위험한 모험에 쏟고 있다는 소문이 들려왔다. 사정이 이렇게 되고 보니 더 이상 우물쭈물하고 있을 때가 아니었

3) "To the illustrious Goethe by one of his humblest admirers this tragedy is dedicated."
4) 스털링(Sterling)은 당시 제노바 주재 영국 영사의 아들이다.

다. 그래서 급히 다음과 같은 시[5]를 썼다.

이 시가 제노바로 보내졌다. 그러나 그것은 더 이상 그의 손에 들어갈 수가 없었다. 그 훌륭한 친구는 벌써 범선을 타고 출항한 다음이었으며, 벌써 모든 사람들로부터 멀리멀리 떠나가 버린 것처럼 보였다. 그러나 그는 폭풍우에 묶여 리보르노[6]에 내리게 되었으며, 거기서 그 정성껏 보낸 시가 가까스로 그의 손에 들어가게 되었다. 그리하여 그는 1823년 7월 22일 다시 출항을 하면서, 순수하고 아름다운 감정을 담은 글을 적어 그 시에 대해 응답을 할 수 있었다. 이 글발이야말로 값진 교우 관계를 보여주는 이루 말할 수 없는 가치를 지닌 증거로서, 그 소유자가 가장 값나가는 서류들과 함께 보관하고 있는 것이다.

이 글발은 정말이지 우리에게 기쁨과 감동을 주고 우리로 하여금 지극히 아름다운 삶의 희망을 갖도록 자극을 주는 것임에 틀림없다. 그럼에도 불구하고 이 글발의 고매한 필자가 때 아닌 죽음을 맞은 현재, 이 글발의 가치는 가장 위대하면서도 가장 가슴 아픈 것이 되었다. 이 글발을 보고 있노라면 그가 가고 없는 데에 대해 덕망 있는 시인들이 느끼는 일반적인 슬픔이 우리에게는 유달리 더 큰 슬픔으로 다가오기 때문이다. 우리는 노력을 한 끝에 이제 막 그 빼어난 정신의 소유자를, 알게 돼 행복한 친구이자 가장 인간적인 승리자를 친히 만나 사귀어볼 수 있는 자격을 획득한 터였던 것이다.

그러나 이제 우리의 마음속에서는 확신이 생긴다. 즉 그의 나라 사람들 일부가 그에 대해 분개하고 책망하고 비난해 오던 예의 그 흥분 상태에서 어느 날 불현듯 깨어날 것이라는 확신 말이다. 그리하여 결

---

5) 「바이런 경에게 부치는 시(An Lord Byron)」(함부르크판 전집 제1권, 348쪽 참조).

6) 리보르노(Livorno)는 이탈리아의 항구 도시 이름이다.

국에는 그의 나라 사람들 모두가 다음과 같은 사실을 깨닫게 되리라는 확신 말이다. 시대와 개인의 모든 껍데기와 찌꺼기는, 비록 천재라 할지라도 그것을 한번은 몸에 걸쳐야 하고 한번은 벗어 던져야 하는 것이지만, 단지 순간적인 것, 덧없는 것, 무력한 것에 불과하며, 이에 반하여 그가 현재와 미래의 자기 조국에 선사한 놀라운 명성은 그 찬연함에서 한량이 없고 그 영향력에서 측량할 수 없는 것으로서 영원히 남을 것이라는 확신 말이다! 그렇다, 그렇게도 많은 위대한 이름들을 자랑할 수 있는 이 나라는 머지않아 그를 성화(聖化)하여, 자신의 명예를 영원히 지켜주는 저 위대한 이름들의 반열에다 그를 올려놓고야 말 것이다.

세르비아의 민요[1]

벌써 꽤 오래전부터 갖가지 고유한 민속 문학들은 그 특별한 가치를 인정받아 왔다. 이와 같은 민속 문학들을 통하여, 각 민족들이 국가적 중대사, 씨족 관계, 화합과 분쟁, 동맹과 전쟁 등에 관한 그들의 집단적 관심사들을 전승시키기도 하고 또는 개개인들이 자신의 남모르는 비밀, 집안의 관심사 및 정분 관계를 털어놓기도 하는 것이다. 독일인들이 진지하고도 따뜻한 관심을 가지고 이에 대한 연구를 해온 지도 이미 반세기가 넘는다. 그리고 나는 나 자신이, 이러한 애착을 가지고 연구를 끊임없이 계속하고 이 연구를 갖은 방법으로 널리 퍼뜨리고 장려하고자 애쓴 사람들에 속한다는 사실을 부정하지 않는다. 뿐만 아니라 나는 의미상 또는 창법상 이와 비슷한 많은 시들을 감정

---

1) 세르비아 민요에 대한 괴테의 관심은 1775년까지 거슬러 올라갈 정도로 깊다.(함부르크판 전집 제1권, 82쪽 이하 참조.) 세르비아인 부크 카라지치(Vuk Stepan Karadžić)가 그의 세르비아 민요집(1814년 이후 속간)을 괴테에게 보내면서 서문을 써주길 부탁한 적이 있으나, 괴테는 이 요청에 미처 응하지 못하다가, 1823년에야 야코프 부인(Therese Albertine Luise von Jakob, 1797~1870)이 그 세르비아 민요집의 번역판 원고를 보내오자 비로소 이 글을 쓰게 되었다. 이 글은《예술과 고대 문화》지(1825년 제5권 제2집 35~60쪽)에 처음 게재되었다.

이 순수한 작곡가들에게 때때로 공급하는 데에도 소홀하지 않았다.

여기서 우리가 기쁜 마음으로 고백할 수 있는 것은, 저 소위 민요라고 불리는 노래들이란 정규 음악에는 맞지 않는 단순한 음으로 되어 있고 대개는 부드럽게 흐르며 그 결과 사람들이 공감하게 만드는 그러한 기분 좋은 멜로디를 통해서 사람들의 입에 자주 오르게 되고 그들의 사랑을 받게 된다는 사실이다. 이렇게 공감을 할 수 있는 상태에서 우리는 마치 바람의 신 아이올로스의 하프 소리에 빠져 있을 때처럼 그 어떤 전체적이면서도 막연한 쾌적감에 젖은 채 그 부드러운 멜로디를 계속 즐기려고 하며, 그다음에도 자꾸만 그 상태로 되돌아가고 싶은 동경을 느끼게 된다.

그러나 이런 시들이 마침내 글로 적히거나 활자화되어 우리의 눈앞에 주어질 때, 우리가 훌륭한 시라고 말할 수 있는 것들은 단지 다음과 같은 것들에 국한될 것이다. 즉 그것들은 정신과 오성, 상상력과 기억력까지도 분주하게 활동시키는 시들이어야 하고, 한 원시 민족의 고유성들을 직접적이고 내용으로 충만한 전승 형식 속에서 우리에게 보여주는 시들이어야 하며, 상황을 제약하는 장소적 특징들과 거기서 연유하는 여러 상관관계들을 분명하고도 아주 특이하게 우리의 직관적 인식에 연결해 주는 시들이어야 할 것이다.

그러나 이런 노래들은 옛 시대와 관계되긴 하지만 대개 후대에 쓰인 것들이다. 따라서 이 노래들에서 우리는 차츰차츰 변형되긴 했지만 예부터 전해 내려오는 특성을 요구하는 것이며, 아울러 가장 오래된 시대에 알맞은 단순한 창법을 요구하는 것이다. 또한 이와 같은 고려에서 우리는 자연스럽고도 소박한 시는 단지 단순하고, 어쩌면 단조롭기까지 한 리듬만을 지니고 있다는 사실에 만족할 수밖에 없을 것이다.

최근에 소개된 이런 종류의 수많은 시들 중에서 우리가 여기서 언급하고자 하는 것은 최근까지 연면히 내려오는 근대 그리스의 민요다. 세르비아의 민요들은 비록 이보다 더 고대적이지만 이 근대 그리스 민요와 이어지거나 혹은 이와 이웃하여 서로 접하거나 중복된다고 볼 수 있을 것이다.

그러나 여기서 우리가 잊지 않고 강조해야 할 한 가지 중요한 점이 있는데, 이러한 국민시(國民詩)들은 그 상호 연관성으로부터 개별적으로 떼어져서 고찰될 수 없으며, 하물며 그것을 개별적으로 분리한 채 평가하거나 그 올바른 의미를 즐길 수는 더더구나 없다는 것이다. 보편적으로 인간적인 것은 모든 민족에게서 반복되어 나타나지만, 낯선 옷을 입고 있거나 먼 하늘 아래에 있을 때에는 특별한 관심을 불러일으키지 못하는 법이다. 어느 민족의 것이든 간에 너무 특수한 것은 이질감을 불러일으킬 뿐이고, 이상해 보일 따름이며, 우리가 아직 개념으로 이해하지 못하여 어떻게 받아들일지 모르는 모든 독특한 것들이 다 그렇듯이 종종 불쾌감을 자아낼 따름이다. 그러므로 이와 같은 시들은 여러 작품을 한꺼번에 고찰해야 한다. 그렇게 되면 그 시들이 풍요로운가 빈약한가, 편협한가 원대한가, 유서 깊은 전통에서 우러난 것인가 일상생활에서 나온 얄팍한 것인가를 훨씬 더 잘 인지하고 거기에 대한 평가까지도 쉽게 내릴 수 있는 것이다.

그러나 뻔한 머리말에 너무 오랫동안 지체하지 말고 바로 본론으로 들어가기로 하자. 우리가 우선 논하고자 하는 대상은 세르비아의 민요들이다.

수많은 민족들이 동쪽으로부터 이동하며 유랑하기도 하고 지체하기도 하며, 다른 민족을 쫓다가 또 쫓기기도 하며, 초토화하기도 하고 경작하기도 하다가 다시금 땅을 더 이상 소유할 수 없는 상황에 부딪혀, 옛날의 유목민 생활을 처음부터 다시 시작하기도 하던 그런 시대를 상기해 보자.

세르비아족과 그 친족들은 북쪽에서 동쪽으로 유랑하면서 마케도니아에 머물다가 곧이어 중앙 지대, 즉 이른바 원래의 세르비아를 향하여 되돌아오게 된다.

이제 무엇보다도 먼저 고찰해야 할 것은 세르비아의 옛 위치일 터인데, 짧은 시간에 그것을 이해한다는 것은 어려운 노릇이다. 세르비아라는 땅은 시대에 따라 매번 변해 왔다. 그것은 어떤 때는 널리 뻗쳐 있었고 어떤 때는 위축되어 있었으며, 그 민족이 내분을 겪고 있느냐 외압을 당하고 있느냐에 따라 여러 곳에 흩어져 있거나 한군데에 몰려 살고 있었다.

어쨌든 오늘날의 세르비아보다 좀 더 광활하고 넓은 지역을 상상하는 것이 좋겠고, 어느 정도의 현장감을 얻고 싶은 사람은 우선 사바 강이 도나우 강과 만나는 지점, 즉 오늘날 베오그라드가 있는 곳에서 발걸음을 멈추는 것이 좋을 것이다. 그러고는 상상력을 동원해, 사바 강의 우안(右岸)을 따라 올라가고 도나우 강의 우안을 따라 내려가면서 북쪽 경계선을 찾아보고, 남쪽 산악 지대로 내려갔다가 그것을 넘어 아드리아 해에까지 이르고 동쪽으로는 몬테네그로에 이르기까지 주욱 내려가면 될 것이다.

그러고 나서 가깝고 먼 곳의 이웃 민족들을 둘러보자면, 베네치아인들, 헝가리인들, 그리고 그 밖의 들고 나는 여러 민족들과의 관계를 발견할 수 있고, 특히 옛날에는 그리스 제국과 깊은 관계를 맺어온 것을 알 수 있는데, 어떤 때에는 조공(朝貢)을 바치기도 하고 또 어떤 때에는 받기도 했으며, 어떤 때에는 적이기도 했고 또 어떤 때에는 우방이기도 했다. 그리고 나중에는 터키 제국과도 이와 똑같은 관계를 갖게 되었다.

이 지역에 마지막으로 이주해 들어온 민족은 도나우 강 유역의 토지와 땅에 애착을 지니게 되어 자신들의 소유를 지키고자 주변의 고

지대에다 요새를 쌓고 도시형 궁성들을 짓고 살았다. 그러나 이 민족은 항상 전쟁의 긴장 속에서 살지 않으면 안 되었다. 그들의 정치 체제는 한 수장(首長) 군주의 느슨한 지배를 받고 있는 일종의 군주국 연합체로서, 몇몇 군주들은 수장의 명령에 복종했지만, 다른 군주들은 아마도 정중하게 요청을 해야 그의 말을 들어주는 정도의 관계였을 것이다.

그러나 크고 작은 군주들의 왕위 계승은 중대한 문제로 다루어졌으며, 그 결정은 전적으로 아주 옛날부터 내려오는 경전들, 즉 성직자의 손 또는 회의 참석자 개인들의 보물 창고에 소중히 보관되어 온 경전들의 지침에 따라야 했다.

이렇게 볼 때 이제 우리는 이 시들이 상상력의 소산이기도 하지만 어떤 역사적인 근거, 즉 실제로 일어났던 내용을 지니고 있다는 것을 확신하게 되는 것이며, 따라서 이 시들의 연대기를 조사해 내는 일이 어느 정도까지나 가능할까 하는 질문이 생기게 된다. 여기서 문제가 되는 것은 그 사실이 어느 시대에 일어났느냐이지 그 시가 어느 시대에 쓰였느냐는 아니다. 구비로 전승된 시들에서 그 생성 연대를 묻는 것은 그렇지 않아도 매우 대답하기 어려운 질문일 테니까 말이다. 오래된 사실이 하나 있을 때 그것은 이야기되고 노래로 불리며, 또 다시금 노래되곤 하는 것이다. 그것이 언제 처음으로, 그리고 언제 마지막으로 불렸는지는 언급되지 않는다.

이렇게 본다면 세르비아 시들의 연대기적 구획도 차츰 분명해지게 된다. 투르크족들이 유럽에 도착하기 전, 즉 1355년 이전의 것으로 보이는 시들은 거의 없다. 그러나 그 이후에 몇몇 시들은 투르크 황제의 도읍지 아드리아노플을 분명히 언급함으로써 시대적 증거를 제공하고 있으며, 그보다 더 나중의 시들은 비잔틴을 정복한 후 투르크가 그 인근 민족들에게 점점 더 막강하게 느껴지게 되던 시기에 해당한다. 마지막 단계의 시들은 최근에 들어와서 투르크인과 기독교인이 무역이나 모험적 사랑을 통하여 서로 영향을 주고받으며 평화롭게 뒤섞여 살고 있는 모습을 보여주고 있다.

가장 오래된 시들은 이미 상당한 수준의 문화가 있었음에도 불구하고 미신적이고 야만적인 성향을 두드러지게 드러내고 있다. 가령 인간이 제물로 바쳐지는 장면이 있는데, 그것도 지극히 혐오스러운 방법으로 바쳐지고 있다. 스쿠타리(슈코더르) 요새를 짓기 위해 젊은 여자를 그 속에 가둔 채 성벽을 쌓아버린다는 것인데, 부적과 비슷한 종교적 형상들만을 사용하는 근동과 비교해 볼 때 이것은 훨씬 더 야만적인 관습이 아닐 수 없다. 근동에서는 이런 방호 및 공격용 요새들을 난공불락의 요새로 만들기 위해 성의 비밀스러운 곳에 파묻어둔 신통력이 부여된 형상들이 발견되곤 한다.

자, 그러면 이제 관례에 따라 먼저 전쟁 영웅담부터 이야기해 보기로 하자. 최고의 전쟁 영웅이며 아드리아노플에 있는 황제와도 그럭저럭 잘 지내고 있던 마르코(Marko)는 그리스의 헤라클레스나 페르시아의 전설적 영웅 루스탄(Rustan)에 비견되는 야만적 대칭 인물로 생각할 수 있겠는데, 물론 그의 행동거지는 스키타이족답게 지극히 야만적이다. 그는 세르비아의 모든 영웅들 중에서 무적의 최고 영웅이며, 막강한 체력의 소유자에다 무조건적인 의욕과 수행 능력을 지닌 자이다. 그는 백쉰 살이나 되는 말을 몰고 다니며 그 자신은 삼백 살이다. 그는 마지막으로 죽을 때에도 완전한 근력을 지닌 채 죽으며, 그 자신 또한 왜 죽게 되는지 이해할 수도 없을 지경이다.

이렇게 구분된 시대들 중 최초의 시대는 그러니까 아주 이교도적인 면모를 띠고 있으며, 중간 시대의 시들은 기독교적 색조를 띠고 있다. 그러나 이 기독교적 색조라는 것도 따지고 보면 단지 종교적인 것일 뿐이다. 좋은 작품들을 쓴다는 것은 엄청난 흉행(兇行)들을 용서할 수 없는 사람의 유일한 위안이다. 온 나라가 시적인 미신에 사로잡혀 있다. 아주 많은 사건들에 천사들이 개입되어 있는 데에 반하여, 악마의 발자취는 보이지 않고 있다. 명부에서 되돌아온 죽은 사람들이 큰 역할을 하며 또한 경이로운 예감이나 예언, 그리고 새들이 전해 주는 소식 따위가 용감무쌍한 사람들에게까지도 겁을 주곤 한다.

하지만 모든 사람들 위에 그리고 어디에나 일종의 비이성적인 신이 지배하고 있다. 거역할 수 없는 한 운명적 존재가 절대적으로 군림하고 있는데, 황야에 머물고 산과 숲에서 잠을 자며 음향과 목소리로써 예언과 명령을 고지하는 빌라(Wila)라는 이름의 이 신은 지혜의 상징인 부엉이와도 비슷하지만, 가끔은 여성의 모습으로 나타나기도 하고 지극히 아름다운 여자 사냥꾼으로 찬미되기도 하며, 심지어는 구름을 모으는 여자로 통하기도 한다. 그러나 일반적으로는 태곳적부터 내려오기를, 인간이 감히 말을 걸 수 없는 소위 운명의 신들이 도대체가 모두 그런 것처럼, 그 역시 우리 인간에게 덕을 베푼다기보다는 해악을 끼치는 존재로서 알려져 있다.

중간 시대에서 우리가 주목해야 할 것은 세력을 떨치고 있던 투르크족들과의 투쟁이며, 1389년 암젤펠트(Amselfeld)의 전투가 이 시대의 마지막을 장식하게 된다. 이 전투에서 세르비아인들은 자기 진영의 배반 때문에 패배하게 되는데, 그 후 완전히 이민족에 예속되어 버릴 가능성도 배제할 수 없었다. 체르니 게오르크(Czerny Georg)[2]의 투쟁에 대해서는 아마도 문학적 기록이 아직 남아 있을 법하다. 이것에 직접 이어지는 가장 가까운 시대의 문학적 산물로는 슐리오트인들[3]의 탄식 섞인 기록이 있다. 이것은 그리스어로 되어 있긴 하지만, 지정학

2) 투르크족의 지배에 항쟁(1804~1812)한 세르비아의 지도자로서 1817년에 암살되었다.

3) 세르비아계 민족들 중 슐리오트인(die Sulioten)은 최후까지 영웅적 항쟁을 했다.

적으로 중간에 위치해 있기 때문에 스스로 독립하여 이웃 열강과 맞서기가 어려운 민족들이 공통적으로 겪는 불행을 노래하고 있다.

한편 연애시들 역시 개별적으로 떼어서가 아니라 덩어리 전체를 한꺼번에 훑어봐야 음미하고 감상할 수 있는데, 이것들은 이루 말할 수 없는 아름다움을 지니고 있다. 이 시들이 무엇보다도 먼저 고지하고 있는 내용은 사랑하는 사람들이 서로 숨김없이 솔직하게 터놓음으로써 도달하는 완전한 만족인데, 또한 이와 동시에 그들은 사랑을 통해 재치 있게 되고 농담을 주고받는 가운데에 우아해지기도 하며, 의외의 생각이 떠오르거나 즐거움을 느낀 한쪽, 또는 양쪽에서 노련한 설명이 속출하기도 한다. 사람들이 현명하고 대담하여, 여러 가지 장애들을 물리치고 꿈에도 그리던 애인을 차지하게 되는가 하면, 더 이상 가망 없는 고통스러운 이별이 내세에서는 어쩌면 이루어질 수 있을지도 모른다는 전망을 통해 위로를 받기도 한다.

어느 시나 할 것 없이 모든 시들이 다 짧지만 내용을 이해할 만큼은 충분히 묘사되어 있으며, 대개의 경우에는 우선 자연 묘사나 그 어떤 풍경에 대한 감정, 또는 어떤 자연 요소의 작용에 대한 예감 따위로 서두를 열고 있다. 느낌과 기분의 표현은 언제나 변함없이 지극히 진실하다. 애정 어린 감정은 오직 젊은이에게 바쳐져 있고, 노인은 멸시되거나 경시되고 있다. 너무 마음씨가 헤픈 처녀들은 퇴짜를 맞거나 버림받게 되는 한편, 총각도 그럴듯한 구실이 없을 때에는 슬쩍 피하면서 아름다운 아가씨보다는 자기 말[馬]에 더 마음을 쏟는다. 그러나 일단 진지하게 서로 사랑하는 사이일 경우 형제나 다른 친척들이 그들의 선택과 애정을 방해하면서 달갑잖은 간섭을 하려 들 때에는 그것을 매우 단호하게 물리친다.

하지만 이러한 장점들을 올바르게 인식하려면 그것들을 직접 읽고 느끼는 길밖에 없다. 그래서 우리가 세르비아의 사랑의 노래들에서 경탄해 마지않는 모티프와 표현법의 다양성을 불과 몇 마디 안 되는 말로 묘사해 보려는 것 자체가 벌써 지나친 모험이다. 그럼에도 불구하고 우리는 세인의 관심을 유발하기 위해 이하에서 그와 같은 모험을 단념하지 않고 감히 시도해 보는 바이다.

1) 항상 속눈썹을 내리깔고 있는 한 세르비아 아가씨의 정숙함. 한없이 아름다운 노래.
2) 한 남자가 애인에게 농담조로 던지는 열정적인 저주의 말.
3) 아침에 깨어나는 여인의 감정. 애인이 아직도 달콤한 잠에 취해 있기에 그녀는 차마 그를 깨우지 못한다.
4) 사별(死別). 장미, 술잔, 눈덩이 등이 경이롭게 묘사되어 있다.
5) 페스트로 폐허가 된 사라예보.
6) 믿을 수 없는 여자에게 퍼붓는 저주의 말.
7) 사랑의 모험. 정원의 아가씨가 특이하게 묘사되어 있다.
8) 우정의 소식. 꾀꼬리 두 마리가 그들의 친구인 신랑이 함께 있지 않음을 아쉬워하며 약혼녀에게 그의 말을 전한다.
9) 애인에게 화가 나서 죽어버리고 싶은 마음. 세 가지의 고통을 부르짖는다.
10) 사랑하는 여자의 결혼식에서 들러리로서 제3자의 손에 그녀를 인도해 주는 역을 맡은 한 남자의 내적 갈등.
11) 사랑의 소망. 한 아가씨가 그녀의 애인이 샘솟는 개울물이 되어 마당을 가로질러 흘렀으면 하고 소망한다.
12) 사냥의 모험. 아주 기괴하다.
13) 사랑하는 남자를 배려하여 아가씨는 즐겁게 보이지 않으려고 노래를 하지 않으려 한다.
14) 총각이 과부에게, 노인이 처녀에게 구혼을 하는 전도된 풍속에

대한 개탄.

15) 딸에게 어머니가 너무 많은 자유를 주는 것 같다는 한 총각의 한탄.

16) 처녀가 남자들의 변덕스러운 마음을 비난하고 있다.

17) 처녀가 말(馬)과 더불어 나누는 내밀하고도 즐거운 대화. 말이 자기 주인의 마음과 생각을 그녀에게 털어놓는다.

18) 배신한 그 남자에게 저주가 내리기를!

19) 호의와 염려.

20) 늙은이보다는 젊은이를 택하게 되는데, 그 표현 방법이 아주 부드럽다.

21) 선물과 반지의 차이점.

22) 사슴과 빌라 여신. 숲의 여신이 사랑의 번민에 빠진 사슴을 위로한다.

23) 처녀가 애인을 차지하기 위해 오빠를 독살한다.

24) 처녀가 자신이 사랑하지 않는 사람을 거부한다.

25) 아름다운 여급. 그녀의 애인은 손님들 중에 함께 있지 않다.

26) 일하고 난 뒤의 안온한 휴식. 매우 아름다우며, 『구약』의 「아가서(雅歌書)」와도 비교될 만하다.

27) 결박당한 처녀. 구출을 위한 항복.

28) 이중의 저주. 그녀 자신의 눈과 배신한 애인의 눈이 모두 멀기를!

29) 키 작은 아가씨의 장점. 그리고 작을수록 좋은 다른 것들.

30) 사랑하는 여인을 찾아내어, 잠자고 있는 그녀를 부드럽게 깨우다.

31) 어떤 직업의 남편을 얻게 될까?

32) 사랑의 기쁨을 수다로 망쳐 버리다.

33) 죽어서도 변치 않는 절개. 무덤에서 피어나는 꽃들.

34) 멀리 떼어놓기. 낯선 여자가 오빠를 꽉 붙잡고 있어서 그가 누이를 찾아오는 것이 자꾸 늦어진다.

35) 애인이 객지에서 귀환하는데, 낮에는 그녀를 관찰만 하고 있다가 밤에 갑자기 들이닥친다.

36) 버림받은 처녀가 눈길을 걸어가는데, 느끼는 것은 오직 차디차게 식은 가슴뿐!

37) 세 명의 처녀가 각각 반지, 허리띠, 총각을 소원했는데, 마지막 처녀가 제일 좋은 몫을 선택했다.

38) 단념의 맹세. 그 맹세에 대한 후회.

39) 말 없는 가운데에 끌리는 마음. 지극히 아름답다.

40) 결혼식을 올린 여자가 첫날밤 전에 되돌아온 남자를 사랑한다.

41) 결혼 준비. 신부(新婦)의 놀라움.

42) 속도가 빠르며 익살맞다.

43) 이루지 못한 사랑, 말라 시들어버린 가슴.

44) 슈테판 공작의 홀대받은 신부.

45) 어떤 기념비가 가장 오래 남는가?

46) 꼬마가 유식하다.

47) 아버지, 어머니, 형제보다 남편이 최우선! 무장한 남편한테로!

48) 사랑이라는 죽을병.

49) 가까이 있으면서도 가까이할 수 없는 사람.

50) 이 아가씨가 누구 본을 보았나?

51) 기수(旗手) 아가씨.

52) 사로잡혔다가 곧 풀려난 꾀꼬리.

53) 세르비아의 미녀.

54) 유혹이 최상책.

55) 화염에 휩싸인 베오그라드.

이제부터는 언어에 관하여 단지 몇 마디로써 꼭 필요한 사실을 말해야 하겠는데, 이것이 특히 어렵다.

슬라브어는 두 개의 주요 방언으로 나누어지는데, 북슬라브어와 남슬라브어가 그것이다. 러시아어, 폴란드어, 보헤미아어는 북슬라브어에 속하고, 슬로베니아인, 불가리아인, 세르비아인은 남슬라브어를 말하는 민족에 속한다.

그러니까 세르비아 방언은 남슬라브어의 한 하위 단위인데, 아직도 500만 인구가 이 말을 쓰고 있으며, 모든 남슬라브어 방언들 중에서 가장 힘 있는 방언으로 인정받고 있다.

하지만 이 방언의 장점들에 관해서는 그 나라 자체 내에서도 의견이 상충하고 있다. 즉 두 파가 서로 대립하고 있는데, 그 실상은 다음과 같다.

세르비아인은 9세기에 번역된 옛 성경[4]을 갖고 있는데, 이것은 유사한 방언인 옛 파노니아어[5]로 쓰인 것이다. 이 파노니아 방언은 오늘날 성직자와 학문에 종사하는 모든 사람들에 의하여 언어의 기초 및 표본으로서 간주되고 있다. 그들은 말할 때, 글 쓸 때, 그리고 업무를 협의할 때 이 말을 쓰면서 이 말을 장려하고 애호한다. 이에 반하여 그들은 민중의 말과는 전혀 무관한 태도를 취하면서, 민중의 말이 파노니아어에서 파생된 것이며 진정하고 올바른 어법을 망치는 독소라고 비난하고 있다.

그러나 이 민중어를 보다 자세히 관찰해 볼 것 같으면, 이것이 본

---

4) 이 성경은 슬라브인 사도 퀴릴(Kyrill)과 메토디오스(Methodios)가 고대 슬라브어(고대 불가리아어)로 번역한 것이다.

5) 파노니아(Pannonien)는 도나우 강 중류에 위치한 옛 로마의 속주(屬州).

원적 특성을 띠고 있는 언어이고, 파노니아어와는 근본적으로 다르며, 그 자체로서 살아 있는 언어로 보이며, 일상생활의 모든 표현은 물론이고 시적 묘사를 위해서도 충분한 언어로 보인다. 바로 이 언어로 쓰인 시들이 우리가 논의하고 칭찬해 마지않는 것들인데, 이것들이 세르비아의 식자층 사이에서는 경시되고 있으며, 그 때문에 이 시들은 기록된 적도 없고 인쇄된 적은 더욱 없다. 이 시들을 접하기가 그처럼 어려웠던 것도 바로 이 때문이었다. 이 어려움은 오랫동안 도저히 극복할 수 없는 것으로 생각되어 왔지만, 그 어려움이 극복되고 난 이제야 비로소 그 원인도 우리에게 명백하게 드러나게 된 것이다.

이제 이 문학에 대한 나의 입장을 말해야겠는데, 내가 우선 고백하지 않을 수 없는 것은 나는 여러 번 기회가 있었음에도 불구하고 슬라브어 계통의 그 어떤 언어도 직접 익히거나 연구한 적이 없으며, 그 결과 이 위대한 민족들의 원어로 된 모든 문학은 내게는 완전히 닫혀 있을 수밖에 없었다는 사실이다. 그렇지만 그 문학이 내 손에까지 들어온 한에는 그 작품들의 진가를 간과한 적은 결코 없다.

내가 「아산 아가(Asan Aga)의 고귀한 부인의 비탄의 노래」[6]를 번역한 지도 벌써 오십 년의 세월이 흘렀다. 이 노래는 수도원장 포르티스[7]의 기행에 소개되어 있었고, 역시 거기서부터 전사(轉寫)한 것이긴 하지만 로젠베르크(Rosenberg) 백작 부인의 「모르라크인들[8]에 관한 노트」에도 실려 있었던 것이다. 나는 거기에 덧붙여 있던 프랑스어판을

6) 함부르크판 전집 제1권 82~85쪽 참조.

7) 이탈리아의 수도원장 포르티스(Alberto Fortis)는 자연과학자이자 지리학자이기도 했는데, 그는 1774년에 베네치아에서 『달마티아 기행(*Viaggio in Dalmazia*)』을 출판했다. 이 책에 「모르라크인들의 습속」이라는 한 장이 있는데, 여기에 아산 아가의 담시가 수록되어 있다. 이것을 독일의 작가 베르테스(Clemens Werthes)가 1774년에 독일어로 번역한 바 있으며, 괴테 역시 1774~1775년경에 이 이국적 소재를 담시로 형상화했던 것이다.

보고 이 노래를 번역했는데, 리듬은 감으로 잡았고, 어순은 원시(原詩)를 참고하여 될 수 있는 한 비슷하게 지키려고 애를 썼었다. 그런 일이 있은 연후에 나는 온갖 슬라브어로 된 시들에 관하여 관심을 갖고 이것저것 문의를 하게 되었으며, 그러다가 수많은 작품을 우편으로 받게 되었다. 하지만 내가 받아본 것은 단지 개개 작품들이었을 뿐이기에 나는 이들에 대한 포괄적 이해를 할 수가 없었고, 그 다양한 종류들을 특성에 따라 올바르게 분류할 줄도 몰랐던 것이다.

그러나 이제 세르비아의 시들에 관해서 말하자면, 그 시들을 구하기란 위에서 언급한 이유 때문에 진작부터 매우 어려운 형편이었다. 그 시들은 기록되어 전해 내려오고 있는 것이 아니라, 구슬라(Gusla)라는 아주 단순한 일종의 현악기 반주와 더불어 구전(口傳)으로 가창되어 오면서 세르비아의 하층민들 사이에 전해져 내려오고 있는 것이었다. 그래서 빈에서 사람들이 몇몇 세르비아인들에게 그와 같은 노래들을 받아 적을 수 있도록 한번 불러줄 수 없겠느냐고 청을 하자 거절을 당한 경우까지 생기게 되었는데, 그 이유인즉 자기들의 조국에서는 교양 있는 사람들이 경멸하는 그들의 그 소박한 노래들이 어떻게 다소나마 높은 평가를 받을 수 있는 것인지, 그 선량하고 단순한 세르비아 사람들은 도저히 이해할 수 없었기 때문이었다. 오히려 그들은 사람들이 그들의 자연적인 노래들을 세련된 독일의 시와 비교하여 깎아내리고, 또 그럼으로써 그들 조국의 비교적 조야한 문화 상태를 비웃으면서 널리 알리려는 것이 아닌가 하고 두려워했던 것이다. 사람들은 예의 그 비탄의 노래에 대한 독일인들의 관심을 준거로 들면서 실은 그 정반대이며 진지한 의도의 관심임을 그들에게 확신시킬 수 있었으며, 또한 아마도 좋은 행동을 보여줌으로써 오랫동안 갈망

8) 모르라크(Morlack)는 남부 달마티아(Dalmatien)의 지명.

해 오던 세르비아인들의 노래를, 단지 개별적이고 산발적이긴 하지만, 가끔 얻어들을 수도 있었던 것 같다.

그렇지만 이 모든 노력은, 부크 스테파노비치 카라지치(Wuk Stephanowitsch Karadschitsch)라는 이름의 한 유능한 남자가 나타나기 전에는 진정한 성과를 거두지 못했다. 그는 1787년생이었으며, 세르비아와 보스니아의 경계에서 교육받은 사람으로서, 도회지에서보다도 시골에서 훨씬 더 순수한 형태로 남아 있는 그의 모국어를 일찍부터 친숙하게 익히고 모국어로 된 민중 시문학(Volkspoesie)을 좋아하게 되었던 것이다. 그는 대단한 진지성을 지니고 이 일에 임했으며, 1814년에는 빈에서 세르비아어 문법과 동시에 약 100곡에 달하는 세르비아 민요들을 묶어 책으로 출간하였다. 나는 그 즉시 독일어 번역과 더불어 그 책을 갖게 되었으며, 예의 비탄의 노래 역시 이제는 원문으로 갖게 되었다. 내가 그 선물을 대단히 값진 것으로 여기고 그것에 대하여 크게 기뻐한 것은 사실이었지만 당시 나는 세르비아 민요에 대한 그 어떤 조감을 할 수 있는 정도에까지는 이르지 못했다. 서구에서는 이 민요 문제가 온당한 대접을 받지 못하고 표류하였으며, 이와 같은 사정으로 미루어보건대 앞으로도 새로운 혼란만 야기될 것 같이 보였다. 당시 나는 이미 근동 쪽으로 도피해[9] 있었으며, 다행스럽게도 동쪽으로 한참 떨어진 곳에 칩거하면서 서구 및 북구와는 거리가 먼 곳에 머물고 있었던 것이다.

그러나 이제는 이 서서히 성숙해 가는 민요 문제가 조금씩 조금씩 그 정체를 드러내고 있다. 부크 씨는 라이프치히의 브라이트코프-헤르텔 인쇄소(Breitkopf-Härtelische Offizin)에서, 그 내용을 위에서 말한 바 있는 노래들을 세 권으로 편찬해 냈으며, 문법과 사전도 덧붙여 놓

9) 『서동 시집』의 세계로 침잠해 들어간 것을 의미하고 있음.

았다. 그리하여 이제 전문가들과 일반 애호가들이 이 분야에 손을 대기가 훨씬 더 쉬워졌다.

또한 이 귀중한 손님이 독일에 머물게 됨으로써 여러 뛰어난 인사들이 이 손님과 접촉을 갖게 되기도 하였다. 카셀의 사서(司書)인 그림(Grimm)은 탁월한 어학적 소질을 지닌 사람의 노련미를 보여주는 가운데에 세르비아어에도 손을 대었다. 그는 부크 씨의 문법책을 번역했으며 여기에다 머리말을 써서 덧붙였는데, 우리가 위에서 설명한 사실은 이 머리말에서 따온 것이다. 우리는 세르비아인의 국민성을 의미와 운율로 재현해 주고 있는 중요한 번역들을 내어놓은 데에 대하여 그에게 감사해야 할 것이다.

철저하고도 신뢰할 만한 연구가인 파터[10] 교수 또한 괄목할 만한 열성으로 참여하였다. 이리하여, 지금까지 생소한 것으로 남아 있던, 그리고 어느 정도 지레 겁을 집어먹고 감히 엄두도 내지 못하던 이 방면의 연구가 우리에게 점점 더 친근해지는 것이다.

사정이 이쯤 된 바로 이 시점에서 더 이상을 바랄 게 없는 한 가지 반가운 일이 생겼다. 특별한 재질과 재능을 지닌 한 여성[11]이, 전에 러시아에 체류한 적이 있어서 슬라브계 언어들이 아주 생소하지만은 않은 터에, 자신의 애정을 세르비아어에 바치기로 결단을 내리고 아주 세심한 활동을 통하여 이 노래의 보고(寶庫)에 헌신하여 풍요로운 업적을 냄으로써 앞서 말한 오랜 세월 동안의 경시와 소홀에다 종지부를 찍은 것이다. 그녀는 외적인 동인(動因) 없이도 내적인 애착과

10) 파터(Johann Severin Vater, 1771～1826): 할레(Halle) 대학의 언어학자.

11) 『세르비아 민요집(*Volkslieder der Serben*)』(metrisch übersetzt und historisch eingeleitet von Talvj, Halle 1825/26)의 역자인 야코프 부인(Therese Albertine Luise von Jakob, 1797～1870)을 가리킨다. 위에서 역자로 되어 있는 탈비(Talvj)는 그녀의 가명.

평가만으로 이 많은 시들을 번역했으며, 이 우수한 문학 형식을 널리 알리는 데에 필요한 만큼의 많은 시들을 간추려 8절판의 책을 내려 하고 있다. 그 책에는 서문도 있어야 하겠는데, 그 서문은 우리가 여기서 우선 논의를 시작한 것을 보다 더 면밀하고 상세하게 논술하여 이 커다란 새로운 업적에 일반인들이 진정한 관심을 보이도록 촉진해야 할 것이다.

독일어는 이런 작업을 하는 데에 특히 적합한 언어이다. 독일어는 모든 어법에 쉽게 어울릴 수 있고 모든 고집을 단념할 수 있으며, 비일상적이고 허용되지 않은 말을 사용한다는 비난을 두려워하지 않아도 된다. 또한 독일어는 어휘, 조어, 단어의 결합, 관용구, 그리고 문법과 수사학에 관한 모든 것에 이르기까지 순응력이 탁월하다. 그래서 독일어로 작품을 쓴 저자들은 표현이 진기하다거나 또는 너무 대담하다고 종종 비난을 받을 수 있다. 그러나 독일어로 번역을 할 때에는 독일어의 순응력을 살려 모든 의미에서 원전에 가깝도록 충실을 기하라는 규준이 제시될 것이다.

한 언어가 이런 장점을 자랑할 수 있다는 것은 사소한 일이 아니다. 물론 우리 독일인들 자신이 우리나라 안에서 이룩한 그 어떤 독창적인 것을 다른 나라 국민들도 그들 나름대로 습득하고 배우게 된다면, 우리는 그것 또한 지극히 바람직한 것으로서 존중하지 않으면 안 된다. 그러나 외국인들이 우리나라에서 우리 토착의 것이 아닌 외래적인 것을 발견하게 된다면, 그것 또한 적지 않은 의미를 지니는 것이다. 우리가 지금까지 그래 왔던 것처럼 허세와 과장을 부리지 않고 이와 같은 접근을 여러 방면으로 달성해 나간다면, 머지않아 외국인들이 우리나라 시장으로 와서, 그가 직접 받아들이기 어렵던 상품들을 우리의 중개를 통하여 구하지 않으면 안 될 것이다.

자, 이제 일반론에서 다시 특수론으로 돌아가자면, 우리는 세르비아의 민요들이 특히 독일어로 잘 번역될 수 있다고 주장해도 별로 반론에 부딪히지는 않을 것이다. 이에 관해서 우리는 여러 실례들을 가지고 있다. 부크 스테파노비치는 우리를 위해 여러 세르비아의 민요들을 독일어로 번역했고, 그의 뒤를 이은 그림(Grimm)은 음절의 장단에 따른 운율로 표현하려 하였으며, 파터 교수는 가장 중요한 시 작품인 「막심 체르노예비치의 결혼식(Die Hochzeit des Maxim Cernojewitsch)」을 산문으로 발췌, 번역하여 우리에게 소개해 주었다. 이에 대해서도 우리는 감사해야 할 것이다. 또한 우리는 여성 역자가 친히 나서서 일하고 큰 관심을 보여준 덕분에 이렇게 빠른 시일 내에 다시 한번 세르비아의 민요들을 개관할 수 있게 된 데에 대하여 고마움을 느끼며, 바라건대 독자들도 곧 이와 같은 개관의 기쁨을 함께 나누게 되었으면 한다.

프리드리히 폰 라우머의 『호엔슈타우펜 왕가의 이야기』[1)]

이 두꺼운 네 권의 책을 나는 짧은 시간 안에 쾌적한 기분으로 한 권씩 읽어 내려갔는데, 읽는 동안 내내 저자에게 감사하는 마음을 느꼈었다. 오래전에 우리나라에서 살다 갔지만 지금은 사람들의 기억 속에서 희미하게 퇴색해 버린 망령들이 갑자기 원기를 되찾고는 생동하는 걸음걸이로 우리 앞을 스쳐 지나가는 것을 본다는 것은 내 나이에는 유쾌한 일이다. 실종된 이름들이 갑자기 특성을 지닌 형상을 하고 나타난다. 역사의 행위들은 우리의 머릿속에서는 대개 어느 한 인물을 중심으로 하여 집중적으로 일어났다고 기억되고 그 때문에 우리는 그 행위들의 원인이나 결과를 잊어버리기가 쉬운 법인데, 이처럼 서로 무관하게 보이던 행위들이 이제 앞뒤로 서로 연결되면서 갑자기 우리에게 새로이 이해되기 시작한다. 그리하여 무의미하게 보이던 세계사가 이제는 약간의 이성을 지니고 있는 것처럼 보이게 되는 것이다. 이

---

1) 베를린의 유명한 사학자 라우머(Fr. Ludw. Raumer, 1781~1873)의 책 『호엔슈타우펜 왕가의 사람들과 그들의 시대에 대한 이야기(*Geschichte der Hohenstaufen und ihrer Zeit*)』는 1823년부터 1825년까지 여섯 권으로 나왔으며, 이 글은 《예술과 고대문화》지(1825년 제5권 제2책, 164~166쪽)에 처음으로 실렸다.

런 점에서 볼 때 《문학에 관한 담화(*Literarisches Konversationsblatt*)》지에 실린 이 저술에 대한 짤막한 소개는 매우 호감이 가고 배울 점이 많은 것이었다.

이 책은 많은 독자들을 끌게 될 것이다. 그러나 이 책을 읽는 사람이 명심해야 할 한 가지 원칙이 있는데, 그것은 최근 유행하는 식으로 그때그때 토막을 내어 읽지 말고 매일매일 꾸준히 일정량을 읽어나가야 한다는 것이다. 장의 분류가 적절하고 갖가지 사건들을 잘 종합해 놓아 이렇게 읽어나가기가 아주 쉽기 때문에 우리는 주의력이 분산되지 않는 가운데에 전체 역사의 진행 과정을 따라갈 수 있는 것이다.

내가 만약 고급 정치, 그러니까 외교 분야에 헌신하고자 하는 젊은 이들에게 충고해야 할 경우가 생긴다면, 나는 그들에게 이 책을 필독서로 권하고 싶다. 이 책을 읽는다면 그들은 수많은 역사적 사실들이 어떻게 수집되며, 또 그 수집의 결과로 마침내는 어떻게 하나의 확신이 서게 되는가를 상상할 수 있을 것이다. 물론 이 확신이 역사 자체가 될 수는 없다. 왜냐하면 그 어느 땐가는 이 확신에 대한 비판적 반론이 제기될 것이기 때문이다. 그러나 이런 확신이 실제 생활에 통용될 때에는, 한 성공적인 저서에서 개진된 사고가 그래도 합당했다는 사실이 드러나는 것이다.

단테[1]

우리가 단테의 정신적이고 정감적인 위대한 본성을 인지하려 할 때에, 바로 그의 시대(그것은 조토[2]가 살았던 시대이기도 했다!)에 조형 예술이 그 자연적인 생명력과 더불어 다시금 활기를 되찾았다는 사실을 유념하는 것이 그의 작품을 평가하는 데 큰 도움이 될 수 있을 것이다. 관능적이고 구상적인 의미로 작용하는 이 조형 예술의 정령에 단테 역시 지배를 받고 있었던 것이다. 그는 모든 대상들을 그의 상상력의 눈으로 분명히 파악할 수 있었기 때문에 그 윤곽을 예리하게 스케치하여 그것들의 모습을 재현해 낼 수 있었다. 바로 그 때문에 아무리 혼란스럽고 진기한 것이라 해도, 일단 그가 묘사해 놓으면 그것이 우리 눈에는 마치 자연 그대로를 그려놓은 것처럼 보이게 된다. 그는

---

1) 괴테는 1826년 9월, 『신곡(*Gottliche Komodie*)』(1824~1826)의 역자인 슈트렉푸스(Karl Streckfuß, 1778~1844)에게 이 논문을 써 보냈다. 이 글에 '단테'라는 제목을 붙인 것은 후일 유고를 정리한 에커만이다.

2) 조토(Giotto di Bondone, 1266?~1337)는 이탈리아의 피렌체파 화가로서, 특히 피렌체, 아시시, 파두아의 벽화들로 유명하다. 그는 단테(1265~1321)와 동시대인이었다.

심지어 제3의 각운을 쓰는 것까지도 거의, 또는 전혀 개의치 않으며, 어떤 방법을 쓰든 간에 자신이 묘사하려 했던 목적을 달성하고 자신의 인물들의 차이점을 뚜렷이 부각시킬 줄 안다. 이 책의 역자는 단테의 이러한 점을 대개는 충실히 따랐고, 단테가 형상화해 놓은 것을 상상력으로 따라가면서 재현하였으며, 그 형상들을 묘사하기 위해 필요한 것을 자신의 언어와 자신의 각운으로 조달해 내려고 하였다. 이런 중에 내가 보기에 좀 아쉬운 점도 없지 않은데, 그 점에 있어서는 나의 이 글도 마찬가지다.

단테가 묘사하는 지옥의 전체 구도는 미세하고도 거대한 측면이 있는데, 그 때문에 혼란스러운 감이 있다. 위에서부터 가장 깊은 심연에 이르기까지 원 안에 원이 들어 있는 것을 상상해 보라는 것이지만, 이것은 즉각 원형 극장의 개념을 떠올리게 한다. 그런데 원형 극장이란, 그것이 설령 엄청나게 큰 것이라 할지라도, 위에서부터 투기장 안에 이르기까지 훤히 조감이 가능하기 때문에, 우리의 상상력 앞에는 항상 예술적으로 한계를 지닌 그 어떤 것으로서 나타나게 마련인 것이다. 오르카냐의 그림[3]을 잘 살펴보라! 그러면 우리는 마치 케베스의 화판[4]을 거꾸로 보는 듯한 기분을 느끼게 될 것이다. 단테의 지옥에 대한 구상은 시적이라기보다는 수사학적이며, 우리의 상상력을 자극하고 있긴 하지만, 만족시켜 주지는 못하고 있다.

그러나 지옥의 전체 묘사를 찬양할 수 없기는 하지만, 우리는 그

---

3) 피사의 공동묘지의 남쪽 벽에 있는 지옥의 벽화로서, 오늘날에는 피사의 화가 트라이니(Francesco Traini, 14세기 전반기 사람)가 그린 것으로 알려져 있지만, 당시만 해도 괴테는 아직 피렌체의 화가이자 조각가인 오르카냐(Andrea Orcagna, 1308?~1368)가 그린 것으로 알고 있었다.

4) 그리스인 케베스(Cebes)의 책에 나오는, 인간 영혼의 여러 상태들을 표시하는 알레고리적 그림.

개별적 장소들이 진기하고도 풍성하게 묘사되어 있음에 의외로 놀라게 되며, 약간의 당혹감을 느낌과 동시에 단테에 대한 존경심을 금치 못하게 된다. 무대의 배경을 아주 엄격하고도 분명하게 상술(詳述)함으로써 우리로 하여금 차츰차츰 조망을 할 수 없게 만드는 바로 이 점에서, 모든 감각적인 조건들과 관계들은 물론이요 모든 인물들 자체 및 그들이 받는 벌과 고문까지도 탁월하게 묘사하게 되는 것이다. 한 예로서 「노래 12」를 살펴보기로 하자.

우리들이 내려간 곳은 거친 바위투성이였고
바위 덩어리들이 어마어마하게 크게 보였다.
그건 마치 그대들이 최근에 본
트렌토[5] 이쪽에서 일어난 산사태 때와 같았다.
아디제 강의 품 안을 좁게 만들었던 그 산사태가 어찌하여 일어나게 되었는지,
땅의 침강 때문인지 지층의 습곡 때문인지는 아무도 몰랐지.
마치 그 산사태와도 같이 그 언덕은 산 위에서 굴러 떨어진
바위 덩어리들로 빽빽이 뒤덮여 있었으며,
바위들 위에 바위가 날카롭게 내동댕이쳐져 있었다.
그리하여 나는 발걸음을 옮겨 디딜 때마다 겁에 질려 멈칫거리지 않을 수 없었다.

〔……〕

그리하여 우리는 사방에 온통 무너져 내린 바위들로 둘러싸인 채

---

5) 이탈리아의 북부, 아디제(Adige) 강에 면한 도시 이름.

폐허의 잔해들을 딛고 조심스럽게 걸어가고 있었는데,
바위들은 내 몸무게를 받아 내 발 밑에서 기우뚱하며 흔들렸다.
이윽고 그[6]가 말했다. "그대는 아주 암울한 생각에 잠긴 채,
미친 듯이 날뛰는 괴물이 지키고 있던 예의 그 바위 덩어리를 생각하고 있는 모양이군.
내가 괴물의 노여움을 진정시켜 놓았다네.
그러나 내 말 좀 들어보게나. 내가 지옥의 밤 깊숙이
처음으로 내려왔을 때에는
이 바위는 아직 무너져 내리지 않았었네.
하지만 이 첫째 권(圈)의 영혼을 명부(Dis)[7]로부터 되찾으신 그분[8]께서
지고한 천상으로부터 내려오시기 직전에
이 지독한 암흑의 골짜기가 아주 심하게 진동했지.
그래서 나는 사랑이 우주를 꿰뚫고,
세계가 거대한 균열을 통해
옛 혼돈 상태로 다시금 복귀하고 있다는 생각을 하게 되었다네.
태초 이래로 꽉 붙박여 쉬고 있던 바위가
그 당시 여기에서 그리고 또 다른 곳에서,
산산조각이 나 무너져 내렸던 것이지."

여기서 나는 무엇보다도 다음 사항을 밝히고 싶다. 즉 내가 갖고 있는 1739년 베네치아판의 단테 원본에는 'e per quel' 부터 'schiva' 까

6) 단테의 안내자인 베르길리우스를 가리킨다.
7) 디스(Dis)는 로마 신화에서 명부(冥府) 또는 그곳을 관장하는 신 오르쿠스(Orcus) 또는 플루토(Pluto), 그리스 신화의 하데스(Hades)를 가리킨다.
8) 그리스도를 가리킨다.

지의 대목이 미노타우로스[9]를 의미하는 것으로도 되어 있지만, 이 대목은 내가 보기에는 단지 장소만을 지칭하고 있는 것에 불과하다. 그 장소는 산악 지대이며 '거친 바위투성이(alpestro)' 이다. 그러나 시인은 그 정도 표현으로 성이 차지 않는다. '거기에서 특별한 것(per quel ch' iv' er' anco)' 은 너무 끔찍한 나머지 시각과 감각에 혼란을 일으킬 지경이었다는 것이다. 그 때문에 자신과 다른 사람들을 어느 정도나마 만족시키기 위해, 단테는 비유보다는 일종의 감각적 예를 들고 있는데, 아마도 그 당시 트렌토로부터 베로나로 통하는 길을 막았던 한 산사태를 언급하고 있다. 그 산사태에서는 원시 산악의 거대한 암판(岩板)들과 쐐기 모양의 바위 조각들이 매우 날카롭고도 싸늘하게 겹겹이 쌓여 있었겠는데, 그것들은 아마도 풍화되거나 초목으로 얽혀 있지도, 균형이 잘 잡혀 있지도 않은 채 그 거대한 바위 조각들 하나하나가 마치 지렛대처럼 곧추서 있다가 그 어떤 발길이 조금만 닿아도 쉽게 기우뚱거리게 되어 있었을 것이었다. 단테가 지옥으로 내려간 그 순간에도 바로 이런 일이 일어난다.

그러나 여기서 시인 단테는 예의 자연현상조차도 무한히 능가하려 하였다. 즉 그는 그리스도의 지옥 순례[10]까지 동원하여, 비단 이 붕괴 사태에 대해서뿐만 아니라 지옥에서 일어난 주위의 다른 많은 붕괴 사태들에 대해서도 충분한 원인을 제공하고자 했던 것이다.

이제 그 방랑자들[11]은 원형의 평평한 강변을 따라 활 모양으로 흐르

---

9) 그리스 신화에 따르면, 크레타 섬의 미노스(Minos)는 포세이돈이 제물로 쓰라고 보내준 소를 살려두었고 이에 노한 포세이돈은 왕비 파시파에(Pasiphae)로 하여금 소를 사랑하게 만든다. 이렇게 소와 왕비 사이에 태어난 인신우두(人身牛頭)의 괴물이 바로 미노타우로스(Minotauros)이다.

10) 그리스도의 지옥 순례에 관해서는 「예수 그리스도의 지옥 순례에 대한 시적 생각들」(함부르크판 괴테 전집 제1권, 9~13쪽)을 참조할 것.

11) 『신곡』 중에서 지옥 속을 걸어가는 단테와 베르길리우스를 가리킨다.

고 있는 피의 강[12]으로 다가가고 있었는데, 거기에는 수많은 괴물들[13]이 이리저리 뛰어다니면서 거친 동작으로 파수꾼 노릇을 하고 있었다. 베르길리우스는 이미 평지에 내려서서 키에론[14]에게로 가까이 다가서 있었으나, 단테는 아직도 바위들 사이에서 불안한 걸음걸이로 휘청거리고 있었다. 여기서 우리는 다시 한번 주의해서 볼 필요가 있는데, 왜냐하면 그 현명한 켄타우로스가 그의 동료들에게 다음과 같은 말을 했기 때문이다.

> "저것 보아라! 저기 뒤에 오는 자는,
> 내가 본 것이 옳다면, 제 발이 닿는 곳을 흔들리게 만드는구나![15]
> 그런데, 죽은 자의 발은 어디에 닿는다고 해서 사물을 움직이게 하지는 못하는 법이거든."

자, 이제 독자 여러분은 자신의 상상력에다 물어보시라! 그 거대한 산사태 및 바위의 붕괴가 각자의 머릿속에서 완전히 현재화되어 떠오르게 되었는가? 또는 그렇지 못한가?

여타의 다른 '노래들'에서도, 비록 장면은 달라진다 해도, 단테가 똑같은 조건들을 반복시킴으로써 바로 이렇게 요점을 포착하고 상세한 상상이 가능하도록 세부 묘사를 하고 있는 예를 우리는 얼마든지

---

12) 지옥의 강들 중의 하나인 플레게톤(Phlegethon)을 가리킨다.

13) 그리스 신화에 나오는 반인반마(半人半馬)의 켄타우로스(Kentauros)족(族)을 가리킨다.

14) 키에론(Chieron, Chiron)은 켄타우로스족 중의 한 사람으로서 현명하고 친절하며, 아킬레우스를 교육했다고 한다.

15) 죽지 않은 인간은 아직 체중을 지니고 있기 때문에 사물을 흔들리게 할 수 있다. 현명한 키에론은 이 현상을 보고 단테가 아직 죽지 않은 인간임을 알아차린 것이다.

발견, 예증할 수 있다. 이렇게 서로 비슷한 부분들을 발견하게 될 때마다 우리는 단테의 가장 본원적인 시인 정신과 만나게 되어 그것과 지극히 친숙해진다.

살아 있는 인간으로서의 단테와 이 세상을 하직한 자들의 차이점은 다른 곳에서도 눈에 띄게 드러나고 있는데, 이를테면, 연옥(Purgatorio)에 있던 혼령들이 단테를 보고 깜짝 놀라는 것은 그가 드리운 그림자로 그에게 아직 육체가 남아 있음을 인식했기 때문인 것이다.

아리스토텔레스의 『시학』에 대한 추가 설명[1)]

문학 일반의 이론, 특히 비극의 이론에 어느 정도 관심을 기울여 온 사람은 누구나, 해석자들에게 많은 어려움을 안겨주어 왔으나 아직도 그 의미에 대해서 해석자들이 완전한 의견의 일치를 보지 못하고 있는 아리스토텔레스의 한 대목을 상기할 수 있을 것이다. 즉 비극을 상세히 정의함에 있어서 이 위대한 철학자는, 비극이 동정과 공포를 불러일으키는 줄거리와 사건을 묘사함으로써 이런 종류의 격정들로부터 관중의 정서를 정화시켜야 한다고 생각했던 것 같다.

그러나 나는 문제의 그 대목을 여기에 직접 번역해 보임으로써 그 대목에 관한 내 생각과 확신을 가장 잘 전달할 수 있으리라고 믿는다.

비극이란 고상한 언어로 낭독되는, 일정한 범위를 지니고 있는 하나의 의미심장하고도 완결된 줄거리의 모방이다. 이 줄거리를 낭독하는 사람은 각자가 자기 자신의 역할을 하고 있는 개개의 인물들이지 한

---

1) 이 글은 《예술과 고대 문화》지(1827년, 제6권 제1집, 84~91쪽)에 처음 실렸던 것으로서, '비극(Tragödie)'에 대한 아리스토텔레스의 정의(定義)를 둘러싼 괴테의 의견이 잘 표출되어 있는 중요한 기록이다.

개인이 이야기하듯 낭독하는 것은 아니다. 낭독하는 인물들은 동정과 공포가 한 차례 지나간 연후에 이와 같은 격정들이 다시금 평형을 이루게 될 때에 비로소 그들의 임무를 끝마치게 되는 것이다.

나는 위의 번역을 통해 지금까지 모호한 것으로 간주되어 오던 이 대목이 이제 명확히 밝혀진 것으로 믿으면서, 여기에 다만 다음과 같은 말을 덧붙여 두고자 한다. 오직 비극의 구조에 대해서 논하면서 항상 비극이라는 대상 자체에 논점을 집중시키고 있는 아리스토텔레스의 논리 전개 방법을 두고 볼 때, 어떻게 그가 그 대상의 작용까지 생각할 수 있었겠는가? 더욱이 비극이 관중들에게 끼칠지도 모르는 먼 작용까지 어떻게 생각할 수 있었겠는가? 결코 그럴 리가 없다! 그는 아주 명백하고도 지당하게 다음과 같이 말하고 있는 것이다. 즉 비극이 동정과 공포를 불러일으키는 수단들을 한 차례 통과하고 나면, 이와 같은 격정들이 무대 위에서 평형을 되찾고 화해를 하는 것으로 비극은 일단 그 과업을 끝마치게 된다는 말이다.

아리스토텔레스는 정화(淨化, Katharsis)[2]라는 개념을 이러한 화해적 완결로 이해하면서, 실은 모든 희곡 작품, 아니 심지어는 모든 문학 작품에 이러한 화해적 완결이 요구되고 있다는 것이다.

비극에서 이와 같은 화해적 완결이란 일종의 인간 희생을 통하여 일어나는데, 실제로 인간이 제물로 바쳐질 경우도 있지만, 아브라함이나 아가멤논의 경우처럼 호의를 지닌 신의 도움으로 대용물을 바치

---

2) 괴테의 아리스토텔레스 이해의 핵심은, 그가 비극을 그 자체로서 완결된 유기체로 보면서 비극 바깥에 놓여 있는 윤리적 효과(예컨대 관객에게서 일어나는 정화 작용 따위)를 일단은 무시했다는 데에 있다. 그러나 오늘날에는 일반적으로, 아리스토텔레스가 연극 자체에서의 카타르시스와 관객의 심중에서 일어나는 카타르시스를 엄격히 구분하지 않고 포괄적으로 생각했다는 것으로 결론이 나 있으며, 괴테의 아리스토텔레스 번역 역시 부분적으로 문제가 있다고 지적되고 있다.

고 해결되는 때도 있다. 아무튼 비극이 하나의 완전한 문학 작품이 되려면, 마지막에 어떤 화해, 어떤 해결이 마련되지 않으면 안 된다. 그러나 이와 같은 해결은 호의적이고도 바람직한 결말을 통해 도출될 경우, 이를테면 알케스티스[3]의 귀환에서처럼 비극과 희극의 중간 장르에서도 간혹 나타난다. 이에 반하여 희극에서는 보통, 원래는 공포와 희망의 정도가 한 단계 낮은 온갖 곤혹스런 상황들을 해결하기 위하여, 결혼이라는 수단이 등장한다. 결혼이 물론 인생을 종결짓는 것은 아니지만 그래도 그것은 인생에서 중대하고도 예사롭지 않은 한 장을 긋는 인륜지대사이기 때문이다. 아무도 죽고 싶어 하지는 않지만 누구나 결혼은 하고 싶어 하는 법이니까 말이다. 그리하여 바로 여기에 아리스토텔레스적 미학에서의 비극과 희극 사이의——반은 농담이고 반은 엄숙한——차이점이 존재하는 것이다.

또한 우리는 그리스인들이 바로 이런 목적을 위해 그들의 3부작(Trilogie)을 사용하고 있음을 인지할 수 있는데, 이렇게 말할 수 있는 이유는 『콜로누스의 오이디푸스』[4]보다 더 고차원적인 정화란 있을 수 없을 것이기 때문이다. 이 작품에서는 마성적(dämonisch)인 체질과 암울하고도 격정적인 현존재를 지녔기 때문에, 그리고 정말 고매한 그의 성격 때문에 자꾸만 성급한 행동을 저지름으로써, 그 원인을 영원히 캘 수 없고 이해할 수도 없는, 그러면서도 논리적 수미일관성을 지니고 있는 알지 못할 힘의 자장(磁場)으로 자신도 모르게 빨려든 한 사나이가 나온다. 이 반밖에 죄가 없는 범죄자는 자기 자신과 자신의

---

3) 알케스티스(Alcestis)는 테살리아의 왕 아드메투스(Admetus)의 아내. 그리스 신화에 의하면, 운명의 세 여신들에게 남편의 목숨을 구해 주기를 기원하여 남편 대신 목숨을 바쳤으나, 뒤에 저승(Hades)에서 헤라클레스에게 구조되어 이승으로 귀환했다고 한다.

4) 『콜로누스의 오이디푸스(*Ödipus von Kolonus*)』는 소포클레스가 만년에 쓴 비극으로서 작가 사후인 기원전 401년경에 상연되었다.

가족들을 이루 말할 수 없이 깊은, 절대 재기 불가능한 비참의 구렁텅이에 빠뜨리게 되지만, 그럼에도 불구하고 마지막에는 화해를 하고, 또 용서를 받음으로써, 마침내 백성들을 축복해 주는 한 나라의 수호신으로서 자기가 스스로 희생의 공양을 받아도 좋으리만큼 신들의 반열에까지 높이 고양되고 있는 것이다.

비극의 주인공[5]은 완전히 죄가 있는 인간으로 묘사해서도 안 되고 완전히 죄 없는 인간으로 묘사해서도 안 된다는 위대한 철인 아리스토텔레스의 원칙도 바로 이 점에 그 근거를 두고 있다. 전자의 경우 정화는 단지 소재의 성질에 따라 좌우되는 것에 지나지 않는다. 예컨대 살해된 그 극악무도한 인간은 단지 일반의 법망을 피했을 뿐, 그가 결국 죽어야 한다는 것은 너무 당연하게 여겨지기 때문이다. 후자의 경우에는 정화가 불가능하다. 이렇게 말할 수 있는 것은 운명의 여신이나 인간 세상의 제도가 너무 가혹하고 공정하지 못하다는 책망을 하게 될 것이기 때문이다.

아무튼 나는, 이 경우에도 다른 모든 경우들에서와 마찬가지로, 논쟁적인 태도를 취하고 싶지 않다. 하지만 나는 여기서, 사람들이 지금까지 이 대목을 왜 그렇게 해석하게 되었는가를 논증해 보이지 않을 수 없다. 사실 아리스토텔레스는 이미 『정치학』[6]에서, 음악이 윤리적 목적으로 교육에 활용될 수 있을 것이라는 견해를 표명한 적이 있었다. 말하자면 광취(狂醉) 상태에서 일단 기분이 매우 흥분된 인간들에게 성스러운 멜로디를 들려줌으로써 다시금 진정시킬 수 있는 것과 마찬가지로, 아마도 다른 종류의 격정들도 음악을 통해 평형 상태로 되돌릴 수 있으리라고 그는 생각했던 것이다. 우리는 이러한 음악의

---

5) 아리스토텔레스 『시학』 제13장 참조.

6) 아리스토텔레스 『정치학』 제8권 제7장 참조.

경우가 비극의 경우와 유사하다는 사실 자체를 부인하려는 것은 아니다. 그러나 동일한 경우도 아니다. 음악의 효과는 비극의 효과보다 그 소재의 성질에 따라 결정되는 수가 더 많은데, 헨델이 그의 「알렉산더의 향연」[7]에서 그러한 효과를 보여주고 있으며, 또한 어느 무도회에서나 관찰되는 현상이지만, 단정하고 우아한 폴로네즈[8] 다음에 연주되는 한 곡의 왈츠가 모든 젊은이들을 바쿠스적 도취경에 몰입시키는 것도 그 좋은 예이다.

그러나 음악은 다른 모든 예술과 마찬가지로, 도덕심에 호소할 수는 없는 것이며, 예술로부터 이와 같은 작용을 기대한다면 그것은 항상 오류를 범하는 것이 되고 말 것이다. 이런 것을 할 수 있는 것은 철학과 종교뿐이다. 경건한 마음과 의무감이 환기되어야 할 텐데, 예술은 이러한 각성을 단지 우연히 유발시킬 수 있을 뿐이다. 하지만 예술이 유발하고 영향을 끼칠 수 있는 것은 거친 풍습을 온화하게 만들 수 있는 정도인데, 이것도 금방 타락해서 유약(柔弱)으로 흐를 가능성을 배제할 수 없는 것이다.

그러니 참으로 도덕적이고도 내면적인 인간 형성의 길을 걷는 자는, 비극과 비극적 소설이 결코 정신을 진정시키는 것이 아니라 사람의 정서와 우리가 '마음(Herz)'이라고 부르는 것을 불안하게 만들고 딱히 무어라 규정할 수 없는 막연한 상태에 빠져들게 한다는 사실을 느낄 것이며, 또 고백하게 될 것이다. 바로 이런 상태를 젊은이들은 좋아하며, 그 때문에 젊은이들은 그러한 작품들에 격렬히 마음이 끌리게 된다.

이제 우리는 처음으로 되돌아가서 다시 한번 강조하거니와, 시인이

---

7) 헨델의 오라토리오(성담곡(聖譚曲))(1736).

8) 폴로네즈(polonaise)는 3박자로 된 느린 템포의 폴란드 무곡.

비극을 볼거리로서 제시함에 있어서 품위 있고 매력적인 그 무엇, 즉 그 어떤 보고 들을 수 있는 것을 완결된 작품으로서 생산해 내려고 생각할 때에 한하여, 아리스토텔레스는 비극의 구조에 대하여 논의하고 있는 것이다.

이제 시인이 자신의 입장에서 자신의 의무를 다하여, 하나의 매듭을 의미심장하게 묶었다가, 그것을 또 품위 있게 풀었다고 할 때에, 관객의 머릿속에서도 똑같은 일이 일어날 것이다. 즉 갈등은 관객을 혼란시키고, 해결은 관객의 마음을 청명하게 밝혀준다. 그러나 그렇다고 해서 그가 보다 선한 인간이 되어 집으로 돌아가는 것은 아니다. 만약 그가 충분히 엄격하고 주의 깊은 사람이라면, 그는 자기가 집에 돌아와서도 극장을 향해 떠나던 때와 똑같이 경솔하고도 완고하고 격하기도 하고 약하기도 하며 애정에 충만해 있으면서도 애정이 없는 인간이라는 사실에 놀라게 될 것이다. 물론 이 주제에 관해서 좀 더 상세히 논의하자면 아직도 더 많은 것을 밝혀낼 수 있겠으나, 이제 우리는 이 점에 관한 중요한 것들은 대충 다 언급했다고 믿는 바이다.

로렌스 스턴[1)]

문학적 교양이나 인문적 교양에 있어서 인간 형성의 과정이란 젊은 날에 급속도로 진행되기 때문에, 우리는 누구에게서 우리가 최초의 자극 내지는 본원적 영향을 받았던 것인지 잊어버리는 수가 종종 있다. 우리는 우리의 현재 상태를 인정하고 현재 일어나고 있는 일에 대해 만족은 할 수 있을 것이다. 그러나 우리는 지금까지 우리를 올바른 길로 인도해 왔던 사람들을 잊어버렸기 때문에 방황에 빠져들기도 한다. 이런 의미에서 나는 지난 세기의 후반기에 보다 순수한 인간 이해와 고귀한 관용, 그리고 부드러운 사랑의 위대한 시대를 열고

---

1) 로렌스 스턴(Laurence Sterne, 1713~1768)은 영국의 위대한 유머 작가로서, 그의 『트리스트럼 섄디의 삶과 견해들(*The Life and Opinion of Tristram Shandy*)』(1759~1767)과 『요릭의 감상적 여행(*A Sentimental Journey Through France and Italy by Mr. Yorick*)』(1768)은 청년 괴테에게도 알려진 작품이었다. 만년의 괴테는 자신이 스턴에게서 받은 영향을 여러 번 강조하면서, 특히 그의 반어, 해학, 그리고 관용으로부터 많은 것을 배웠다고 고백하고 있으며(이를테면, 『원칙과 성찰』 955번, 956번 참조), 인간적 독특성(Eigenheiten)과 특수성(Besonderheiten)에 대한 애정을 담은 스턴의 유머는 괴테적 관용의 원천으로 인정되고 있다.(Fritz Strich, *Goethe und die Weltliteratur*(Bern, 1946), 123쪽 참조) 괴테의 이 글은 《예술과 고대 문화》지(1827년 제6권 제1집)에 처음으로 실렸다.

자 우선 고무하고 준비한 한 사람에게 세인의 관심을 환기시키고자 한다.

나는 내게 많은 가르침을 준 이 사람을 자주 상기하게 된다. 또한 사람들 사이에서 규준이 흔들리는 '오류'나 '진리'가 화제에 오를 때에도 내 머릿속에는 이 사람이 떠오르곤 한다. 여기서 '오류'와 '진리' 말고도 보다 부드러운 의미에서 또 하나의 개념을 추가할 수 있다면, 그것은 '독특성(Eigenheiten)'일 것이다. 왜냐하면 인간에게는 이 '독특성'이라는 말로 가장 잘 표현할 수 있는 현상들이 있기 때문이다. 이런 현상들은 외적으로는 오류로 보이지만 내적으로는 진리이며, 잘 관찰해 보면 지극히 중요한 심리학적 현상들이다. 이것들이야말로 개인을 구성하는 요소들로서, 일반적인 것도 이것들을 통해서 특수화된다. 그리하여 아무리 이상하기 짝이 없는 것이라 할지라도 거기에는 우리를 끌어당기고 매혹시키는 약간의 오성과 이성 그리고 약간의 선의가 엿보이게 마련인 것이다.

이런 의미에서 요릭, 혹은 스턴은 인간에게 내재하고 있는 인간적인 것을 아주 섬세하게 발견해 내었으며, 그럼으로써, 이와 같은 독특성이 실제로 활동할 때 이것을 가리켜 아주 고상하게 '지배적 정서(ruling passion)'[2]라고 명명한 바 있다. 아닌 게 아니라 인간으로 하여금 그 어떤 면으로 행동하게 하고 자체 논리를 갖춘 그 어떤 궤도 위로 나아가도록 계속 밀어주고, 그리하여 숙고, 확신, 의도 또는 의지력이 없다 하더라도, 항상 생활하고 활동하도록 해주는 것이 바로 이 독특성인 것이다. '습성'이란 것이 이 독특성과 얼마나 밀접하게 결합되어 있는지는 누구나 금방 알 수 있을 정도이다. 왜냐하면 이 습성이

---

2) "ruling passion"은 주정(主情)이라고도 번역되는데, 어떤 사람의 행위를 지배하는 주된 정서를 말한다.

야말로 바로 독특성의 자매로서, 우리의 독특성이 방해를 받지 않고 제 맘대로 편안히 노닐 수 있게 해주고 있기 때문이다.

니부어의 『로마사』[1)]

내가 이 중요한 저서를 불과 며칠 안에, 며칠 저녁과 밤 사이에 처음부터 끝까지 죽 훑어보고, 이 책에서 다시 한번 크나큰 혜택을 얻었다고 감히 말한다면, 외람된 언사로 들릴지도 모르겠다. 하지만 나는 이와 같은 내 주장이 해명 가능한 것이고 어느 정도는 신뢰해도 좋은 것이라고 말하고 싶다. 왜냐하면 나는 이미 이 책의 초판에 매우 큰 주의를 기울인 바 있고 이 작품으로부터 그 내용이나 의미에 충실하게 교훈을 얻고 배우고자 애를 쓴 적이 있음을 확실히 고백할 수 있기 때문이다.

이처럼 개명된 세기에도 아직 많은 분야에서 비판이 부족함을 보아온 증인이 있다면 그는, 무릇 비판이라는 것이 모름지기 어떠해야 하는지를 우리에게 가르쳐주는 이 모범적 저서를 우리 눈앞에 제시할 수 있음을 기뻐하지 않을 수 없을 것이다.

---

1) 니부어(Barthold Georg Niebuhr, 1776~1831)는 독일의 역사가로서, 그의 저서 『로마사(*Romische Geschichte*)』(1811)는 독일 현대 역사학의 선구적 업적으로 평가된다. 괴테의 이 글은 니부어가 『로마사』 재판본(1827)을 그에게 부쳐준 1827년 초에 쓰인 것이다.

그리고 저자가 자기 예술의 처음과 중간과 끝은 전적으로 상상이라고 세 번이나 강조하고 있는데, 이 저서에서 우리는 저자가 '로마사'라는 이 캄캄한 미궁을 방황함에 있어서 항상 진실에 대한 사랑을, 결코 꺼지지 않고 길을 밝히는 구원의 등불로 벗 삼아왔다는 것을 느껴 알 수 있다. 그는 여기서 자신의 옛 주장들을 계속해서 되풀이하지 않고, 다만 초판 때와 동일한 서술 방법만을 활용하고 있는데, 그것은 고대의 작가들의 허구를 파헤치고, 때로는 자기 자신의 이전의 학설조차 뒤집는 것으로서, 이렇게 함으로써 그는 진실에다 이중의 승리를 안겨주고 있는 것이다. 이렇게 말할 수 있는 까닭은 진실이 어디서 나타나든 간에 그 모습을 나타내기만 하면, 진실은 이미 그 장려한 승리를 획득하기 때문이며 또한 그 진실은 우리의 눈과 가슴을 활짝 열어줌으로써, 우리 각자가 일하고 있는 분야에서도 똑같은 방법으로 주위를 살펴보고, 신선한 공기를 한껏 들이마심으로써 새로운 믿음을 향해 나아갈 수 있도록 고무해 주기 때문이다.

서둘러 읽은 끝이라 내가 아직도 많은 것을 개별적으로 더 보충해 가며 차근차근 읽어야 함을 여기서 솔직히 고백해 두어야겠다. 그러나 나는 이 모든 것의 고귀한 의미가 내게서 점점 더 굳건하게 피어날 것임을 예견할 수 있다.

하지만 이 책이 나 자신에게 즐거운 격려가 되기에는 이것으로도 이미 충분하다. 그리하여 이제 나는 모든 진실한 노력을 보고 다시금 진심으로 기뻐할 수 있게 되었다. 그리고 나는 반대로 학문의 세계를 지배하고 있는 혼란과 오류들에 대하여, 특히 사람의 눈을 속이는 그릇된 추론들을 통해 왜곡된 진실 및 그릇된 논리들을 계속 고집하고들 있는 데에 대해서는, 화를 내는 것까지는 아니지만 그래도 약간의 반감을 갖고서, 모든 반계몽주의에 맞서서 싸워나갈 수 있게 되었다. 이러한 반계몽주의는 유감스럽게도 개별적 여건에 따라 그 가면을 바

꿀 뿐만 아니라, 여러 종류의 베일들을 사용하기 때문에 건전한 안목을 지닌 사람들조차도 순정한 햇빛과 진실의 생산성을 직시할 수 없도록 만들곤 한다.

『니벨룽엔의 노래』[1)]

—카를 짐록[2)] 역, 1827년 베를린에서 두 권으로 출간

간단한 문학사적 기술(記述)

보트머[3)]를 통해 처음으로 알려지게 되었고, 나중에는 뮐러[4)]를 통해 알려졌음.

새로이 환기된 관심.

베끼거나 문학적 주제로 다룬 것이 여러 종류 나와 있음.

---

1) 하겐(Fr. H. v. d. Hagen)의 『니벨룽엔의 노래(*Das Nibelungenlied*)』(1807)를 읽은 괴테는 바이마르의 '수요 강연회'에서 '니벨룽엔의 노래'를 주제로 다룬 적이 있으며, 그 밖에도 괴테가 1809년에 빌헬름 그림(W. Grimm) 등의 논문을 읽은 기록이 나타난다. 괴테의 이 글은 이때의 스케치를 바탕으로 한 것으로 추측되며, 1833년에야 비로소 유고로 출간되었다.

2) 짐록(Karl Simrock, 1802~1876)은 본 대학 독문학과 교수로서 중세 독어의 번역 및 민속학적 자료의 발굴 및 정리에 공로가 많으며, 직접 서정시를 쓰기도 했다.

3) 보트머(Johann Jacob Bodmer, 1698~1783)는 스위스의 문학 이론가로서, 1757년에 불완전하긴 하지만 『니벨룽엔의 노래』를 최초로 출간하였다.

4) 보트머의 제자 뮐러(Christoph Heinrich Müller)는 1782년에 『니벨룽엔의 노래』를 출간했는데, 이 책을 괴테는 진작에 입수하기는 했지만, 읽지는 않았던 것으로 보인다.

그 때문에 역사적 연구를 위한 노력이 필요.
작자를 밝히려는 연구들.
시대는?
여러 종류의 원전(原典).
평가, 그리고 과대평가.
과대평가의 변명: 무슨 일이든 장려하기 위해서는 과대평가도 필요 불가결하다.
끊임없이 새로운 견해들과 평가의 대상이 된다.
이 번역에서 제기되었거나 새로이 다루어진 문제점들에 관한 개인적인 고찰들.
상고(上古) 시대의 소재가 바탕이 되어 있다.
거인적(巨人的).
가장 북쪽으로부터 유래한 것.
현재 우리에게 전승된 대로 작품화.
비교적 참신(斬新).
그 때문에 나타나는 괴리(乖離) 현상들. 이것들의 원인을 우리는 일일이 검증해야 할 것이다.
모티프들은 모두가 철저히 이교적(異教的)이다.
일신(一神) 지배의 흔적은 없다.
모든 것이 인간에게, 그리고 지구에서 인간과 더불어 사는 것으로 상상되는 존재들의 그 어떤 영향력에 귀속·일임되어 있다.
기독교적 교의(教義)는 조금도 영향을 미치지 않은 상태.
남녀 주인공들이 교회에 가는 유일한 이유는 분쟁의 실마리를 얻기 위해서.
모든 사람들이 태어날 때부터 실팍하고 강건하다.
동시에 거칠기 짝이 없는 야성과 냉혹성의 소유자이다.

지극히 우아한 인간성—그것은 아마도 독일 시인의 속성이리라.

장소는 극도로 불명확하다.

제1부의 허구적 사건들을 보름스(Worms),[5] 크산텐(Xanten)[6] 및 동프리슬란트(Ostfriesland)[7]의 경계 내에서 일어나는 것으로 규정한다 하더라도 그 시대가 언제인지 생각해 낼 수는 없다.

제1부와 제2부는 서로 확연히 다르다.

제1부는 보다 화려하다.

제2부는 보다 힘차다.

하지만 제1부와 제2부는 그 내용과 형식에 있어서 서로 똑같은 가치를 지니고 있다.

이 시 작품을 안다는 것은 국민의 교양이 일정 단계에 도달했음을 의미한다.

그 이유는 이 시가 상상력을 고양하고 감정을 자극하며 호기심을 불러일으키기 때문이며, 이 호기심을 만족시키기 위해서 우리가 어떤 판단을 하도록 촉구하기 때문이다.

누구나 이 시를 읽어, 자기 능력의 정도에 따라 그 영향을 수용해야 할 것이다.

이제 이와 같은 이익을 독일인 일반에게 보급하기 위해서 이 번역은 지극히 환영받을 만한 것이다.

이 번역에서는 전체 작품의 성격이 훼손됨이 없이 그대로 전달되면서도, 고어에서 오는 생경한 당혹감이나 이해를 못하는 데서 생기는 불편이 말끔히 가셔졌다.

이번의 역자는 한 행 한 행이 될 수 있는 대로 원전에 가깝게 머물

5) 독일 라인 강안의 도시로서 『니벨룽엔의 노래』의 주요 무대를 이룬다.

6) 뒤셀도르프 근처의 도시.

7) 현재 네덜란드 북부의 지역.

도록 애를 쓰고 있다.

이 책은 고대의 상(像)들 그대로를 전달한 것인데, 단지 그 상들을 보다 선명하게 부각시켜 놓았을 뿐이다.

이것은 마치 오래된 그림에서 거무튀튀한 니스 피막을 걷어내었을 때 색채들이 다시금 생생하게 우리에게 호소해 오는 것과 똑같다.

우리는 이 책이 많은 독자를 얻게 되기를 바란다. 역자는 제2판을 앞두고 있는 만큼 독자에게 친절을 베푸는 의미에서 좀 더 많은 부분들을 수정하여, 전체가 손상되지 않는 가운데에 그것들이 보다 더 명확해지도록 했으면 좋겠다.

위에서 충분히 말했으니 우리는 이 이상 다른 말은 더 하지 않아도 좋을 것이다. 이 작품이 여기에 존재하는 것은 단 한 번의 최종적인 평가를 받기 위해서가 아니다. 이 작품은 각자의 판단을 요구하고 있고, 또 그 때문에 재생산이 가능한 상상력을 요구하고 있으며, 숭고하고 위대한 것에 대한 감정을, 그리하여 섬세하고 세련된 것에 대한 감정도 요구하고 있으며, 나아가서는 포괄적 전체와 실행된 개별사에 대한 감정도 요구하는 것이다. 이와 같은 여러 요구들에서 알 수 있듯이 이에 관한 연구가 완결되려면 아마 아직도 수세기는 더 흘러야 할 것이다.

*

모든 운율적 낭송은 우선 제일 먼저 감정에 작용하고, 그다음에는 상상력에, 마지막으로 오성에, 즉 일종의 도덕적·이성적 만족감에 작용한다. 운율은 매혹하는 힘을 지니고 있다.

우리는 전혀 내용이 없는 시들이 그럴듯한 운율 때문에 칭찬을 받는 것을 종종 보아왔다.

그 때문에 우리가 자주 표명한 견해[8)]대로 우리는 모든 뛰어난 시작품은, 더군다나 그것이 서사시일 경우에는, 산문으로도 한번 번역되어야 한다고 주장하는 바이다.

『니벨룽엔의 노래』에도 이와 같은 시도가 극히 유익할 것이다. 만약 지금은 종소리처럼 아주 유쾌하게 들리는 저 수많은 허사(虛辭) 시구나 삽입 시구가 없어지고, 깨어 있는 청중과 그들의 상상력에다 직접 강력하게 말해 줄 수 있다면, 작품의 내용이 아주 힘차게 사람들의 영혼 앞에 나타나게 되고 그들의 정신에도 다른 면모로 나타나 보이게 될 것이 아닌가!

우리의 견해로는 그것이 전 작품이 아니라도 좋을 것이다. 예컨대 스물여덟 번째 모험 및 그다음의 몇 장들[9)]을 우선 산문으로 번역해 볼 것을 제안한다.

이 일을 위해서는 우리나라의 많은 일간지들에 종사하고 있는 재능 있는 기자 여러분들이 유쾌하고 유익한 시도를 감행해야 할 것이며, 여기서도 많은 다른 일에서와 마찬가지로, 다투어 열성을 보여줄 수 있을 것이다.

---

8) 예컨대 괴테는 필젠(Pilsen: 보헤미아 지방의 도시)의 교사 차우퍼(J. St. Zauper)에게 『일리아스』를 산문으로 번역할 것을 권고한 바 있다.

9) 「에첼의 궁전에 간 니벨룽엔 사람들(Nibelungen in Etzels Hof)」의 부분을 가리킨다.

『쉴러의 생애—그의 작품 연구를 이해하기 위하여』[1)]

—토머스 칼라일 저, 1825년 런던에서 간행

이 쉴러 전기에 관해서는 단지 최상의 칭찬밖에 더 할 말이 없을 것 같다. 이 전기는 우리의 시인 쉴러의 인생에서 일어났던 온갖 사건들에 대한 세밀한 연구를 바탕으로 했음을 스스로 입증하고 있다는 점에서 세인의 이목을 끌 만하며, 또한 이 전기를 읽으면 우리 친구 쉴러의 문학에 관한 저자의 연구의 심도와 마음으로부터의 진정한 애정도 저절로 느껴진다. 이 책의 저자가 쉴러의 성격과 고귀한 업적에 대해 충분히 통찰을 하고 있으며, 그것도 지리적으로 그렇게 먼 곳에서는 도저히 기대할 수 없을 정도의 명확하고도 합당한 통찰을 하고 있다는 사실은 정말 찬탄을 금할 수 없게 한다.

---

1) 스코틀랜드의 비평가 칼라일(Thomas Carlyle, 1795~1881)은 『빌헬름 마이스터의 수업시대』의 영역자일 뿐만 아니라 '세계문학'이라는 공동 관심사 때문에도 괴테에게는 매우 가깝게 느껴지는 인물이었다. 1827년 4월 15일에 칼라일은 자신이 쓴 쉴러 전기(*The Life of Friedrich Schiller. Comprehending an examination of his works*, London 1825)와 독일의 설화시 모음집(*German Romance*, Edinburgh 1827)을 괴테에게 보내 왔다. 이 논문은 괴테가 칼라일에게 보낸 편지(1827년 7월 20일자)를 약간 고친 것으로서, 《예술과 고대 문화》지(1828년 제6권 제2집)에 처음으로 발표되었다.

바로 여기서 "선의는 완전히 앎에 이르도록 돕는다."라는 옛말이 진실임이 분명해진다. 그것은 다름이 아니라, 이 스코틀랜드인이 독일인 쉴러에게 선의를 지니고 그를 인정하며 존경하고 사랑함으로써, 그의 훌륭한 특성들을 가장 확실히 인지하게 되었기 때문이며, 그 결과 자신이 글 쓰는 대상을 조감할 수 있는 청명한 고공(高空)에까지, 전에는 쉴러의 훌륭한 동향인들조차도 이르지 못했던 그러한 높고 맑은 경지에까지 날아오를 수 있게 되었기 때문이다. 한때는 동향인들조차 쉴러를 알아보지 못했던 것도 무리가 아닌 것이, 함께 사는 사람들은 탁월한 인물들을 알아보지 못하기가 쉽기 때문이다. 사람들은 탁월한 인물들의 특별함에 불편함을 느끼게 되며, 그때그때마다의 유동적인 삶이 사람들의 입장을 뒤흔들어 놓기 때문에, 그들은 그러한 인물을 올바르게 알고 인정하는 데에 방해를 받게 되는 것이다. 그러나 쉴러는 아주 비상한 인물이기 때문에, 우리의 전기 작가는 이 훌륭한 인물의 생각을 항상 염두에 둘 수 있었고, 또 이 생각이 쉴러의 개인적 운명과 업적들에서 여하히 관철되었는가를 살펴볼 수 있었으며, 그 결과 전기 작가로서의 자신의 과업이 이렇게 훌륭하게 완수된 것을 볼 수 있게 되었다.

『독일의 설화시』[1)]

—토머스 칼라일 저, 1827년 에든버러에서 총 4권으로 출간

이 제목의 의미를 독일어로 설명하려면 우리는 아마도 이 책이, 이 분야에 두각을 나타낸 독일 시인들의 작품들 중에서 낭만적인 동시에 동화적이기도 한 걸작품들을 모아놓은 것이라고 말할 수 있을 것이다. 여기에는 자유롭고도 우아한 언어로 쓰인 크고 작은 이야기들이 실려 있는데, 그 작가들의 면면을 보자면, 무제우스,[2)] 티크, 호프만, 장 파울 리히터와 괴테 등이 보인다. 여기서 눈에 띄는 것은 각 작가의 글들 앞에 붙인 소개인데, 이것들은 저자가 쓴 쉴러 전기가 그런 것처럼 정말 상찬할 만한 것으로서, 우리나라의 일간지나 잡지에서 번역을 하거나 기사로 다루는 것도 좋을 것이라 생각한다. 하기야 이런 소식 정도는 벌써 부지불식간에 어느 정도 전해져 있는지도 모를 일이지만 말이다. 각 작가의 삶의 정황과 갖가지 사건들이 세밀하게

---

1) 이 글 역시 앞서 나온 논문 「쉴러의 생애」와 마찬가지로, 칼라일에게 보내는 괴테의 편지(1827년 7월 20일자) 내용을 기초로 하고 있으며, 《예술과 고대 문화》지(1828년 제6권 제2집)에서 처음으로 발표되었다.

2) 무제우스(Johann Karl August Musäus, 1735~1787)는 바이마르의 문필가로서 『민담집(*Volksmärchen*)』을 출간한 바 있다.

서술되어 있고, 각자의 개인적 성격과 그 성격이 작품에 끼친 영향에 관해서도 충분한 사전 지식이 제공되고 있다. 쉴러 전기에서와 마찬가지로 여기서도 칼라일 씨는 독일의 시적·문학적 출범에 대하여 그가 얼마나 조용하고도 분명한, 그리고 진심으로부터 우러나오는 관심을 지니고 있는가를 입증해 보여주고 있다. 그는 이 나라 국민들의 독특한 노력에 자신의 온 관심을 기울이면서, 각 개인들의 가치를 인정하고 모든 사람들이 그들 각자의 자리에서 어떤 역할을 하고 있는가를 관찰한다. 이렇게 함으로써 그는 한 국민의 문학 내부에 불가피하게 존재하게 마련인 갈등을 어느 정도 조정하기도 한다. 갈등이 불가피하게 존재할 수밖에 없는 것이, 생활하고 활동한다는 것은 곧 당파를 만들고 어느 편이든 편을 든다는 것을 의미하기 때문이다. 사람은 누구나 자기의 생계 수단을 확보하고 행복한 미래를 기약하는 영향력을 담보할 수 있는 지위와 품격을 쟁취하기 위해 애쓰며, 그렇게 노력하는 그 누구도 나쁘게만 생각할 수는 없는 것이다.

이 때문에 한 나라 안의 문학도 이따금 오랜 기간 시계(視界)가 흐려 뚜렷이 보이지 않을 경우가 있다. 이런 경우에 이 외국인은 먼지와 연무(煙霧)와 안개가 끼고 흩어지고 사라지도록 그냥 내버려두고는, 마치 우리가 맑은 밤하늘의 달을 관찰할 때처럼 평온한 기분으로, 저만치 떨어져 있는 영역의 밝고 어두운 부분들을 훤히 분간해 보고 있는 것이다.

이제 여기에다 이미 오래전에 내가 글로 적은 바 있는 몇 가지 고찰을 덧붙이는 것이 좋을 것 같다. 물론 사람에 따라서는 내가 똑같은 말을 반복한다고 생각할 수도 있겠지만, 그런 사람이라 할지라도 반복이 유익할 수도 있다는 사실을 금방 인정해 주리라 믿는다.

모든 나라의 최고 시인 및 예술적 품격을 지닌 작가들의 노력이 이미 상당한 기간 이래로 '보편적으로 인간적인 것(das allgemein Menschliche)'[3)]

을 지향하고 있음은 명백하다. 모든 특수한 것 속에서, 그것이 역사적인 것이든 신화적인 것이든 허구적인 것이든, 또는 다소간 자의적으로 고안된 것이든 간에, 우리는 국민성과 개성을 꿰뚫고 점점 더 선명하게 비쳐 나오는 저 보편적인 것을 관찰할 수 있는 것이다.

그런데 우리의 실제 인생에서도 보편적 동일성이 지배적 위치를 점하고 있고, 모든 현세적 조야함, 야수성, 잔인성, 오류, 이기심, 허위를 꿰뚫고 이 보편적 동일성이 면면히 흐르면서 가는 곳마다 약간의 부드러움을 전파하려고 애쓰고 있다. 그렇기 때문에, 비록 그것으로 진세적 평화가 노래하실 바라기는 어렵다 하더라도, 적어도 예의 그 불가피한 분쟁이 차차 누그러지고 전쟁이 보다 덜 잔인해지고 승리가 보다 덜 오만해지기를 기대할 수는 있을 것이다.

따라서 모든 나라의 문학들이 지향하고 있는 것이야말로 바로 개별 국민 문학들이 배우고 익혀야 할 것이라는 말이 된다. 각 국민 문학의 특수성들을 존중하고 그럼으로써 그 국민 문학과 서로 교감하기를 원한다면 우리는 우선 그 특수성을 알고 배우지 않으면 안 된다. 왜냐하면 한 나라의 특성들이란 그 나라의 언어나 동전과도 같아서, 언어를 알고 동전을 갖고 있어야 서로 쉽게 의사소통을 할 수 있고 오고 갈 수 있기 때문이다. 그렇다, 특수성이야말로 비로소 완전한 소통을 가능하게 만드는 것이다.

진실로 보편적인 관용에 가장 확실히 도달하는 길은 우리가 개별적 인간이나 각 민족의 특수성을 건드리지 않고 그냥 두면서도 다음과 같은 흔들리지 않는 확신을 지니는 일이다. 즉 정말로 업적이라 할 만한 것은 그것이 전 인류의 재산에 속한다는 사실로 인하여 저절로 돋

3) '세계문학(Weltliteratur)'에 관한 괴테의 평소 생각으로서, 이에 관해서는 뒤에 나오는 「'세계문학'에 대한 괴테의 중요 언명들」을 참조할 것.

보이게 마련이라는 확신 말이다. 독일인들은 벌써 오래전부터 이와 같은 특수성을 중개하고 서로의 가치를 인정하도록 촉진하는 데에 일익을 담당하고 있다. 독일어를 이해하고 연구하는 사람은 모든 나라 국민들이 자국의 상품을 내어놓는 국제 시장에 나와 있는 것으로 볼 수 있으며, 자기 자신을 풍요롭게 해가면서 통역자 역할을 수행하고 있다고 할 수 있다.

이렇게 모든 번역가는 이 보편적이고도 정신적인 무역의 중개자로 애를 쓰면서 교환을 촉진하는 것을 업으로 삼는 사람이라고 볼 수 있다. 그도 그럴 것이 번역의 불충분성에 관해서 왈가왈부할 수는 있겠지만, 예나 지금이나 그래도 번역은 보편적 세계 교류에서 가장 중요하고도 가장 품위 있는 일들 중의 한 가지이기 때문이다.

코란에는 "신은 모든 민족에게 그 자신의 언어로 말하는 한 예언자를 주셨다."라는 말이 나온다. 이렇게 모든 번역가는 그가 속한 민족의 예언자이다. 루터의 성서 번역은, 오늘날에 이르러서도 그에 대한 비판이 자꾸만 제약을 가하고 트집을 잡고 있긴 하지만, 이루 말할 수 없이 큰 영향을 불러일으켰다. 그리고 저 성서보급협회[4]의 온갖 엄청난 사업도 따지고 보면, 각 민족에게 그 민족의 고유한 언어와 말투로 복음을 전파하려는 것에 다름 아니지 않은가?

---

4) 1800년대 초 유럽에는 '성서보급협회(Bibelgesellschaft)'들이 생겨났는데, 이를테면, 1804년에는 영국과 뷔르템베르크와 바젤, 1805년에는 레겐스부르크, 1809년에는 러시아, 1813년에는 작센, 1814년에는 프로이센, 1823년에는 바이에른에 성서보급협회가 생겼다.

몰리에르의 삶과 작품에 관한 이야기

—J. 타슈로 저, 1828년 파리에서 출간[1)]

이 책은 한 탁월한 작가의 본성과 개성을 우리들에게 친근하게 소개하고 있기 때문에 모든 진정한 문학 애호가들이 주의 깊게 읽을 만하다. 또한 이미 몰리에르를 잘 알고 있는 애호가들에게도 역시 환영받을 것이다. 물론 그들은 이 책이 아니더라도 어차피 몰리에르를 높이 평가할 테지만 말이다. 주의 깊은 독자라면 이미 몰리에르의 작품들만 읽어도 그가 어떤 사람인지 충분히 관찰할 수 있기 때문이다.

『인간 혐오자』[2)]를 한번 찬찬히 살펴보라. 그리고 언젠가 한 시인이 자신의 내부를 이보다 더 완전히, 이보다 더 친절하게 묘사해 보인 적이 있는지 자문해 보라. 우리는 이 극 작품의 내용과 기법이 '비극적

---

1) 원제는 'Histoire de la vie et des ouvrages de Molière' (par J. Taschereau, Paris, 1828)로, 괴테의 이 서평은 슐레겔이 그의 저서 『극예술과 문학에 대해서(*Über dramatische Kunst und Literatur*)』(1811년, 2권)에서 몰리에르(1622~1673)를 과소평가한 데에 대한 반론으로 볼 수 있다. 괴테는 일생 동안 몰리에르를 좋아했고 그로부터 많은 것을 배웠다고 고백한 바 있다.(『에커만과의 대화』 1827년 3월 28일자 참조.) 이 서평은 《예술과 고대 문화》지(1828년, 제6권 제2집)에 처음으로 발표되었다.

2) 원제는 'Le misanthrope'로, 몰리에르의 5막으로 된 희극.

(tragisch)' 이라고 말하고자 한다. 이 작품은 적어도 언제나 우리들에게 이런 비극적 인상을 남기곤 했는데, 그 이유는 우리 자신을 자주 절망에 빠뜨리는 사물이나 우리가 이 세상에서 쫓아내 버리고 싶은 충동을 느끼는 인물이 여기서 우리의 눈앞에, 우리의 통찰력 앞에 제시되기 때문이다.

여기에 한 순수한 인간이 자신의 모습을 보여주고 있으니, 그는 위대한 교양을 쌓았음에도 불구하고 자연인으로 남아 있으면서 자기 자신에 대해서나 다른 사람에 대해서나 진실하고도 철저한 태도를 견지하고 싶어 하는 것이다. 그러나 우리는 그가 가식(假飾)과 천박한 타협 없이는 활동이 불가능한 이 인간 사회에서 갈등을 겪는 것을 목도하게 된다.

이러한 순수한 인간에 비한다면, 티몬[3]이란 인물은 단순히 우스꽝스러울 따름인 하나의 소재에 불과하다. 그래서 나는 한 재능 있는 시인이 있어, 세상을 살면서 자꾸만 자신을 속이고서는 마치 세상이 자기를 속이기라도 한 것처럼 세상을 몹시 원망하곤 하는 그런 몽상가를 그려내어 주기를 바라고 싶은 것이다.

---

3) '인간 혐오자 티몬(Timon der Misanthrop)' 은 기원전 5세기경의 그리스 철학자로, 조국의 불운과 개인적 불행으로 인하여 인간에 대해 깊은 혐오를 품고 많은 풍자시를 써서 세상을 비웃었다.

『괴테 씨의 비극 「파우스트」』

—들라크루아 씨의 그림 17점을 곁들인 슈타퍼 씨의 프랑스어판[1)]

나의 『파우스트』 프랑스어판이 호화 장정본으로 내 앞에 놓여 있는 것을 보자니 나는 이 작품이 고안되고 구상되어 아주 독특한 감정과 더불어 기록되었던 저 시절을 새삼 기억 속에 떠올리게 된다. 이 작품이 국내외에서 받았던 찬사가 이제 인쇄술의 극치를 통해서까지 입증된 셈이다. 이 작품이 이토록 갈채를 받게 된 이유는 아마도 이것이 한 가지 보기 드문 특성을 지니고 있기 때문일 것이다. 즉 이 작품은 인류를 괴롭히는 모든 것에 의하여 자기 또한 괴롭힘을 당하고, 인류를 불안하게 하는 모든 것에 의하여 자기 역시 불안을 느끼고, 인류가 혐오하는 그 분위기 속에 자기도 마찬가지로 갇혀 있고, 인류가 소망하는 것을 통해 자기 역시 행복을 느꼈던 한 인간 정신의 발전 주기를 영원히 포착하고 있는 것이다. 현재에는 그러한 상황들이 그날의 시

1) 괴테가 『파우스트』의 프랑스어판 호화 장정본을 받은 것은 1828년 3월 22일이었으며, 이 글은 《예술과 고대 문화》지(1828년, 제6권 제2집)에 처음 발표되었다. 슈타퍼(Fr. Alb. Alexander Stapfer, 1802~1892)는 그 전에 이미 『괴테 희곡집』(Paris, 1821~1823)을 번역, 출간했으며, 괴테는 이 번역판에 대해서도 《예술과 고대 문화》지(1826)에 평을 쓴 바 있다.

인과는 매우 거리가 멀어졌으며, 이 세계 역시 그때와는 말하자면 전혀 다른 문제들을 극복해 내지 않으면 안 되도록 변모해 버렸다. 하지만 기쁨과 고통의 와중에 있는 인간의 상황은 대개는 예나 다름없다. 그리하여 맨 나중에 태어난 사람이라 할지라도 아직도 여전히 자기보다 앞서 어떤 기쁨이 향유되고 어떤 고통이 감내되었는지 살펴볼 이유는 충분하다. 그래야만 앞으로 자신에게도 닥쳐올 운명에 어느 정도나마 순응할 수 있을 테니까 말이다.

이 작품은 그 성격상 암울한 환경 속에서 잉태된 것이며, 그 무대 역시 다양하기는 하지만 대체로 불안한 분위기라고 할 수 있겠는데, 모든 것을 청랑(晴朗)하게 만드는, 그리고 성찰과 이성에 알맞은 프랑스어로 이렇게 번역해 놓고 보니, 훨씬 더 명확하고 작의가 더욱 뚜렷해 보인다. 이제 종이, 글자체, 인쇄 및 제본 등 모든 것이 예외 없이 완전무결한 상태에까지 도달한 2절판 책 한 권을 앞에 놓고 보니, 내가 상당한 시간이 흐른 연후에 그 존재와 특징을 재확인해 보기 위하여 다시 한번 이 작품을 손에 들 때마다 평소 작품이 주던 인상이 거의 사라져버리고 없는 것 같기도 하다.

그러나 이 책에서 특히 눈에 띄는 것 한 가지는, 한 조형 예술가가 최초의 의미에 있어서의 이 작품과 아주 친근해진 나머지, 이 작품에서 원래부터 암울하던 모든 것을 바로 그 암울한 것으로 파악했을 뿐만 아니라, 불안한 가운데 노력하는 주인공의 모습도 똑같이 불안한 자신의 필체로 스케치했다는 사실이다.

들라크루아[2] 씨가 재능 있는 화가임은 부정할 수 없지만, 우리 기성세대가 볼 때 젊은이들이 자주 그렇게 보이듯이, 그 역시 파리의 미술 애호가 및 미술 전문가들을 몹시 당황하게 만들고 있는데, 그 이유

2) 들라크루아(Eugene Delacroix, 1798~1863)는 프랑스 낭만파의 대표적 화가.

는 그들이 그의 업적을 부정할 수도 없고, 그렇다고 해서 그의 그 어떤 거친 기법들에 대하여 갈채를 보낼 수도 없기 때문이다. 그 들라크루아 씨가, 하늘과 땅, 가능성과 불가능성, 아주 거친 것과 아주 부드러운 것(환상이 그 두 벽 사이에서 대담한 곡예를 감행하곤 하는 그 대칭 개념들을 달리 또 무엇이라고 부르든지 간에!) 사이에서 태어난 이 기이한 작품 속에서 자신의 본령을 만나, 마치 자기 자신의 작품 속인 양 그 속에 푹 빠져버린 것처럼 보인다. 그 때문에 이 장정본의 화려한 광휘가 다시금 어두워지고, 명확한 문자로부터 다시금 암울한 세계 쪽으로 정신이 인도되며, 동화 같은 이야기의 태곳적 감정이 다시금 환기되고 있다. 여기에다 감히 또 무슨 말을 더하겠는가? 다만 이 의미심장한 작품을 읽는 모든 사람들이 우리와 다소 비슷한 감정들을 느끼게 될 것이라고 믿고, 또 우리와 똑같은 만족감을 맛보게 될 것을 소망할 따름이다.

『은총의 나라에 대한 조망』[1)]

—게마르케 교구의 목사 크루마허 박사[2)]의 개신교 설교집,
1828년 엘버펠트에서 간행

게마르케(Gemarke)는 부퍼 강[3)] 계곡에 있는, 시장이 서는 이름 있는 마을인데 시(市)가 지니는 여러 가지 권리들을 누리고 있으며, 가구 수는 380여 호쯤 된다. 이 마을은 엘버펠트보다는 약간 상류에 위치하며, 베르크(Berg) 공국(公國)의 행정 구역인 바르멘에 속한다. 주민들은 아마포, 리본, 침대 시트, 연사(撚絲) 등 유명 제품들을 생산하는 가내 수공업 공장을 소유하면서, 이 밖에도 표백된 실 등을 팔며 광범위한 장사를 하는 사람들이다. 이 마을에는 개신교 교회 하나와

---

1) 이 글은 1830년 1월에 쓰였으며, 뢰르(D. Joh. Friedr. Röhr)가 펴낸《목사들의 비판적 문고(*Kritische Prediger-Bibliothek*)》지(Neustadt an der Oder, 1830, 제11권 제1집)에 처음으로 게재되었다. 이 글에서 우리는 경직된 정통 교회의 논리 및 자만적·광신적 경건주의에 대한 괴테의 혐오감을 엿볼 수 있다.

2) 크루마허(Fr. W. Krummacher, 1796~1868)는 게마르케(Gemarke)의 목사로서, 『은총의 나라에 대한 조망. 개신교 설교집(*Blicke ins Reich der Gnade. Sammlung evangelischer Predigten*)』(Elberfeld, 1828)의 저자.

3) 쾰른과 뒤셀도르프 사이의 라인 강으로 흘러드는 강 이름으로서, 그 계곡에 여러 개의 작은 공업 도시들이 연이어 발달해 있다. 후에 이 도시들이 통합되어 부퍼탈이라는 새 도시가 형성되었다. 베르크는 옛 공국(Herzogtum)의 하나로서 오늘날의 부퍼탈 시가 그 중심이었다.

작은 가톨릭 성당 하나가 있다.

크루마허 씨는 이 마을에서 설교자로서의 직분을 지니고 있는 사람이다. 그의 청중을 보면 공장주들, 출판업자들, 그리고 주로 방직업에 종사하는 노동자들로 구성되어 있다. 그들은 그들의 좁은 지역 사회 안에서는 도덕적인 사람들이라고 볼 수 있는데, 그들 모두는 상궤를 벗어난 일이라곤 아무것도 일어나기를 원치 않는 사람들이며, 따라서 그들 가운데서 무슨 눈에 띄는 범죄가 일어나리라고는 전혀 생각할 수도 없는 형편이다. 그들은 집에 틀어박혀 지내는 다소 제한된 여건 하에서 살고 있으며, 인간이 윤리적, 정열적, 육체적인 면에서 인간으로서 감내하고 살아야 할 모든 고통에 그대로 노출되어 있다. 그 때문에 평균적으로 볼 때, 이 중에는 병적이거나 우울한 정서를 가진 사람들이 많이 발견된다. 그러나 일반적으로 그들은 상상력을 유발하고 감정을 자극하는 모든 것과는 완전히 벽을 쌓고 지내는 편이며, 비록 상식의 선에 복귀해 있는 상태이긴 하지만, 그래도 그들에게는 정신과 마음을 일깨워 활동시킬 수 있는 약간의 영양소가 필요하다 할 것이다.

방직공들이란 예로부터 착잡하고 이해하기 힘든 종교적인 사람들로 알려져 있으며, 이를 통해 그들은 아마도 말 없는 가운데에 자기들끼리 자족할 수 있는지도 모른다. 우리의 설교자는 자기 교구민들의 상태를 쾌적한 것으로, 그들의 결핍을 참을 만한 것으로 묘사하고 있으며, 현재와 미래의 좋은 일에 대한 희망을 고취하고 있다. 그럼으로써 그는 그들의 영혼의 욕구를 만족시켜 주려는 것처럼 보인다. 이 책에 실려 있는 설교들의 목적이 그렇게 보이는데, 여기서 그가 취하고 있는 방식은 대강 다음과 같다.

그는 성경의 독일어 번역을 성경에 적혀 있는 대로, 하등의 추가적 비판도 없이 문자 그대로 이해하여, 그것을 규준으로 받아들이고, 마치 학식이 없는 장로와도 같이, 그 번역문을 자기의 선입견에 따라 멋대로 해석하고 있다. 심지어는 각 장의 제목들조차도 그에게는 텍스트의 일부이며, 전통적으로 알려져 있는 유사한 성경 구절들은 논증의 자료로 쓰인다. 그러니까 그는 어떤 단어가 어디에서, 무슨 의미로 나타나든지 간에 똑같은 단어이기만 하면 그것을 자기 멋대로 끌어댄다. 그럼으로써 그는 자기 의견을 정당화하기 위한 수많은 새로운 논거들을 자꾸만 찾아내고, 이것들을 특히 사람들의 불안을 진정시키고 그들에게 위안을 주는 데에 활용하는 것이다.

그는 인간이 태어날 때부터 아무 곳에도 쓸모가 없다는 것을 전제로 하고 있으며, 인간으로 태어난 이상 언젠가는 악마들이 우글거리는 영원한 지옥에 떨어질 것이라고 협박하고 있다. 하지만 그는 구원과 무죄 입증의 수단을 항상 손에 들고 있다. 그는 한 인간이 그것을 통해 깨끗하게 되고 더 나아져야 한다는 것을 요구하지 않으며, 인간이 그렇게 변화하지 않더라도 조금도 유감스러울 게 없다고 태평스럽게 생각하고 있다. 왜냐하면 앞서 말한 인간의 무용성과 지옥에 떨어질 운명을 인정하기만 하면, 아무려나 구원은 항상 준비되어 있는 것이며, 의사를 신뢰하기만 해도 벌써 약을 얻은 것이나 다름없다고 볼 수 있기 때문이라는 것이다.

이런 식으로 그의 설교는 비유적이고 화려하며, 상상력을 사방팔방으로 이리저리 산만하게 동원할 것을 요구하고 있지만, 감정은 집중되고 진정된다. 그리하여 누구나 자신이 보다 나은 사람이 되어 집으로 돌아간다는 생각을 하게 된다. 하기야 가슴으로보다는 귀로만 설교를 들은 것 같기는 하지만 말이다.

그런데 이런 종교적 설교 방법이 헤른후트파(Herrnhuter)[4]나 경건파(Pietist)[5] 등과 같은 모든 분리주의적 교파들의 이미 알려진 비슷한 설교 방법들과 어떤 관계에 있는지는 명백하다. 그리고 이제 우리는 처음에 언급한 그런 지역의 주민들에게 이런 유형의 성직자가 환영받는 이유도 통찰할 수 있을 것이다. 그들은 모두가 고된 일을 하고 수공업에 몰두하여 물질적 이윤 추구에 여념이 없는 사람들로서, 사실 그들에게는 자신들의 육체적, 정신적 기형 상태를 잊고 잠에 빠지도록 해 주기만 하는 설교가 필요한 것이다. 이 때문에 우리는 아마도 이런 강론들을 '마취적 설교(narkotische Predigt)'라고 부를 수 있을 것이다. 하기야 우리 중부 독일이 향유하고 있는 밝은 대낮의 개명된 햇빛 아래에서는 이런 설교가 지극히 이상한 것으로 보이겠지만 말이다.

---

4) 헤른후트파는 '보헤미아 형제단(Bohemian Brethren)'의 직계인 그리스도교의 일파로서, 성서를 신앙과 실천의 유일한 규범으로 생각한다. 일명 모라비아파(Moravian)로도 통한다. 헤른후트(Herrnhut)는 원래 드레스덴 근처의 지명.

5) 경건파는 17세기 독일 루터파 교회에서 일어난 교파로서 종교상의 형식이나 정통주의보다 경건한 개인적 생활을 강조하였다.

젊은 시인들을 위하여

—호의적 응답[1)]

나에게는 젊은이들로부터 아주 빈번하게 독일어로 된 시가 송달되곤 하는데, 거기에는 그 시를 좀 평가해 달라는 부탁 외에도 그 작가의 문학적 천분을 어떻게 생각하는지 의견을 좀 말해 달라는 소망이 첨부되어 있게 마련이다. 그러나 내가 설령 이와 같은 나에 대한 신뢰를 크게 인정한다 할지라도, 개개의 경우마다 적당한 답장을 써 보낸다는 것은 불가능한 노릇이며, 그것을 구두로 설명하는 것 자체도 이미 대단히 어려운 일이 될 것이다. 하지만 일반적으로 볼 때 이런 편지들이란 어느 정도까지는 내용이 똑같게 마련이다. 그래서 나는 앞으로를 위해서 여기에 몇 가지 의견을 표명해 두기로 결심한 것이다.

독일어는 이제 고도의 발달 단계에 이르렀다. 그래서 누구나 어떤 대상을 보거나 어떤 감정을 느꼈을 때 거기에 상응하는 자신의 생각을 자기 능력에 알맞게 산문이나 운문으로 잘 표현해 낼 수 있는 여건

---

1) 괴테는 자작시를 평가해 달라고 편지를 보낸 젊은 시인 마이르(Melchior Meyr, 1810~1871)에게 보낸 1832년 1월 22일자의 답장에다 이 글을 동봉하였다. 괴테 사후에 에커만이 이 글을 《예술과 고대 문화》지의 마지막 호(1832년, 제6권 제3집)에 게재하였다.

이 되었다. 그 결과 남의 말을 듣거나 책을 읽음으로써 자기 자신을 어느 정도 분명히 인식할 만한 교양을 쌓은 사람은 누구나 자기도 이제는 자신의 생각이나 판단, 자신의 인식이나 감정을 가벼운 마음으로 한번 표현해 보고 싶다는 충동을 느끼게 된다.

그러나 이런 정도로서는 아직 높은 의미의 문학적 표현이 될 수 없다는 것을 젊은이들이 알아차리기는 어려울 것이며, 그것은 아마도 불가능할지도 모른다. 그러한 작품들을 면밀히 관찰해 보면, 마음속에서 일어나는 모든 것, 작자 개인과 관계되는 모든 것이 정도의 차이는 있지만 잘 표현되어 있을 것이며, 그중에는 표현이 아주 명확하면서도 의미심장하고 우아하면서도 확신에 차 있어서 아주 높은 수준에 도달한 것도 적지 않을 것이다. 젊은 사람들의 시 작품 하나하나에 묘사되어 있는 온갖 일반적인 것, 예컨대 조국과 같은 최고의 존재나 무한한 자연과 그 자연의 귀중한 개별 현상들에 접하면서 우리는 의외의 놀라움을 금치 못할 것이다. 우리는 이 작품들이 지니고 있는 도덕적 가치를 잘못 보는 우(愚)를 범해서는 안 될 것이며, 그 묘사들은 칭찬할 만한 것으로 느끼지 않을 수 없을 것이다.

그러나 바로 여기에 또한 우려할 점도 있는 것이다. 이렇게 말할 수 있는 이유는, 같은 길을 걸어가는 많은 사람들이 서로 어울려 즐거운 산행을 함께 시작하는 것까지는 좋은데, 혹시 그들의 목적지가 너무 멀고 막연한 곳은 아닌가 하는 자기 검증이 아직 없는 꼴이기 때문이다.

이렇게 산행을 떠나는 사람들을 호의를 지니고 지켜보던 한 관찰자는 유감스럽게도 얼마 안 가서 곧, 그들 젊은이들의 내적인 평온이 갑자기 동요하는 것을 알아채게 된다. 즉 사라진 기쁨에 대한 슬픔, 잃어버린 것에 대한 아쉬움, 도달할 수 없는 미지의 것에 대한 동경, 의기소침, 모든 종류의 장애물에 대한 비방, 주위 세계의 악의와 질투와

박해에 대한 투쟁 때문에 그 맑디맑던 원천(源泉)은 혼탁하게 되고, 그리하여 그 청랑(晴朗)하던 일행이 하나씩 하나씩 따로 떨어져 나가고 흩어져서 결국에는 인간을 혐오하는 은둔자들로 변해 버리곤 하는 것이다.

그 때문에 모든 종류의 재능, 그리고 모든 등급의 재능을 지닌 사람에게, 시신(詩神)은 삶과 동행은 즐겨 하지만 결코 그 삶을 인도해 줄 줄은 모른다는 사실을 알아듣도록 설명한다는 것은 참으로 어려운 일이다. 이 삶에서 현재 있는 그대로의 우리 모두는 누구나 할 것 없이 한 위대한 전체에 종속되어 있다는 것을 느끼지 않을 수 없다. 활동적이고 원기왕성하며 때로는 불유쾌할 수도 있는 이런 삶 속으로 들어서면서 우리가 만약 모든 지난날의 꿈과 소망과 희망, 그리고 유년 시절의 동화에서 느끼곤 했던 그러한 쾌적한 기분을 되돌려 달라고 요구한다면, 그 순간 시신은 멀리 떠나, 명랑한 기분으로 체념하며 쉽게 원기를 회복하는 사람의 일행을 찾아갈 것이다. 그 체념자는 어떤 계절로부터도 무엇인가 유익한 것을 배울 줄 알아서, 여름의 장미화원에나 겨울의 스케이트장에나 똑같이 거기에 알맞은 시간을 허여하면서 자기 자신의 고통을 가라앉힐 줄 아는 사람을 말하며, 혹시나 그 어떤 이웃의 고통을 덜어주고 그 누구의 기쁨을 더해줄 수 있는 기회가 없을까 하고 열심히 자기 주위를 살피는 사람을 말한다.

세월도 이런 사람을 아름다운 뮤즈들로부터 떼어놓지는 못한다. 왜냐하면 뮤즈의 여신들이란 편견에 사로잡혀 있는 젊은이의 천진무구성을 보고도 즐거워하지만, 노인의 신중한 현명함에도 즐겨 협조하기 때문이다. 그들 여신들은 젊은이의 희망에 찬 맹아(萌芽)를 북돋우어 줌으로써 그 성장을 도와주는가 하면, 또한 자신의 전체적 발전 과정 속에서 완성된 면모를 보여주고 있는 노인을 반기기도 한다. 그래서 내가 내 심경의 이와 같은 토로를 한마디 시로써 끝맺는 것을 허락하기 바란다.

젊은이여, 정신과 감성이 고양되는
한창 시절에 그대 명념할진저,
뮤즈의 여신이란 '동행'은 하지만
'인도'해 줄 줄은 모른다는 것을!

젊은 시인들을 위하여, 다시 한마디[1)]

우리들이 스승(Meister)이라고 부르는 것은, 우리가 어떤 예술 분야에서 그의 지도하에 끊임없이 수련을 쌓고 점점 숙달되어 감에 따라, 근본 원칙들을 우리에게 단계적으로 가르치면서 그 가르침에 따라 행동하면 동경해 마지않는 목표에 가장 확실하게 도달할 수 있게 해주는 사람을 두고 하는 말이다.

나는 아무에게도 이런 의미에서의 스승은 아니었다. 그러나 내가 독일인 전체, 특히 젊은 시인들에게 어떤 존재가 되었는가를 여기서 말해야 한다면, 나는 아마도 나 자신을 '해방자(Befreier)'라고 불러도 좋을 것이다. 왜냐하면 그들은 내게서, 인간이 내면으로부터 살아가지 않으면 안 되는 것과 마찬가지로 예술가도 자신의 내면으로부터 창작하지 않으면 안 된다는 사실, 즉 그가 아무리 제멋대로 행동한다 할지라도 언제나 자기 개성을 세상에 나타내는 것에 불과하다는 사실을 배웠을 것이기 때문이다.

---

1) 이 글은 괴테의 유고인데, 에커만이 바로 앞의 글(「젊은 시인들을 위하여」)과 관련시켜 '젊은 시인들을 위하여, 다시 한마디(Noch ein Wort für junge Dichter)'란 제목을 붙인 것이다.

이때 그 예술가가 생기 있고 즐겁게 창작에 임한다면, 그는 틀림없이 자기 삶의 가치를 표현해 낼 수 있을 것이고, 자연으로부터 부여받은 고귀성과 고상함을, 어쩌면 고상한 고귀성을 글로 나타낼 수 있을 것이다.

말이 났으니 말이지 나는 이렇게 해서 내가 누구에게 영향을 끼쳤는지 정말 분명히 말할 수 있는데, 나의 이런 영향으로 말하자면 일종의 자연 문학(Naturdichtung)이 발원하고 있는데, 단지 이것을 통해서만 독창적인 예술이 가능한 것이다.

다행히도 우리 문학은 기술적인 면에서 아주 높은 수준에 도달해 있고 존중할 만한 내용을 지닌 업적이 눈에 띄게 많으므로, 우리는 경이롭고 바람직한 현상들이 많이 출현하고 있는 것을 관찰할 수 있다. 이런 형편은 아직도 더 나아질 여지를 남겨놓고 있으며, 이것이 앞으로 어떤 양상으로 발전하게 될지는 아무도 예견할 수 없다. 물론 여기서는 외부의 낯선 척도가 도움이 될 수 없기 때문에, 각자는 자기 자신을 올바르게 알아야 할 것이며 자기 자신을 평가할 줄 알아야 할 것이다.

그러나 모든 것을 좌우하는 결정적인 요점을 여기에 간단히 말해두기로 하겠다. 젊은 시인은, 현재 그것이 어떤 형태를 하고 있든 간에, 살아 있고 계속해서 영향을 끼치고 있는 것만을 말해야 한다. 그는 모든 적대 정신, 모든 불만, 모든 불평, 그리고 부정밖에 못하는 모든 것을 엄격하게 배제해야 한다. 왜냐하면 이런 것으로부터는 아무런 생산적인 작품도 나오지 않기 때문이다.

내가 내 젊은 친구들에게 가장 진지하게 충고하고 싶은 것은 운율적 표현이 어느 정도 용이해졌을 때 내용적으로도 점점 더 많은 수확을 얻기 위해서는 우선 자기 자신을 관찰하지 않으면 안 된다는 사실이다.

그러나 문학적 내용이라는 것은 자기 자신의 삶의 내용이다. 아무도 우리에게 그 내용을 줄 수 없다. 어쩌면 누군가가 그 내용을 어둡게 만들 수 있을는지는 몰라도, 그것을 위축시킬 수는 없는 것이다. 내용이 공허한 것, 즉 근거가 없이 자만에 찬 모든 것은 과거 그 어느 때보다도 더 혹독한 지탄을 받게 될 것이다.

자기 자신이 자유롭다고 선언하는 것은 대단히 외람된 짓이다. 왜냐하면 동시에 그는 자제하겠다고 선언하고 나서겠지만, 누가 그런 자제를 능히 할 수 있겠는가 말이다. 나의 친구들, 젊은 시인들에게 나는 여기에 대해 다음과 같이 말하고 싶다.—사실 그대들은 지금 규범을 갖고 있지 않은데, 그대들은 자기 자신에게 규범을 부여해야 한다. 시 한 수를 지을 때마다, 그것이 어떤 체험을 내포하고 있는지, 그리고 그 체험이 그대들에게 도움이 되었는지 자문해 보라.

만약 그대들이, 멀리 떨어져 있기 때문에, 절개를 지키지 않았기 때문에, 또는 죽었기 때문에 잃어버린 연인을 두고 자꾸만 못 잊어하고 슬퍼하고 있다면 그대들은 그 체험으로부터 도움을 받은 것이 아니다. 그런 것은 그대들이 아무리 좋은 솜씨와 재능을 그 시에 바치고 있다 하더라도 아무런 가치도 없다.

앞으로 나아가고 있는 삶에 몸을 의지하고서 기회가 있을 때마다 자기를 시험해 보아야 할 것이다. 왜냐하면 바로 그 순간에야 우리가 과연 살아 있는 것인지가 입증되며, 훗날 관찰할 때에는 우리가 그 당시 정말 살아 있었던 것인지가 입증되기 때문이다.

'세계문학'에 대한 괴테의 중요 언명들[1)]

《예술과 고대 문화》지, 제6권 제1집(1827년)

내가 프랑스의 여러 잡지들[2)]로부터 보고하는 것은 독자들에게 나와 내 작품에 대한 기억을 상기시키기 위해서만이 아니다. 여기서 나는 내가 보다 높은 것을 목적으로 하고 있다는 사실만 우선 암시하고 싶다. 도처에서 우리는 인류의 진보에 대해서, 그리고 세계의 여러 관계와 인간관계의 전망에 대해서 듣거나 읽을 수 있다. 이것이 지금 전체적으로 어떤 상황하에 놓여 있는지를 연구하고 보다 명확하게 밝히는 것은 내가 할 일이 아니지만, 그래도 나의 입장에서 내 친구들에게 주의를 환기시키고 싶은 것이 있으니, 지금 보편적 '세계문학(Weltliteratur)'이라는 것이 형성되고 있는 중이며 그 속에서 우리 독일인들에게도 명

---

1) 이하의 발췌문은 '세계문학(Weltliteratur)'에 대한 괴테의 발언 중 가장 중요한 것만을 모은 것이며, 이에 관한 더 상세한 자료와 논의는 슈트리히(Fritz Strich)의 『괴테와 세계 문학(*Goethe und die Weltliteratur*)』(Bern, 1946(²1957))을 참고할 것.

2) 당시의 괴테는 특히 1824년 파리에서 창간되었던 《지구(*Le Globe*)》지를 많이 읽고 인용했다.

예로운 역할이 주어져 있다는 확신이 그것이다. 모든 나라의 국민들이 우리를 주시하고 있다. 그들은 우리를 칭찬하고, 꾸짖고, 우리의 문화를 받아들이는가 하면 거부하고, 모방하는가 하면 왜곡하고, 우리를 이해하거나 오해하고, 그들의 가슴을 열거나 닫는다. 이 전체 현상이 우리에게는 큰 가치를 지니고 있기에, 우리는 그들의 이 모든 행동을 담담한 심경으로 받아들이지 않으면 안 된다.

슈트렉푸스[3]에게 보내는 편지(1827년 1월 27일)

내 확신에 의하면, 세계문학이란 것이 형성되고 있으며, 모든 나라의 국민들이 여기에 관심을 기울이고 있고, 그 때문에 함께 우호적 보조를 취하고 있습니다. 독일인들은 여기서 가장 많이 활동할 수 있고, 또 활동해야 합니다. 독일인들은 이 위대한 협동 작업에서 앞으로 중요한 역할을 하지 않으면 안 될 것입니다.

에커만과의 대화(1827년 1월 31일)

국민문학은 이제 큰 의미를 상실해 가는 중이다. 바야흐로 세계문학의 시대가 도래하려 하고 있다. 이제 우리 각자는 이 시대가 빨리 오도록 촉진시키지 않으면 안 된다.

---

3) 슈트렉푸스(Adolf Friedrich Karl Streckfuß, 1778~1844)는 베를린의 관리 및 시인으로서, 타소(Tasso)와 단테 등 이탈리아 문학을 독일어로 옮기는 데 공헌이 컸다.

『독일의 설화시』(1827년 에든버러에서 출간)

진실로 보편적인 관용에 가장 확실히 도달하는 길은 우리가 개별적 인간이나 각 민족의 특수성을 건드리지 않고 그냥 두면서도 다음과 같은 흔들리지 않는 확신을 지니는 것이다. 즉 정말로 업적이라 할 만한 것은 그것이 전 인류의 재산에 속한다는 사실로 인하여 저절로 돋보이게 마련이라는 확신 말이다. 독일인들은 벌써 오래전부터 이와 같은 특수성을 중개하고 서로의 가치를 인정하도록 촉진하는 데에 일익을 남당하고 있다. 독일어를 이해하고 연구하는 사람은 모든 나라 국민들이 자국의 상품을 내어놓는 국제 시장에 나와 있는 것으로 볼 수 있으며, 자기 자신을 풍요롭게 해가면서 통역자 역할을 수행하고 있다고 할 수 있다.

부아스레[4]에게 보내는 편지(1827년 10월 12일)

이에 관해서는 또한 다음과 같이 말할 수도 있겠습니다. ―제가 세계문학이라고 부르는 것이 생겨나려면 우선 한 나라 안에 존재하는 의견의 상충점들이 다른 나라들의 견해와 판단을 통해 조정되는 것이 급선무입니다.

---

4) 부아스레 형제(Sulpice Boisserée, 1783~1854. Melchior Boisserée, 1786~1851)는 쾰른 태생으로서, 독일 및 네덜란드의 고미술품 수집가였다.

《예술과 고대 문화》지, 제6권 제2집(1828년)

차츰차츰 상당히 많은 독자들을 얻고 있는 이 잡지들은 사람들의 기대를 받고 있는 보편적 세계문학에 아주 효과적으로 기여하게 될 것이다. 다만 여기서 반복해서 강조해 두고 싶은 것은, 모든 나라의 국민들이 똑같이 생각해야 된다는 논리는 있을 수 없고, 단지 상대방의 입장을 서로 알고 서로 이해하며, 설령 그들이 서로 사랑하지는 않는다 하더라도, 적어도 상대방의 존재 방식을 용인하는 법을 배워야 한다는 사실이다.

1828년 베를린에서 개최된 자연과학자들의 회합(바이마르판 괴테 전집 II, 13, 449쪽)

우리가 유럽적 세계문학, 즉 보편적 세계문학을 감히 예고했는데, 이것은 각기 상이한 나라의 국민들이 서로를 알고 그들이 창조해 놓은 작품들에 대한 지식을 획득한다는 것을 의미하지는 않는다. 왜냐하면 이런 의미에서라면 세계문학은 이미 오래전부터 존재하고 있고 계속 활동하고 있으며 정도의 차이는 있겠지만 자기 개혁을 해오고 있는 중이기 때문이다. 아니다! 여기서 이야기하고 있는 것은, 지금 살아서 노력하고 있는 문학자들이 서로 사귀고, 애정과 협동 정신을 통해 사회적으로 활동할 필요성을 느껴야 한다는 것이다.

「마카리에의 서고에서」,[5] 제151번

세계문학이란 것이 출범하고 있는 지금, 자세히 검토해서 고찰해 보자면, 독일인들이 가장 많은 것을 잃을 수밖에 없게 되어 있다. 독일인들은 이 경고를 생각해 보는 것이 좋을 것이다.

첼터에게 보내는 편지(1829년 3월 4일)

광활한 대도시 파리의 극장들이 받아들이지 않을 수 없도록 강요되는 대형화는, 아직은 그럴 필요성조차 느끼지 못하고 있는 우리들이지만, 앞으로 우리들에게도 역시 해악을 끼치게 될 것입니다. 그러나 이러한 대형화는 아닌 게 아니라 현재 출범 중인 세계문학의 결과로 볼 수도 있겠습니다. 다만 우리가 여기서 유일한 위안으로 삼을 수 있는 것은, 이 세계문학에서 설령 보편성을 획득하는 데 실패하게 되더라도 각 개인들은 거기서부터 틀림없이 구원과 축복을 얻게 될 것이라는 믿음입니다. 이에 대한 매우 고무적인 증거들이 내 손에 들어오고 있습니다.

폰 라인하르트[6]에게 보내는 편지(1829년 6월 18일)

하기야 세계문학의 상호 작용은 대단히 활발하고 기묘합니다. 내가

5) 괴테의 소설 『빌헬름 마이스터의 편력시대』에 삽입되어 있는 182개의 경구들 위에 붙여져 있는 제목.

잘못 본 것이 아니라면, 프랑스인들은 자신의 문학적 좌표를 둘러보거나 개관함으로써 세계문학으로부터 가장 많은 이득을 취하는 민족입니다. 또한 그들은 벌써 자긍심에 찬 그 어떤 예감까지도 갖고 있는데, 그것은 즉 그들의 문학이 18세기 전반기에 유럽에 끼쳤던 것과 똑같은 그런 영향력을, 보다 높은 의미에서, 앞으로의 유럽에서도 지니게 될 것이라는 예감입니다.

토머스 칼라일의 『쉴러의 생애』에 대한 서문(1830)

벌써 얼마 전부터 보편적 세계문학이 논의되고 있는데, 이것은 조금도 이상할 것이 없다. 왜냐하면 두렵기 짝이 없는 전쟁의 와중에서 마구 뒤섞이고 온통 뒤흔들렸다가는 다시금 개별적 자기 자신으로 환원된 모든 나라들의 국민들은 그들 자신이 많은 낯선 것을 인지하여 그것을 자신 속에 받아들이게 되었고 이곳저곳에서 지금까지는 느끼지 못하던 정신적 욕구들을 느끼게 된 사실을 새삼 깨닫지 않을 수 없게 되었기 때문이다. 이런 체험으로부터 이웃과의 관계에 대한 감정이 우러났으며, 정신도 지금까지처럼 문을 닫고 지내는 대신에, 다소간의 자유로운 정신적 교류 속에 함께 어울리고 싶은 욕구를 차츰차츰 느끼게 된 것이다.

---

6) 폰 라인하르트(Graf von Carl Friedrich Reinhard, 1761~1837)는 뷔르템베르크에서 목사의 아들로 태어나 프랑스에서 외교관 생활을 했으며, 1829년까지 독일 연방의회 프랑크푸르트 주재 대사를 지냈다.

위 서문의 초고(1830년 4월 5일)

그러나 그런 사람들이 우리에 관해서 말하는 내용만이 우리의 중요 관심사일 필요는 없다. 우리는 그들의 여타 관계들, 즉 그들이 다른 나라 사람들, 예컨대 프랑스인이나 이탈리아인에 대하여 어떤 관계를 지니고 있는지도 함께 고려하지 않으면 안 된다. 왜냐하면 바로 거기서만 마침내 보편적 세계문학이 생겨나서, 그 결과 모든 나라 국민들이 모두에 대한 모두의 관계를 알게 될 것이기 때문이다. 그렇게 되면 틀림없이, 각 국민이 다른 국민에게서, 무엇인가 마음에 드는 것과 마음에 들지 않는 것, 무엇인가 모방할 만한 것과 피해야 할 것을 발견하게 될 것이다.

옮긴이 해설

'문학에 관한 글들'에 비친 시인 괴테의 참모습

여기에 번역한 괴테의 '문학에 관한 글들(Schriften zur Literatur)'은 엄밀한 의미에서의 '문학론'은 아니다. 왜냐하면 일반적으로 문학론이라 하면 문학의 정의와 본성에 대한 물음으로부터 시작해서 그 장르들과 개별 형식들을 체계적으로 고찰하는 작업의 결과물을 가리키기 때문이다. 괴테는 아무 데서도 그러한 체계적 문학론을 펼친 적이 없다. 말하자면 그는 개별 현상을 주의 깊게 관찰하는 데서 출발하여 세계와 문학을 전체적, 유기적으로 인식하는 유형의 시인이었기 때문에 이와 같은 전체적 인식을 차분히 체계적으로 정리할 시간적 여유를 갖지 못했던 듯하다. 그래서 그에게는 본원적 의미에서의 '문학론'이 아닌, '문학에 관한 글들'만 이것저것 남게 된 것으로 보인다.

그야 어쨌거나, 여기서 미리 전제해 두어야 할 것은 괴테의 문학관을 완전히 이해할 수 있기 위해서는 여기에 번역하여 소개하는 이 '문학에 관한 글들'만으로는 태부족하다는 사실이다. 문학에 관한 그의 글들은 이 밖에도 그의 편지, 일기, 대화(특히 『에커만과의 대화』), 고전주의 시대의 《크세니엔》지(誌), 『서동 시집』에 부록으로 수록되어 있는 「비망록과 논문들」, 그의 소설 『빌헬름 마이스터의 수업시대』와

『빌헬름 마이스터의 편력시대』, 『원칙과 성찰』 등에 산재해 있기 때문이다.

뿐만 아니라 문학에 대한 괴테의 생각을 올바르게 이해하려면, 먼저 세계와 예술 전반에 대한 그의 생각과 인식 체계를 파악하는 것이 중요한데, 특히 조형 예술과 자연 과학에 대한 그의 논술들은 문학을 바라보는 그의 시각과 비평적 태도를 이해하는 데에 중요한 열쇠가 된다. 이런 의미에서 괴테의 『예술론』도 『문학론』 못지않게 중요한 문학적 자료가 된다.

요컨대 괴테는 개별 자연현상을 관찰하는 것으로부터 출발하여 세계와 문학 전체를 인식하고자 한 시인이었다. 이처럼 특수성으로부터 보편성에 이르게 되는 인식의 길을 선호한 괴테는 작은 개별 작품 하나에서도 언제나 전 세계를 인식하고자 했으며, 시인으로서의 그의 과업은 시적 대상 자체가 '상징'으로 드러남으로써 세계 해석도 저절로 가능하도록 하는 데에 있었다.

시인으로서 이런 자세를 견지할 수 있기 위해서는 언제나 배우는 자, 세상의 이치를 받아들이는 자로서의 겸허한 자세가 필요한데, 괴테는 문학과 세계에 대해 항상 이처럼 수용자로서의 겸허한 자세를 지니고 있었다. 그가 소포클레스, 에우리피데스, 코르네유, 라신 등 전통적 대가들을 항상 존중한 것도 이와 같은 그의 수용적 자세와 무관하지 않다. 문학과 세계를 대하는 괴테의 근본적 자세는 그의 비평의 성격까지도 규정하게 되는데, 그의 비평은 부정적 · 파괴적 비평이 아니라 '긍정적 · 생산적 비평(affirmative oder produktive Kritik)'이라 할 수 있다. 괴테는 「젊은 시인들을 위하여, 다시 한마디」에서 젊은 시인이 지녀야 할 문학적 태도에 대하여 다음과 같이 쓰고 있다.

모든 것을 좌우하는 결정적인 요점을 여기에 간단히 말해 두기로 하겠다. 젊은 시인은, 현재 그것이 어떤 형태를 하고 있든 간에, 살아 있고 계속해서 영향을 끼치고 있는 것만을 말해야 한다. 그는 모든 적대정신, 모든 불만, 모든 불평, 그리고 부정밖에 못하는 모든 것을 엄격하게 배제해야 한다. 왜냐하면 이런 것으로부터는 아무런 생산적인 작품도 나오지 않기 때문이다.

이 대목은 괴테의 문학적 태도를 이해하는 데에 매우 중요한 단서가 된다. 여기에 번역, 소개되는 괴테의 많은 서평들을 읽으면 저절로 느끼게 되겠지만, 그의 서평들은 대체로 남의 글을 비방하고 헐뜯는 것이 아니라 관심의 표명일 때가 많다. 그의 비평은 어떤 글을 이해하고 감사하게 받아들인 독자로서의 의사 표명이자 때로는 후원과 성원의 표시이다. 이런 점에서 볼 때 그의 이 '문학에 관한 글들'은 선배 레싱이나 후배 슐레겔의 비평적 성과와 비교할 때에는 다분히 부수적인 언급들, 비체계적인 진술들이라 할 수 있으며, 급히 쓴 나머지 메모나 스케치의 수준에 머물고 만 글들도 적지 않다. 그러나 변방의 방언으로 쓰인 보잘것없는 작품에 대한 언급에서부터 세계문학적 대작에 대한 입장 표명에 이르기까지 그의 모든 진술은 따로 떨어진 개별적 진술에 그치지 않고 그의 문학관 및 전체적 세계관의 일부로 나타난다는 점이 중요하다.

그 중요성을 여기서 특히 지적해 두고 싶은 글은 셰익스피어에 대한 두 글 「셰익스피어 기념일에 즈음하여」와 「셰익스피어와 그의 무한성」이다. 특히 앞의 글은 젊은 날의 괴테가 셰익스피어에 대해 느낀 감동을 그대로 생생하게 전하고 있다.

나는 내가 정규적인 연극의 틀을 거부하고 있다는 사실을 한순간도 의심하지 않았습니다. 장소의 통일이 나에게는 마치 옥에 갇히기나 한 것처럼 답답하게 느껴졌고, 사건 진행의 통일, 시간의 통일도 우리의 상상력을 옥죄는 쇠사슬처럼 느껴졌습니다. 나는 옥외로 뛰쳐나갔으며, 그제서야 비로소 두 손과 두 발을 가졌다는 사실을 느낄 수 있었습니다. 그리고 이제 나는, 원칙주의자들이 그들의 갑갑한 공간에서 내게 얼마나 많은 부당한 짓을 요구해 왔으며 또 얼마나 많은 자유로운 영혼들이 아직도 그 안에서 답답하게 몸을 웅크리고 있어야 하는지를 알게 되었습니다. 이런 시점에서 만약 내가 그들에게 선전포고를 하지 않고 매일같이 그들의 그 감옥을 깨뜨리려 하지 않았더라면, 정말이지 나의 가슴은 폭발하고 말았을 것입니다.

이것은 질풍노도 시대의 괴테가 어떻게 독일 계몽주의 시대의 답답한 연극이론의 틀을 깨고 자유분방한 형식의 드라마 『괴츠(*Götz*)』와 사회 변혁적 충동을 내포하고 있는 소설 『젊은 베르터의 고뇌』를 쓰게 되었는지를 웅변으로 설명해 주고 있는 대목이다.

또한 한 시골 목사가 새로 부임하는 동료 목사에게 보내는 편지 형식으로 되어 있는 「×××교구에 새로 부임하는 동료 목사에게 보내는 ○○○교구 목사의 편지」는 괴테의 종교관을 유추해 볼 수 있는 귀중한 전거이다.

우리가 할 수 있는 것은 구원을 원하는 자들을 바른 길로 인도해 주는 것이며, 다른 사람들은 그들이 더 행복해지기를 스스로 원치 않으므로 그들의 악마와 돼지를 그대로 내버려두는 것이 좋을 것입니다.

자, 그러면 이제 당신은 내가 종교적으로 왜 너그러운 태도를 취하는지, 그리고 너그럽다면 어떤 점에서 너그럽다는 것인지에 대한 한 가지 이유는 알게 되었으리라 믿습니다. 보시다시피 나는 모든 믿지 않는 자들을 보편구제적인 영원한 사랑에 맡기는 입장이며, 이 사랑을 신뢰합니다. 이 사랑이야말로 불사(不死) 및 무구(無垢)의 불꽃인 우리의 영혼이 죽음의 육체로부터 빠져나와 불후(不朽)의 정결한 새 옷으로 갈아입도록 가장 잘 도와줄 수 있다고 믿는 것입니다. 내가 평화로이 느끼는 이 천복을 나는 무오류성(無誤謬性)이라는 최고의 영예와도 바꾸고 싶지 않습니다. 나를 개로 간주하는 터키인과 나를 돼지라고 생각하는 유대인이 언젠가는 나의 형제 됨을 기뻐하게 될 것이라고 생각하면 얼마나 큰 기쁨을 느끼게 되는지요!

한 목사가 이교도들을 증오하는 다른 목사의 종교적 편협성을 지적하고 있는 이 글은 괴테가 평소에 지니고 있던 종교적 관용과 신앙에 대한 열린 태도를 방증하고 있다.

다른 글—크루마허 박사의 개신교 설교집 『은총의 나라에 대한 조망』(1828)에 대한 간단한 비평—에서도 괴테는 크루마허 유의 설교를 가리켜, "고된 일을 하고 수공업에 몰두하여 물질적 이윤 추구에 여념이 없는 사람들"로 하여금 "자신들의 육체적, 정신적 기형 상태를 잊고 잠에 빠지도록 해주는" "마취적 설교(narkotische Predigt)"라고 혹평함으로써, 경직된 정통 교회의 기만적 논리를 지적하고 자만에 빠진 광신적 성직자들에 대한 혐오감을 나타내고 있다.

셰익스피어 문학에 대한 괴테의 찬탄과 그의 관용적 종교관 이외에도 이 '문학에 관한 글들' 중에서 우리의 관심을 끄는 또 다른 중요한 사실은 괴테가 번역의 중요성에 대해서 많은 언급을 하고 있다는 점이다.

모든 번역가는 이 보편적이고도 정신적인 무역의 중개자로 애를 쓰면서 교환을 촉진하는 것을 업으로 삼는 사람이라고 볼 수 있다. 그도 그럴 것이 번역의 불충분성에 관해서 왈가왈부할 수는 있겠지만, 예나 지금이나 그래도 번역은 보편적 세계 교류에서 가장 중요하고도 가장 품위 있는 일들 중의 한 가지이기 때문이다.

토머스 칼라일이 쓴 『독일의 설화시』에 대한 서평에서 괴테가 번역을 가리켜 번역이 "보편적 세계 교류에서 가장 중요하고도 가장 품위 있는 일들 중의 한 가지"라고 지칭하는 이 말은 '세계문학(Weltliteratur)'이라는 그의 만년의 생각과도 맥을 같이하고 있다. 그가 죽기 5년 전인 1827년에 처음으로 사용한 이 개념이 정확하게 무엇을 의미하는지에 대해서는 오늘날에도 아직 의견이 분분하지만, 그것은 세계의 모든 민족들에 전승되어 내려오고 있는 전(全) 인류의 보편적 재산을 중시하는 문학인 듯하다. 그에 의하면, '세계문학'이란 "각기 상이한 나라의 국민들이 서로를 알고 그들이 창조해 놓은 작품들에 대한 지식을 획득한다는 것"만을 의미하지는 않으며, "지금 살아서 노력하고 있는 문학자들이 서로 사귀고, 애정과 협동 정신을 통해 사회적으로 활동해야 할 필요성을 느껴야 한다는 것이다."(「'세계문학'에 대한 괴테의 중요 언명들」) 말하자면 '세계문학'은 각 국민 문학들이 합창과 조화를 이루어 마침내 실현해 내야 하는 "위대한 협동 작업"이며, 이 '세계문학'에서 설령 "보편성을 획득하는 데 실패하게 되더라도 각 개인들은 거기서부터 틀림없이 구원과 축복을 얻게 될 것"이라는 것이 괴테의 신념이었다. 노(老) 시인 괴테는 문학 속에 '인류의 구원(das Heil der Menschheit)'(『서동 시집』, 함부르크판 제2권, 245쪽)이 내재해 있으며, 온통 분쟁과 갈등으로 분열된 이 세계를 다시 통일시킬 수 있는 것은 오직 문학뿐이라고 믿었던 것이다. 따라서 '세계문학'을 실현하려면 도처에 훌륭한 번역이 나와야 하고 각국 시인들이 서로 이해하고 서로 배워야 한다는 것이 괴테의 근본 생각이었다.

'세계문학'—그것은 고대로부터 자신의 동시대에 이르기까지 수많은 작품들과 작가들을 섭렵하며 끊임없이 수용하고 배우려 했던 한 인간, 지리적으로는 독일에서 출발하여 프랑스, 이탈리아, 그리스, 세르비아 등 유럽을 거쳐 멀리 페르시아와 인도, 중국과 일본에 이르기까지[1] 지칠 줄 모르고 자신의 문학적 지평을 확장해 나갔던 한 세계적 시인의 문학적 유언이었다.

이제 여러 가지로 세계의 주목을 받고 있는 한반도에서, 세계적 수준의 새로운 문화를 창조해야 할 과업을 안고 있는 우리들이 괴테의 '문학에 관한 글들'에서 이 '세계문학'이란 개념에 대해 어렴풋한 예감이라도 얻을 수 있다면, 그리하여 그 현재적 의미를 되새겨 볼 수 있다면, 그것만으로도 이미 이 번역은 제 소임을 다했다고 할 수 있을 것이다.

2010년 3월
안삼환

---

1) 최근에는 만년의 괴테가 한국에 대해서까지도 무엇인가 알아내고자 애쓴 적이 있는 것으로 드러났는데, 1818년 7월 7일자 일기에서 발견되는 "홀: 한국 서해안으로의 여행"이라는 기록이 그것이다. 즉 이날 괴테는 바질 홀(B. Hall)이라는 영국 해군 장교가 쓴 『한국 서해안 및 유구 섬 탐사 여행기』(런던, 1818)를 바이마르 도서관에서 대출해서 읽은 것이다. 괴테는 이 책에서 유감스럽게도 한국 문화에 대해서 별로 유용한 정보를 얻지는 못했다. 왜냐하면 홀이 1816년 배를 타고 서해안에 와서 입국하려 하자 관원들이 입국을 거부함으로써 홀은 쇄국정책을 고집하는 조선의 지방 관원들과 호기심에 차서 구경 나온 서해안 섬 주민들만 관찰할 수 있었기 때문이다. 자세한 내용은, "Sam-Huan Ahn: Goethe und Korea"(일본괴테협회, 《괴테연감》, 제49권, 2007, 23~37쪽) 참조.

안삼환

서울대학교 독어독문학과와 같은 과 대학원을 졸업하고 독일 본 대학교에서 문학박사 학위를 받았다. 연세대학교 교수와 한국괴테학회장, 한국독어독문학회장, 한국비교문학회장을 역임하였으며, 현재 서울대학교 독어독문학과 명예교수이다. 편저로 『괴테, 그리고 그의 영원한 여성들』이 있으며 역서로 『신변 보호』, 『도망치는 말』, 『빌헬름 마이스터의 수업시대』, 「토니오 크뢰거」 등이 있다.

문학론

1판 1쇄 찍음 2010년 3월 12일
1판 1쇄 펴냄 2010년 3월 26일

지은이 요한 볼프강 폰 괴테
옮긴이 안삼환
편집인 장은수
발행인 박근섭·박상준
펴낸곳 (주)민음사

출판등록 1966. 5. 19. 제 16-490호
(우)135-887 서울 강남구 신사동 506번지 강남출판문화센터 5층
대표전화 515-2000 / 팩시밀리 515-2007
www.minumsa.com

ISBN 978-89-374-0253-1 04850
ISBN 978-89-374-0240-1 (세트)